ANGÉLA MORELLI

Ça a commencé comme ça

ROMAN

H&

Le visuel de couverture est reproduit avec l'autorisation de :
Figues : © FOTOLIA/MATES/ROYALTY FREE
Texture : © GETTY IMAGES/IOPHIE BROADBRIDGE
Réalisation graphique couverture : MARION GOUAZE.

HARPERCOLLINS FRANCE
83-85, boulevard Vincent-Auriol, 75646 PARIS CEDEX 13.
www.harlequin.fr

ISBN 978-2-2803-5232-1 — ISSN 2271-0256

Ce roman est dédié à Jean-François Gleyze, Cécile Fortuit et Karine Minier, mes Fanny à moi, qui sont là depuis des années, dans les tempêtes comme sous le soleil, avec qui je bois pour célébrer les bonnes nouvelles et noyer les mauvaises, qui me consolent quand je pleure, qui me secouent quand je chougne, qui partagent mes goûts parfois étranges pour la téléréalité, les chansons débiles et les séries télévisées britanniques, que je peux appeler à 2 heures du matin parce que je fais une crise d'angoisse et qui n'hésitent pas à me dire que les bottes de pluie orange, non, ça va pas être possible — même si je ne les écoute pas.

Et à Ryan Gosling.

Chapitre 1

— Flore ! Flooooore ! Flooooooooore !

Les cris en provenance du jardin m'ont sortie de la torpeur dans laquelle la chaleur étouffante qui régnait dans la cuisine m'avait plongée. J'ai levé les yeux de l'immense marmite en cuivre dans laquelle j'étais en train de faire réduire ma confiture de groseilles au gingembre. Je ne savais pas si la chaleur était seule en cause, ou s'il fallait y ajouter l'odeur sucrée et entêtante qui s'élevait de la marmite et la fascination créée par le tourbillon que traçait ma spatule en bois dans l'épais mélange, mais je me suis rendu compte en levant le nez que mes pensées vagabondaient depuis un petit moment. Le monde qui m'entourait a repris des contours nets et j'ai posé les yeux sur l'horloge vantant les mérites d'un alcool célèbre fixée au-dessus de la vieille gazinière : il était un peu plus de 17 heures.

— Flore ! Flooooooooooore !

Les appels se sont faits de plus en plus insistants, voire désespérés, et l'allongement de la voyelle de mon prénom ne me laissait aucun doute : mon cher père s'était encore fourré dans une situation impossible dont il espérait que j'allais le tirer.

J'ai remué une dernière fois l'épaisse mixture rouge sombre en soupirant intérieurement. Il ne se passait pas une semaine sans que papa n'ait besoin de mon aide. Il faisait sans arrêt appel à moi, que ce soit pour réparer quelque chose qu'il venait de casser — dernier objet en date, son réveil —, nettoyer son atelier — la semaine dernière, il avait réussi l'exploit de faire tomber quatre éprouvettes en même temps et de se couper en essayant de ramasser les bris de verre — ou chercher un objet perdu. La « chasse au trésor » comme il appelait ça, était une de ses grandes spécialités et occupait une partie non négligeable de mes journées. Il ne savait jamais où il posait les choses, qui avaient tendance à réapparaître dans des endroits incongrus : ses lunettes entre deux bacs à glaçons dans le congélateur, son portefeuille dans la machine à laver, ses clés dans l'appentis sous la tondeuse à gazon… Mon père était tout le temps dans la lune et il laissait à la pauvre mortelle que j'étais le soin de gérer son quotidien. Je me demandais parfois ce qu'il deviendrait sans moi. J'étais certaine qu'il passerait son temps enfermé dans son atelier à tenter de fabriquer des objets tous plus inutiles les uns que les autres et qu'il oublierait de se nourrir et de se laver. J'adorais mon père, n'allez pas croire; j'aurais juste aimé qu'il soit capable de se débrouiller un peu tout seul de temps en temps.

— Flooore ! Floooooooore !

Inutile de tergiverser davantage. Quoi qu'il lui soit arrivé, il fallait que je vole à son secours. J'ai posé la spatule en bois sur le plan de travail qui avait connu des jours meilleurs du temps où l'eau courante n'arrivait pas jusque dans la cuisine et j'ai baissé le gaz au minimum sous la marmite. J'avais intérêt à faire vite : livrée à elle-même, la confiture avait tendance à attacher, comme j'en avais fait plusieurs fois l'amère expérience. Je me suis dirigée rapidement vers la porte de la cuisine en m'essuyant les mains sur le torchon coloré que j'avais, comme à mon habitude, glissé dans la ceinture de mon short en jean.

Il faisait encore très chaud en cette fin d'après-midi de juillet et la chaleur dégagée par la cuisson des fruits n'arrangeait rien : je sentais la transpiration dégouliner entre mes omoplates sous mon T-shirt en coton blanc. J'ai passé la main sur mon front, histoire de repousser les frisottis qui avaient décidé de me coller à la peau. Entre ça et mes tongs roses estampillées *Reine des neiges* — une promo au supermarché, deux paires achetées la deuxième à moitié prix —, je me sentais super glamour. Comme on était dimanche et que j'étais seule à la maison avec mon père, ce n'était pas bien grave. Ce n'était pas comme si le prince charmant allait débarquer dans mon allée sur son fougueux destrier pour m'enlever avant de me faire l'amour dans un champ de maïs. Comme le disait si bien Fanny, ma meilleure amie : « Les Prince, ma chérie, on les trouve uniquement… au rayon biscuits. »

J'ai franchi la porte-fenêtre branlante et débouché dans la courette où les mauvaises herbes poussaient à qui mieux mieux entre les pavés disjoints. J'ai cligné des yeux, aveuglée par le soleil éclatant de cette fin d'après-midi. Dehors, la chaleur était paradoxalement moins étouffante que dans la cuisine, à cause d'une légère brise qui agitait les feuilles des arbres de la cour. Les deux poules, Delphine et Marinette, dont les plumes brillaient sous le soleil, vaquaient à leurs occupations, indifférentes à la chaleur. En dehors de cette présence animalière familière, je ne distinguais personne.

— Flore ! Flooooore !

Les cris, qui avaient momentanément cessé, ont repris

de plus belle, en provenance, me semblait-il, du fond du jardin.

— Papa ? ai-je crié en regardant autour de moi, la main en visière sur le front.

J'ai plissé les yeux pour accommoder ma vision et je n'ai eu besoin que de dix secondes pour comprendre ce qui justifiait ces appels frénétiques.

Mon père était assis à califourchon sur la branche la plus basse du vieux pommier, face au tronc, qu'il entourait de ses bras. Le hic, c'était que l'échelle avec laquelle il avait manifestement atteint la branche — qui surplombait le sol à près de trois mètres — était étendue sur le sol. Mon père, qui ne sortait quasiment jamais du laboratoire-atelier qui lui servait occasionnellement de chambre, n'avait de toute évidence rien trouvé de mieux à faire de son dimanche après-midi que de grimper dans un arbre.

J'ai secoué la tête, les yeux fermés : peut-être que, quand je les rouvrirais, la vision absurde de mon père en train d'enlacer le tronc à califourchon sur une branche aurait disparu et que je pourrais retourner à ma confiture.

J'ai compté jusqu'à dix avant de rouvrir les yeux : hélas, mon père était toujours là, cramponné au pommier comme si sa vie en dépendait.

Ce qui, reconnaissons-le, était un peu le cas.

Cette fois-ci, je n'ai pas pu me retenir de soupirer. J'ai été prise d'une subite envie de m'exclamer : « Mais pourquoi, papa ? Pourquoi ? », tout en prenant à témoin le ciel sans nuages, mais je savais que ça ne servirait pas à grand-chose sinon à retarder le sauvetage et mon retour à la cuisine. Je me suis donc contentée de crier :

— Tiens bon, papa, j'arrive !

J'ai franchi d'un pas vif la dizaine de mètres qui

me séparait du pommier et je me suis penchée pour ramasser l'échelle qui était tombée au pied de l'arbre. Cette échelle gigantesque dont personne ne se servait jamais pesait un âne mort : j'ai galéré comme une malade pour la redresser, le souffle court et les muscles tétanisés. L'exercice n'a rien fait pour améliorer mon état : je me suis trouvée carrément en nage.

Après ce qui m'a semblé être une éternité de lutte, je suis enfin parvenue à redresser l'échelle et à la poser contre le tronc. J'ai tenté de reprendre le contrôle de ma respiration tout en levant les yeux vers la cime de l'arbre. C'est alors que je me suis rendu compte que le haut de l'échelle n'atteignait pas la branche sur laquelle mon père continuait de s'égosiller comme s'il n'avait pas vu que j'étais là. Ce qui était probablement le cas, vu qu'il me tournait le dos.

Merde.

J'ai considéré un instant l'échelle, le cœur battant : j'avais le vertige depuis toujours. Monter sur une chaise pour trouver quelque chose dans un placard m'était douloureux, au point que je m'arrangeais pour tout ranger à portée de main, tant pis pour la place perdue. Je n'avais jamais grimpé aux arbres, ni réussi à peindre un plafond. La vision de cette échelle m'inspirait plus de terreur qu'une armée de faucheux — ma deuxième phobie.

— Papa ! Papaaaaa ! Je suis là !

J'avais beau crier de toutes mes forces pour signaler ma présence, mon père ne se retournait toujours pas. Il était atteint parfois d'une surdité sélective, qu'il semblait avoir décidé de mettre en œuvre aujourd'hui. Génial. De ma position en bas de l'arbre, je ne voyais de lui qu'une partie de son profil gauche, pressé contre le tronc.

Bon. Je n'avais pas d'autre choix que de grimper. J'ai inspiré un grand coup, fait taire la petite voix apeurée qui me disait de rester sur la terre ferme, et posé le pied sur le premier barreau. *Si tu restes concentrée sur l'écorce brune, tout va bien se passer*, me suis-je dit pour m'encourager. J'ai gravi les barreaux de l'échelle presque en apnée, les mains cramponnées aux montants lisses, les yeux à moitié fermés, en tentant de réguler ma respiration et d'ignorer la sensation d'étourdissement que je sentais monter en moi comme une vague inexorable. *Tu peux le faire, ma fille, tu peux le faire*. Une fois parvenue le plus haut possible, j'ai levé lentement les yeux vers mon père, qui s'égosillait toujours face au tronc.

— Je suis là, papa, ai-je dit sur le ton le plus assuré possible.

Il a sursauté et j'ai craint un instant qu'il ne bascule sur le côté. J'ai tendu instinctivement la main pour la poser sur sa cheville afin de le stabiliser. Comme je n'étais pas bien grande, j'ai été obligée de me mettre sur la pointe des pieds. L'échelle a bougé sous mes pieds et j'ai serré les dents pour ne pas hurler et résister à la vague de terreur qui a déferlé sur moi. Mourir de peur en haut d'une échelle par un dimanche après-midi de juillet ne faisait pas partie de mon programme, pas plus que me casser une jambe — et pire — en tombant d'une échelle sur laquelle je ne voulais pas monter. L'échelle s'est stabilisée et j'ai respiré profondément, pas tout à fait soulagée.

En sentant ma main sur sa cheville, papa a tourné la tête dans ma direction.

— Ah, Flore ! Te voilà enfin ! Tu étais où ? Ça fait des heures que je t'appelle !

— Ça m'étonnerait un peu, ai-je répondu en souriant

de l'air le plus naturel possible, sans tenir compte du battement de mon cœur qui résonnait dans mes tempes. A vue d'oreille, ça fait à peine cinq minutes. Qu'est-ce que tu fais là-haut ?

J'essayais d'avoir l'air aussi naturel que possible alors que je me sentais aussi à ma place en haut de cette échelle que Justin Bieber dans une réunion de philosophes.

— Je suis monté récupérer le ballon que Clélia a coincé hier soir, a répondu papa en brandissant, triomphant, le ballon rose que ma fille avait effectivement envoyé dans le pommier en jouant.

En levant le bras, il a vacillé de nouveau, et j'ai poussé un petit cri de frayeur.

— Papa !

— Tout va bien, tout va bien, a-t-il répondu en se redressant. J'ai récupéré le ballon, c'est l'essentiel. (Je me suis bien gardée de lui dire que mon avis différait sur la question et qu'en ce qui me concernait, le ballon aurait pu rester coincé jusqu'à la saint-glinglin sans que j'y trouve à redire.) Bon, j'ai perdu mes lunettes dans l'histoire, mais c'est pas grave, on va les retrouver.

Je me suis alors rendu compte que ses lunettes n'étaient effectivement nulle part en vue, ni sur son nez, ni sur sa tête, ni au bout du cordon que je lui avais fabriqué afin d'éviter ce genre d'incident.

— Certainement, papa.

Comme les deux cent quarante-trois fois précédentes. Depuis le temps que je vivais avec lui — quasiment toute ma vie, si on exceptait les deux ans que j'avais passés avec Gauthier —, j'étais tellement habituée à sa distraction que je n'y faisais même plus attention. La seule chose que je craignais vraiment, c'était qu'un jour il perde la tête. Mais ça n'avait pas l'air près de se produire. Il continuait à lire la presse scientifique comme si sa vie en dépendait et avait toujours une mémoire d'éléphant pour tout ce qui concerne les faits scientifiques : c'était juste les gens et les choses qui ne l'intéressaient pas. Du coup, depuis vingt-six ans, je l'aidais à chercher ses affaires. Pour l'instant, on avait toujours tout retrouvé. Même le sécateur, qui avait fait surface la dernière fois... dans l'armoire de la salle de bains.

— Papa, comment tu as fait pour passer de l'échelle à la branche ?

Il a baissé les yeux vers moi, et j'ai deviné de la perplexité dans son regard bleu pâle.

— Ben, j'ai enjambé, pardi, a-t-il répondu comme si c'était la chose la plus naturelle du monde.

— OK. Bon, ben, il va falloir que tu « déjambes », ai-je répliqué.

Il m'a considérée comme si je venais de dire une énormité. Ce qui, si on y réfléchissait bien, était probablement le cas.

— Que je « déjambe », a-t-il répété comme s'il examinait sérieusement ce que ce verbe pouvait bien vouloir dire. Pas de problème, a-t-il fini par dire en tendant la jambe gauche le plus loin possible en direction de l'échelle.

Je suis descendue un peu pour lui laisser l'accès au barreau du haut, un peu inquiète de le voir s'escrimer pour tendre la jambe au maximum, le pied pointé comme celui d'une danseuse. Il a fini par poser la pointe de son espadrille grise sur le barreau du haut, a tâtonné un peu pour assurer sa prise et fait glisser ses bras autour du tronc afin de déplacer le poids de son corps de la branche vers l'échelle. J'ai retenu mon souffle tout le temps qu'a duré l'opération et ne me suis mise à respirer de nouveau normalement que lorsqu'il a eu les deux pieds posés bien à plat sur le barreau de l'échelle.

J'ai achevé ma descente plus facilement que je n'étais montée, le regard fixé sur le tronc de l'arbre, et il m'a suivie de près sans lâcher le ballon de Clélia.

— Merci, ma chérie, a-t-il dit une fois en sécurité sur le plancher des vaches.

— De rien, papa. (Mon cœur battait toujours la chamade et j'ai inspiré profondément pour calmer le tremblement de mes mains.) Je dois retourner surveiller ma confiture. Tu veux que je t'aide à retrouver tes lunettes d'abord ?

— Ah, mes lunettes, a-t-il marmonné en enfonçant les mains dans les poches de son jean avant de les poser à plat sur sa chemise en tâtonnant. Les voilà ! s'est-il exclamé en les extirpant de sa poche de poitrine.

C'était bien elles, rangées au chaud dans la poche de sa chemise. Mais elles avaient perdu leur cordon.

J'ai soupiré intérieurement sans faire de commentaires. Je lui en fabriquerais un nouveau quand j'aurais un peu de temps devant moi. Une fois que j'aurais achevé cette fournée de confiture par exemple. Et quand la fissure qui s'étalait, de plus en plus menaçante, sur l'un des murs du salon serait rebouchée. Et que j'aurais appelé le plombier pour réparer la chaudière qui tombait en morceaux, pièce par pièce. Et payé les factures qui s'entassaient dans la corbeille posée sur mon bureau. Et…

J'ai été interrompue dans cette litanie de réflexions silencieuses pour le moins déprimantes par un bruit de moteur. J'ai tourné la tête juste à temps pour voir le 4x4 noir rutilant de Gauthier franchir le portail et s'engouffrer dans l'allée gravillonnée qui menait à la fermette. Il a freiné brutalement en faisant crisser ses pneus et ouvert sa portière à la volée avant de se diriger vers l'arrière pour faire descendre Clélia. Il s'est déplacé tellement vite qu'il m'a donné l'impression de faire tout ça dans un seul mouvement. Notre fille n'a même pas eu le temps d'ouvrir elle-même sa portière ; il s'en est chargé pour elle.

Clélia est descendue du véhicule pour se précipiter vers moi en courant, toute jupe froufroutante au vent. Elle s'est immobilisée le temps de me tendre la joue pour que j'y dépose un bisou, puis elle s'est tournée vers son grand-père, qui l'a regardée, sidéré par tant de vitalité, le ballon rose toujours à la main. J'ai remarqué soudain qu'il avait posé ses lunettes sur le bout de son nez et qu'elles étaient légèrement de travers.

— Ah, Poune, t'as récupéré mon ballon, super ! s'est exclamée Clélia en s'en emparant sans que mon père proteste. Je vais jouer avec Silver !

La fin de sa phrase s'est perdue dans la distance tandis qu'elle s'éloignait à toutes jambes vers le coin de la maison à la recherche du chien, qui devait être selon toute probabilité en train de roupiller à l'ombre de l'un des rosiers qui proliféraient dans le jardin à l'arrière de la maison.

J'ai suivi des yeux sa queue-de-cheval brune qui rebondissait au rythme de ses foulées. Ses sandales roses ont fait crisser le gravier avant de se perdre dans l'herbe sèche du fond du jardin. Ma fille avait huit ans, et elle était toujours en mouvement. Cette enfant était un tourbillon, que dis-je, un tourbillon, une tornade. Un cyclone.

Je me suis tournée vers Gauthier, et mon sourire s'est effacé en percevant sa désapprobation silencieuse. Cette dernière était si puissante qu'elle en devenait presque palpable, comme un nuage sombre planant entre nous. Gauthier n'avait pas ôté ses lunettes de soleil et il tapait du pied avec nervosité, comme si le gravier lui avait fait quelque chose. Malgré la chaleur, il était impeccable dans son bermuda et son polo noirs parfaitement repassés. Je ne pouvais me défaire de l'impression tenace qu'il faisait preuve, en vieillissant, d'une élégance de plus en plus flagrante. Le garçon toujours en jean et en baskets que j'avais rencontré au lycée s'était transformé sans que je m'en rende compte. Quand il ne portait pas le costume cravate qui allait de pair avec son job d'ingénieur dans la finance, il faisait preuve d'un goût prononcé pour les fringues *casual chic* comme disait Fanny. J'ai baissé les yeux sur mon T-shirt froissé et maculé de sueur et j'ai constaté que, cerise sur le *cupcake*, une énorme tache de groseille s'étalait sur mon sein droit. Super. Gauthier était beau comme un adonis et sapé comme un mannequin Armani et moi je ressemblais à une Cendrillon période pré-prince charmant, qui aurait remplacé les cendres de la cheminée par la confiture. J'avais même le torchon toujours glissé dans la ceinture de mon short pour attester de mon statut de souillon. Ma vie s'améliorait de minute en minute.

Gauthier, vous l'aurez compris, était le père de ma fille. Mon ex, donc.

Je pouvais vraiment dire « mon » ex, vu que je n'ai jamais connu d'autre homme que lui. Gauthier était mon petit ami au lycée et le premier — et dernier — homme avec qui j'aie couché. J'étais très amoureuse de lui : il était mignon, drôle, un peu geek, et rien ne laissait présager qu'il se transformerait en *control freak* chiant qui viendrait taper du pied sur mon gravier, vêtu comme une gravure de mode. Je suis tombée enceinte de Clélia quand j'avais dix-sept ans, après une fête un peu trop arrosée. Gauthier en avait à peine dix-huit. J'ai gardé cette enfant, mais je n'ai pas réussi à garder son père.

— Bon, écoute, Flore, j'ai quelque chose à te dire, a-t-il annoncé avec cette voix légèrement feutrée que j'avais longtemps trouvée séduisante mais qui à présent m'horripilait profondément.

Je me suis aussitôt raidie. Quand Gauthier avait « quelque chose à me dire », ce qui suivait ne me plaisait pas vraiment. C'était bizarre, d'ailleurs. Il n'employait jamais cette phrase pour m'annoncer un truc sympa, du genre il aurait décidé de son propre chef d'augmenter la pension alimentaire. Non. Ça précédait toujours une mauvaise nouvelle. Il ne pouvait pas venir à l'anniversaire de Clélia parce qu'il était obligé de se rendre à un séminaire qui avait subitement poussé dans son agenda, ou il était contraint de décaler les dates de ses vacances à cause d'un collègue malade, ou il n'était justement pas là le week-end qui était le sien parce qu'il avait une réunion de famille à laquelle il ne pouvait pas emmener la petite. Ses excuses étaient nombreuses et variées et présentaient toutes un point commun de taille : elles étaient bidon. Comme disait Fanny : « Dans un orchestre, ton ex serait premier pipeau. »

— J'ai été obligé de décaler mes dates de vacances, a poursuivi Gauthier.

Ben tiens. Qu'est-ce que je disais.

— OK, ai-je répondu. C'est pas grave. Tu as pris la première quinzaine d'août finalement ?

Nous avions prévu il y a déjà quatre mois de cela qu'il emmènerait Clélia à Arcachon dans la maison de campagne de ses parents pendant la deuxième quinzaine d'août.

— Je prends quinze jours en septembre, a-t-il rétorqué avec brusquerie.

En septembre ? Vraiment ? Mais qui prenait ses vacances en septembre à part les gens qui n'avaient pas d'enfant ?

— Euh, mais...

J'ai jeté un coup d'œil vers mon père même si je savais bien que je n'avais aucun soutien à espérer de lui. Papa écoutait la conversation sans rien dire, et j'étais prête à parier qu'en réalité il n'en entendait pas un mot : il devait penser à tout autre chose, l'esprit à mille lieues des réalités matérielles de la vie, perdu quelque part dans le cosmos, dans une galaxie lointaine, très lointaine où il n'y avait ni petite-fille, ni ex-gendre, ni problèmes de garde.

— Oh ! ne monte pas sur tes grands chevaux, m'a interrompue Gauthier. C'est comme ça, je n'y peux rien. On voit bien que tu ne sais pas ce que c'est que d'avoir un patron ! C'est facile pour toi, tu fais ce que tu veux quand tu veux.

— C'est vrai, ai-je admis en hochant la tête. Je suis désolée pour toi. Tu l'as annoncé à Clélia ?

— Non. Je me suis dit que ça passerait mieux si ça venait de toi.

J'ai dégluti. Non seulement il ne prenait pas sa fille en vacances comme c'était prévu, mais en plus c'était à moi de le lui dire et de gérer sa déception ? J'ai ravalé les mots qui me montaient aux lèvres.

— Ah. OK. On te revoit quand, alors ?

— Je ne sais pas. J'essaierai de la prendre un week-end du mois d'août, mais je ne peux rien te promettre. Il faut aussi que je voie avec Nina. Ce qui l'arrange, tu vois ?

Je voyais très bien. Nina, c'était sa femme. Celle qu'il avait épousée en grande pompe l'été dernier. Cent cinquante invités, une robe de princesse, un buffet à tomber par terre. C'était en tout cas ce que m'avait raconté Clélia, qui était demoiselle d'honneur.

— Pas de problème. Fais au mieux, ai-je répondu avec un sourire forcé.

— On s'appelle. Monsieur Deschamps, a-t-il dit en tendant à mon père une main que celui-ci a serrée machinalement, un peu surpris. Ciao, a-t-il ajouté en se contentant de tourner la tête vers moi sans me faire la bise.

Comme d'habitude.

Puis il a tourné les talons brusquement, regagné sa voiture et démarré comme il était arrivé. En trombe.

J'ai regardé son véhicule disparaître dans un nuage de poussière.

Annoncer à ma fille qu'elle ne partirait finalement pas en vacances avec son père, voilà une tâche dont je me serais bien passée et qui s'ajoutait à la longue liste des choses peu réjouissantes que je devais faire.

J'ai soupiré, cette fois-ci, ouvertement.

Mon père m'a lancé un regard intrigué.

— Tu ne trouves pas que ça sent le brûlé ?

J'ai levé le nez en reniflant. Il avait raison : une odeur de cramé me chatouillait désagréablement les narines.

— Merde ! Ma confiture !

Chapitre 2

Le spectacle qui m'a accueillie lorsque j'ai franchi la porte-fenêtre de la cuisine en courant était apocalyptique.

Une épaisse fumée noirâtre avait envahi la pièce et une affreuse odeur de groseilles calcinées planait par-dessus. Je me suis précipitée vers la bassine de confiture qui était sur le feu tout en agitant le torchon que j'avais récupéré dans ma ceinture, histoire d'essayer de chasser la fumée qui m'a sauté au visage, me faisant instantanément larmoyer. J'avais du mal à distinguer quoi que ce soit, mais j'ai fini par atteindre la gazinière et par arrêter le gaz.

Sans cesser d'agiter mon torchon, j'ai ouvert en grand les trois fenêtres qui donnaient sur le jardin. Heureusement que la brise n'avait pas faibli : la fumée s'est suffisamment dissipée pour me permettre de faire une estimation des dégâts. La confiture avait sérieusement accroché au fond de la marmite. J'étais arrivée juste à temps pour éviter que cette dernière soit fichue, voire pire, que la cuisine prenne feu. J'ai goûté la couche supérieure par acquit de conscience mais je savais déjà qu'elle était immangeable : elle avait trop cuit et même ce qui n'avait pas cramé était amer. Je me suis livrée à un rapide calcul : il y avait de quoi remplir une trentaine de pots. Ce n'était pas énorme, mais à cinq euros cinquante le pot, je venais de perdre cent soixante-cinq euros. Le prix à payer pour rafistoler la chaudière et espérer qu'elle tienne encore six mois.

— Je peux t'aider ?

La voix de mon père m'a sortie de mes calculs et ramenée à la réalité. Il m'avait suivie dans la cuisine et regardait autour de lui, désemparé. Il avait l'air désolé de ma mésaventure mais étant donné qu'il ne savait même pas manier un balai, je ne voyais pas ce qu'il pouvait faire pour moi. Il ne me restait qu'à jeter le contenu de la bassine et à recommencer.

— Non, merci, papa, c'est gentil. Je vais tout nettoyer, ne t'inquiète pas.

— Bon, si tu as besoin de moi, je suis dans l'atelier, a-t-il annoncé en se dirigeant vers la porte-fenêtre.

Je me suis contentée d'acquiescer en silence.

J'ai soupiré, le regard rivé sur la bassine. J'avais envie de pleurer mais je me suis retenue. Je n'allais quand même pas verser des larmes à cause d'une confiture ratée. Et du temps perdu. Et de l'énergie que j'allais devoir déployer pour nettoyer la bassine.

J'ai redressé les épaules en inspirant profondément. *Allez, ma fille, demain est un autre jour, comme disait Scarlett O'Hara.* J'étais certaine que ce n'était pas le genre de femme à se laisser abattre par une confiture ratée, elle. Une femme capable de transformer un rideau en robe en deux coups de cuillère à pot n'aurait certainement pas pleuré devant un tas de groseilles calcinées. Il y avait pire dans la vie. Même si je devais bien avouer que dans l'immédiat, cet incident occupait un bon 3 sur mon échelle de la lose, juste derrière « mon ex m'a vue en nage, les cheveux collés au front et de la confiture sur le sein ».

J'ai jeté ma confiture ratée puis j'ai récuré la marmite. Cette tâche ingrate qui nécessitait une certaine force — le fond de la bassine était recouvert d'une couche de confiture cramée d'au moins un demi-centimètre — avait quelque chose de mécanique qui a achevé de me redonner la pêche. La fumée a fini par se dissiper mais l'âcre odeur de brûlé, elle, n'a fait que s'atténuer sans disparaître tout à fait. Bah, ai-je songé en achevant d'essuyer la bassine en cuivre, ce n'était qu'un contretemps. Je préparerai une nouvelle bassine de gelée de groseilles au gingembre la semaine prochaine, à condition bien sûr que je trouve des groseilles au marché, et tant pis si au final il y avait moins de pots que prévu. C'était les aléas du métier et les clients le savaient bien. J'avais eu une forte demande pour de la groseille suite au succès remporté par ma confiture groseilles-anis début juillet, mais mes autres confitures plaisaient tout autant. J'avais prévu de faire de la confiture de pêches-nectarines-noix-cannelle-vanille avec les fruits achetés au marché la veille au matin, et je pouvais toujours remplacer la groseille manquante par autre chose, comme de la pastèque, par exemple. Après tout, c'était plus original. Peut-être que les clients seraient séduits. En règle générale, ils réservaient un accueil curieux et chaleureux à mes expérimentations : ma gelée de fleurs de pissenlit avait rencontré un franc succès l'année précédente.

Une fois la cuisine remise en état, j'ai pelé les pêches et les nectarines et les ai mises à macérer dans un mélange de cannelle, de vanille, de citron et de rhum. J'étais en train de me demander ce que j'allais bien pouvoir préparer à dîner, le nez plongé dans le réfrigérateur, lorsque Clélia a fait irruption dans la cuisine, Long John Silver dans les bras.

— Maman ! Long John a une écharde dans la patte !

J'ai levé le nez du compartiment à légumes et baissé les yeux sur la patte qu'elle me tendait. Le chien se laissait faire, docile, et il m'a jeté un regard humide, la tête penchée sur le côté. Long John Silver était un bâtard qu'on avait recueilli trois ans plus tôt. Il avait été abandonné sur le bord de la route par ses maîtres et s'était blessé à la patte en errant. Lorsqu'une bonne âme l'avait trouvé et emmené à la SPA, la blessure s'était tellement infectée que le vétérinaire n'avait eu d'autre choix que de l'amputer. Le berger des Pyrénées que possédait mon père depuis longtemps venait juste de mourir de vieillesse et Clélia voulait à tout prix un autre chien. Nous avons toutes les deux fondu devant le regard humide et les longues oreilles poilues de ce chien qui avait l'air d'être un croisé entre un épagneul breton, un english springer spaniel et quelque chose d'inidentifiable. C'est moi qui avais proposé de le baptiser Long John Silver, en hommage au pirate à la jambe de bois de *L'Ile au trésor*, même s'il avait un caractère beaucoup plus agréable et une bouille nettement plus craquante que le personnage de R. L. Stevenson. Sa patte manquante ne l'empêchait pas de courir comme un dératé même si ça lui donnait une posture un peu bancale et étrangement chaloupée. Clélia adorait ce chien, qui la suivait partout.

— Voyons voir, ai-je dit en refermant la porte du réfrigérateur avant de saisir la patte de Long John. Mmm, je ne suis pas certaine que ça soit une écharde. Plutôt une petite plaie. Je vais la désinfecter.

Je me suis dirigée vers l'armoire à pharmacie en métal rouge que j'avais fixée au mur près de la porte ouvrant sur le hall d'entrée. Mon père étant étourdi et enclin à se blesser avec régularité, j'avais installé des trousses à pharmacie dans quasiment toutes les pièces de la maison. J'en ai sorti un antiseptique en spray et une compresse.

— Ça sent bizarre, a dit Clélia en jetant un regard perplexe autour d'elle.

— La confiture de groseilles a cramé, ai-je expliqué en déballant la compresse.

— Zut. Tu as perdu des paillettes de licorne alors ?

Je n'ai pas pu m'empêcher de sourire. Un jour qu'une cliente, qui m'avait couverte de compliments sur ma confiture de mirabelles, me demandait de lui donner ma recette, j'avais répondu, évasive, que j'utilisais un ingrédient secret. Une fois la cliente partie, Clélia avait voulu savoir quel était l'ingrédient en question. Je lui avais répondu que j'y mettais parfois des paillettes de licorne, parfois de la poudre de perlimpinpin et, quand j'arrivais à mettre la main dessus, des gouttes d'arc-en-ciel. Elle avait juré, sérieuse comme un pape, qu'elle ne le dirait à personne.

— Ne t'inquiète pas, j'en ai tout un stock. Comment s'est passé le week-end chez ton père ? ai-je demandé tout en nettoyant la petite blessure de Long John, qui se laissait faire sans broncher.

— C'était super. Nina m'a emmenée à la piscine. Je me suis fait une copine là-bas, elle s'appelle Jeanne. Elle m'a dit qu'elle allait se baigner tous les week-ends. J'aimerais bien la revoir mais je lui ai dit que la prochaine fois je serais pas là parce que j'allais à Arcachon avec mon père.

Merde. J'étais censée lui dire que les vacances à Arcachon étaient annulées, mais j'ai eu beau ouvrir la bouche, aucun son n'en est sorti. Gauthier était vraiment gonflé de m'avoir refilé le bébé. J'ai regretté de ne pas avoir eu la présence d'esprit de lui dire ses quatre vérités dans l'après-midi ; il était plus que temps que j'arrête de me laisser marcher sur les pieds par mon ex. Mais il était trop tard à présent. La perspective de décevoir ma fille m'empêchait de parler. Je n'avais aucune envie de lui faire de la peine. J'ai décidé lâchement de remettre l'annonce à plus tard. Après tout, on n'était pas à un jour près. Voire deux. Voire une semaine.

— Et voilà ! ai-je dit en reposant la patte de Long John. Il est comme neuf.

Je me suis penchée pour déposer un baiser sur le sommet du crâne de ma fille tout en caressant la tête du chien.

— Est-ce que je peux regarder un dessin animé avant le dîner ?

J'ai levé les yeux vers la pendule.

— Tu n'as pas le temps, ma puce. Va plutôt prendre ta douche.

— J'ai pas très envie, a protesté Clélia. L'eau est froide des fois.

— On peut vérifier. Et si elle est froide, je peux faire chauffer une marmite, ai-je proposé en repoussant une de ses mèches de cheveux derrière son oreille.

La chaudière fonctionnait de manière capricieuse depuis de longs mois. Mon père ne semblait pas en être affecté et se douchait à l'eau froide sans se plaindre, mais j'en étais réduite à faire régulièrement chauffer de l'eau dans mes bassines à confiture que je transportais ensuite jusqu'à la salle de bains, au premier étage, où j'aidais Clélia à se doucher avec une petite casserole. Hyper pratique.

— Et puis en plus je me suis déjà lavée ce matin chez papa, a-t-elle poursuivi sur un petit ton sérieux.

J'ai contemplé ma fille, dont l'air impassible était démenti par l'espièglerie qui brillait dans ses yeux. J'avais beau avoir une histoire difficile avec son père depuis des années et avoir eu cette enfant dans des circonstances pour le moins compliquées, il me suffisait de la regarder pour sentir mon cœur se gonfler de joie et oublier tout le reste, soucis de chaudière, confiture cramée et ex insupportable inclus.

— D'accord. Tu peux regarder un dessin animé, ai-je capitulé en souriant. Mais quand je t'appelle pour dîner, tu viens sans rechigner, OK ?

— D'accodac, a-t-elle répondu et un large sourire a illuminé ses traits encore un peu poupins dans lesquels j'apercevais toujours le bébé qu'elle avait été.

Elle avait piqué cette expression désuète à son grand-père et je n'ai pas pu m'empêcher de sourire à mon tour en la regardant sortir de la cuisine, Long John toujours dans les bras, sa jupe à volants se balançant au rythme de ses pas.

Je n'ai pas eu le temps de retourner à mon frigo : la porte d'entrée s'est ouverte et une voix familière a empli tout le hall carrelé. Pas besoin de regarder l'heure pour savoir qu'il était 19 h 30 tapantes et que Fanny venait dîner, comme tous les dimanches soir depuis des années.

— Y a quelqu'un ? a-t-elle braillé.

— Dans la cuisine !

Fanny a fait son entrée dix secondes plus tard, une bouteille de vin rouge à la main. Elle était toute fraîche et pimpante dans sa robe à fines bretelles ; à croire que la canicule qui liquéfiait la pauvre mortelle que j'étais n'avait aucune prise sur elle. Si elle n'avait pas été ma meilleure amie depuis la maternelle et si je ne la considérais pas quasiment comme ma sœur, j'en aurais éprouvé une vive jalousie. Je ne savais pas comment elle faisait pour être toujours impeccable. En vingt ans d'amitié, je ne l'avais jamais vue mal coiffée ni habillée n'importe comment. Même en pyjama, elle avait la classe. Ce genre de femmes est le cauchemar de celles qui, quoi qu'elles fassent, ont toujours un épi mal placé ou le mascara qui fait des paquets. Comme moi.

— Salut, ma biche, a dit Fanny en me faisant la bise avant de poser la bouteille sur la grande table en bois qui occupait tout le centre de la pièce. Je ne sais pas ce que tu as fait aujourd'hui, mais je suis certaine que tu mérites un verre. Ça ne sent pas le brûlé ? a-t-elle ajouté en reniflant, le nez en l'air, tout en jetant un regard intrigué autour d'elle.

— A t'en croire, on mérite toujours un verre, ai-je rétorqué en rouvrant mon frigo. J'ai fait cramer ma bassine de gelée de groseilles.

— Comment t'as fait ? Tu t'es endormie en touillant ? Ou tu rêvais aux abdos de Ryan Gosling ?

— Rien de tout ça. J'ai dû voler au secours de mon père qui n'a rien trouvé de mieux que de rester coincé dans le pommier, ai-je répondu en farfouillant dans le bac à légumes. Purée ?

— Par cette chaleur ? a protesté Fanny. T'as pas plutôt de la salade ?

— Mon père va encore dire qu'il n'est pas un lapin, ai-je répliqué en sortant les pommes de terre du frigo.

— En parlant de ton père, qu'est-ce qu'il faisait dans l'arbre ? Une expérience de chimie ? Il voulait analyser la teneur en chlorophylle des feuilles ?

— Non, il voulait juste récupérer le ballon que Clélia avait coincé dans une branche hier. Jambon ? ai-je proposé en regardant Fanny par-dessus la porte ouverte du frigo.

— Jambon purée un dimanche soir ? Tu veux me donner un avant-goût de la maison de retraite où on partagera une chambre et un dentier, c'est ça ? s'est offusquée Fanny en attrapant le tire-bouchon dans le pot métallique plein d'ustensiles de cuisine. Pourquoi pas un bouillon avec des pâtes alphabet tant qu'on y est ?

— Je ne comprends vraiment pas pourquoi tu éprouves tant de haine envers le jambon purée. Ce n'est pas non plus comme si je t'avais proposé de la Floraline.

— Je ne répondrai même pas à cette provocation, a rétorqué Fanny en débouchant la bouteille.

— Pfff. Du poulet chasseur, alors ? ai-je suggéré en plongeant de nouveau dans les profondeurs de mon frigo.

— Ah, voilà qui me sied davantage.

J'ai posé le poulet et les lardons sur le plan de travail tandis que Fanny débouchait la bouteille. Le « plop » du bouchon a fait entendre à mes oreilles une musique plus mélodieuse que tous les chœurs des anges réunis. Fanny avait raison, j'avais bien mérité ce verre. Verre qui s'est matérialisé comme par magie à côté du poulet que j'avais commencé à découper en morceaux.

— Aux abdos de Ryan Gosling, même si tu n'y as pas songé en touillant ta gelée ! s'est exclamée Fanny en levant son verre.

— Et aux fesses de Mylène Farmer ! ai-je répondu en l'imitant.

— Pourvu qu'elles soient douces, a renchéri Fanny en portant le verre à ses lèvres.

Elle a ensuite ouvert le tiroir à couverts d'où elle a sorti l'économe.

— Il faudra un jour qu'on fasse la liste de tous nos toasts suprêmement intelligents, a-t-elle poursuivi en commençant à éplucher les pommes de terre sans que j'aie besoin de le lui demander.

Nos centaines de dîners dominicaux étaient autant

d'occasions de cuisiner ensemble, ce qui était très agréable. J'aimais bien bavarder en préparant les repas et je n'en avais l'occasion que le dimanche soir.

— Pour quoi faire ? ai-je demandé en finissant de détacher les blancs de la volaille.

Je me suis essuyé les mains et j'ai mis la carcasse du poulet dans une boîte en verre avant de la ranger au frigo. J'en ferais un bouillon dans la semaine. Avec des pâtes alphabet.

— Pour nous occuper, a répondu Fanny.

— Tu trouves pas qu'on l'est suffisamment comme ça ? Entre tes élèves et mes confitures, je trouve qu'on a déjà fort à faire.

Sans parler de ma fille, mon père et la maison.

— Mes élèves ne m'occupent pas en ce moment, puisque ce sont les vacances, a répliqué Fanny, toujours pleine de bon sens. Ce serait sympa de faire profiter les autres de notre imagination débridée. On pourrait passer à la postérité. On serait les nanas qui ont porté un toast aux cheveux d'Hervé Vilard et à la voix de chocolat noir intense de Marc Lavoine.

— Je ne suis pas certaine qu'il y ait une quelconque gloire à en tirer, ai-je répondu en commençant à éplucher un oignon. Comment s'est passé ton week-end ?

Fanny n'a pas répondu tout de suite et j'ai levé vers elle mes yeux larmoyants — merci l'oignon. Elle avait comme d'habitude relevé ses cheveux sombres en queue-de-cheval et son visage était exempt de tout maquillage. Elle était très jolie, avec ses yeux de chat, ses pommettes saillantes et sa bouche pulpeuse et bien dessinée. Pour l'heure, elle était concentrée sur sa tâche et elle pelait les pommes de terre comme elle faisait tout le reste : avec efficacité et précision. Fanny était tout mon contraire. Elle était toujours impeccable, j'étais perpétuellement froissée; elle était ponctuelle et organisée, j'étais bordélique et toujours en retard; j'avais l'impression de me débattre dans une vie pleine de rebondissements et d'imprévus alors qu'elle menait la sienne comme un général de l'armée russe : rien ne lui résistait. Quand j'étais gamine, une institutrice l'avait surnommée le bulldozer. Ce surnom lui allait à merveille.

— Ennuyeux à périr comme un week-end de juillet, a-t-elle fini par répondre.

— T'avais pas un rendez-vous ? ai-je demandé en allumant le gaz sous le poêlon où j'ai fait revenir l'oignon et les lardons.

Une odeur délicieuse s'est instantanément répandue dans la cuisine, chassant les dernières traces de brûlé et je me suis soudain rendu compte que j'étais affamée.

— Si, hélas.

— Pourquoi hélas ?

— Parce que je suis tombée sur le mec le plus naze du département. Je pense même qu'il pourrait carrément concourir pour le titre de Mister Naze Aquitaine.

— Tu n'avais pas déjà dit ça pour le précédent ?

— Ben c'est la preuve qu'on n'est jamais à l'abri du pire, tu vois. Je n'aurais pas dû critiquer l'autre. Le destin s'est vengé. Parce que sur l'échelle de nazitude des losers, je peux t'assurer que celui d'hier était à 12 sur 10. Voire 12,5.

— Ah bon ? A ce point ? Pourquoi ?

J'ai disposé les morceaux de poulet dans le poêlon avant d'y ajouter les tomates pelées que j'avais moi-même mises en conserve au début de l'été.

— Il n'a parlé que de lui, a répondu Fanny. J'ai eu droit à la totale. Il a commencé par me bassiner avec son job passioooonnant — attends, le type est actuaire, tu te rends compte ? Je pensais que ce métier avait été inventé pour les films américains, mais en fait non, figure-toi que c'est un *vrai* métier.

— Ça consiste en quoi ?

— Tu es sûre que tu veux savoir ? A mon avis, rien que de t'expliquer ce que c'est, tu vas être envahie par une envie de te suicider en t'ouvrant les veines à la petite cuillère.

— Vas-y, fais-moi rêver.

— C'est un mec qui fait des stats pour les compagnies d'assurances. Genre, il calcule quelle est la probabilité que tu meures avant soixante-dix-huit ans, vu que tu préfères le chocolat aux noisettes aux yaourts à 0 %.

— So sexy.

— Et ce n'était que le début ! Il a enchaîné sur son hobby préféré, le golf. Tu es d'accord avec moi, c'est quand même le sport le plus chiant du monde, non ?

— Ça va bien avec actuaire, remarque. Tellement bien que c'est presque un cliché.

— Crois-moi, il n'y a pas que ça qui faisait cliché. Après j'ai eu droit à l'histoire complète de sa famille sur quatre générations, puis à une dissertation sur ses opinions politiques, sa vision de la crise économique, le dernier match du Stade toulousain et j'en passe. Il m'a même donné la marque de son dentifrice préféré. J'en pouvais tellement plus que j'ai couché avec lui juste pour le faire taire.

J'ai arrêté de remuer la sauce de mon poulet et l'ai dévisagée, la spatule en l'air.

— Tu as couché avec lui quand même ?

— Ne me regarde pas avec cet air de sainte-nitouche effarouchée. Je te l'ai déjà dit : tu es la seule nana au monde à pouvoir te dispenser de baiser pendant des années. Moi ça faisait trois mois et j'avais l'impression d'être déjà en train d'oublier comme on faisait. J'ai été tentée de lire une notice technique avant de me désaper.

Elle n'avait pas tort. Je n'avais couché avec personne depuis six ans. Six ans. Je me suis livrée à un rapide calcul mental. Deux mille cent quatre-vingt-dix jours. Deux mille cent quatre-vingt-onze si on comptait au moins une année bissextile. Quand on y pensait, c'était vertigineux. J'avais complètement oublié comment on faisait, c'était sûr. Qui sait ? J'étais peut-être même redevenue vierge.

— Et alors, c'était comment ?

— Nullissime. Il a explosé tous les scores du mauvais coup. J'aurais dû m'y attendre, remarque. Un mec aussi autocentré l'est forcément au lit. Et en plus, il a parlé non-stop !

— Parlé, genre, dit des cochonneries ?

— Je suppose qu'il pensait que c'en était, sauf que moi, quand on me dit trois fois d'affilée : « Tu le sens bien mon pénis épais entre les parois étroites de ton vagin, hein ? », ça me coupe tout mon élan. Et déjà que j'en avais pas des masses..., a achevé Fanny en se laissant tomber sur une chaise face à la table, après avoir mis les pommes de terre à cuire. Autant te dire que je me suis barrée sans demander mon reste dès qu'il a eu fini. Heureusement, ça n'a pas été bien long. Mais c'est ma faute, j'aurais dû me méfier tout de suite : ce mec était un 87. Tous des mauvais coups.

Fanny classait ses rencontres en fonction de leur année de naissance. Elle essayait ensuite d'en tirer des enseignements qui me paraissaient plutôt fumeux, mais elle n'en démordait pas. Elle était persuadée que les hommes avaient des points communs selon leur année de naissance. Ce n'était même pas une question de croyance astrologique ou un truc du genre, non. D'après elle, les hommes nés une même année partageaient tous une caractéristique commune qu'elle avait listée avec précision.

J'ai ajouté des champignons coupés en quatre dans la poêle, suivis d'une rasade de vin blanc, puis j'ai posé un couvercle sur le poêlon et baissé le gaz avant de m'installer à côté de Fanny, mon verre à la main.

— Tu comprends pourquoi je me dis que je ne suis pas si mal toute seule, hein ?

Fanny a haussé les épaules.

— Tous les hommes ne sont pas des nazes. Enfin, c'est ce qu'on m'a dit.

J'ai éclaté de rire, mais mon rire sonnait un peu faux à mes propres oreilles.

— C'est-à-dire que mon expérience, certes très limitée, en la matière, ne m'incite pas à l'optimisme, ai-je répondu. Mon père est incapable de s'habiller tout seul et mon ex, il faut voir les choses en face, est un connard. Quant aux hommes que je côtoie un peu, comme le mari de ma voisine Gina par exemple, je ne les trouve ni vraiment intéressants ni vraiment investis dans leur couple et leur famille. Le mec le plus sympa de mon entourage, c'est Raymond et il a tendance à lever le coude dès la fin de la matinée.

— Ouais, a soupiré Fanny. Je ne peux pas te contredire, vu les abrutis qui ont défilé dans ma vie ces dernières années. Tu te souviens de Luciano, le mec qui m'a draguée en me disant : « Tes yeux sont chauds comme une coulée de napalm dans la jungle vietnamienne » ?

J'ai pouffé dans mon verre.

— Et celui qui m'a demandé de lui mettre un plug anal alors qu'on s'était juste embrassés ? a-t-elle poursuivi.

Mon ricanement s'est transformé en fou rire.

— Et celui qui t'attendait nu sur un lit de pétales de rose alors que c'était votre premier rencard ?

— Sexe en main, a renchéri Fanny. Comment il s'appelait déjà ? Il avait un prénom bizarre, tu te rappelles, un truc composé, genre Jean-Kévin ou Laurent-Cédric. D'ailleurs, ça me frappe tout d'un coup, c'était tous les trois des 87. C'est un cru à éviter comme la peste. Les pires premiers rencards de la terre.

Je riais tellement que les larmes me sont montées aux yeux.

— Et dire qu'on nous bassine toute notre vie avec l'amûûûûr, le mariage et tout le bazar, a repris Fanny lorsque notre hilarité a commencé à se calmer. On ferait mieux de nous apprendre à nous méfier des hommes et à les tenir à l'écart. Moi, je vais te dire, plus je vieillis et plus je me dis que la seule solution, la vraie, c'est de vivre en communauté de femmes et de se préoccuper des hommes uniquement si on veut des mômes. A ce moment-là, on pourrait se servir d'eux comme des étalons.

— Tu rêves d'une société d'amazones, quoi, ai-je répondu en finissant mon verre. Une espèce de *Meilleur des mondes* à la sauce féministe. Mouais. Je ne sais pas si j'aurais très envie de vivre en colocation avec des femmes. Tu imagines tous ces syndromes prémenstruels à gérer ? Ce serait l'hystérie permanente.

— Pas faux, a dit Fanny en s'emparant de la bouteille de cahors pour nous resservir.

— Non, moi, j'avoue que j'aimerais bien rencontrer quelqu'un. J'en ai marre d'être toute seule. J'aimerais bien sentir de nouveau les papillons dans le ventre. En plus, comme ça ne m'est arrivé qu'une fois, je finis par me demander si je n'ai pas rêvé.

— Tu n'as pas rêvé, a répliqué Fanny. Mais ça n'arrive pas à tous les coups. Et le pire, c'est quand ça arrive et que ça n'est pas payé de retour.

— Mmm. Je suis prête à retomber amoureuse, je crois. Mais ça me paraît compliqué. Outre qu'il faut arriver à rencontrer quelqu'un, il faudrait que je tombe sur un type prêt à accepter Clélia. Sans compter que je ne peux pas abandonner mon père. Il oublierait de se nourrir et on finirait par découvrir son corps dans son atelier, penché sur sa dernière expérience, éprouvette encore en main. Trouver un homme prêt à s'encombrer d'une confiturière débordée, de sa fille et de son père me paraît pour le moins utopique, ai-je achevé en me levant pour aller vérifier la cuisson des pommes de terre. Ça fait beaucoup pour un seul homme.

— On est au XXIe siècle, je te rappelle, a répondu Fanny. Des hommes prêts à accepter une femme avec enfant, ça court les rues. Bon, avec enfant plus un père à moitié fou, je veux bien t'accorder que c'est peut-être un peu plus compliqué...

— Sans compter qu'en plus d'accepter ma famille, je voudrais qu'il soit mignon, intelligent, drôle...

— Et sexy ! m'a interrompue Fanny en levant l'index.

— Et sexy, ai-je acquiescé. Et qu'en plus il soit du coin, ce qui est une qualité aussi importante que rare. Vu que je ne sors quasiment jamais du village, je ne risque pas de rencontrer quelqu'un ailleurs. Mais j'ai comme l'impression que par ici les hommes potentiels sont limités.

— On a peut-être mal cherché. Après tout, il y a des hommes célibataires chez nous comme partout ailleurs.

— Oui, alors, si c'est pour essayer de me refourguer Florent, tu peux t'abstenir ! me suis-je exclamée en remuant la sauce du poulet avant de la goûter. J'ai déjà décliné cette proposition.

Florent était le fils d'un vieux couple d'agriculteurs du coin. Il avait à peine vingt ans, un strabisme divergent et un défaut de langage qui le rendait parfois difficilement compréhensible. La rumeur voulait que sa mère l'ait inscrit à *L'Amour est dans le pré* mais que sa candidature n'ait pas été retenue. Ça n'étonnait personne : cette émission respectait malgré tout certains standards. Comme on disait par ici : « Il n'a pas inventé le fil à couper le beurre, mais il est brave. » Comprendre, il est bête à manger du foin mais il ne ferait pas de mal à une mouche.

— Je ne pensais pas à Florent, a répliqué Fanny en balayant ma remarque d'un geste de la main. Il y a bien un mec qui te court après depuis longtemps.

— Qui ça ?

— Benoît.

J'ai soupiré en secouant la tête. J'avais déjà eu cette conversation avec Fanny à de nombreuses reprises.

— Il est sympa, mais je ne me vois pas sortir avec lui, tu le sais bien, ai-je répondu. Peut-être parce que je le connais depuis trop longtemps.

— Depuis le lycée, ça ne fait pas des siècles non plus. C'est une fausse excuse.

— Je ne sais pas. Pour moi, c'est juste un ami, presque un cousin ou un truc du genre, ai-je ajouté en posant les couverts sur la table à côté d'elle.

— Tu fais ta difficile, a repris Fanny. Benoît est plutôt pas mal. Il est grand, critère très important et il a les yeux bleus, critère tout aussi important.

— Pour toi, pas pour moi. Je me fiche pas mal de la couleur des yeux d'un mec.

— Tu as tort, a rétorqué Fanny. Les yeux bleus, c'est beau, c'est lumineux, c'est... c'est... poétique, voilà, c'est ça, poétique. Ça rappelle la mer, le ciel, les oiseaux, les nuages...

— Tu t'égares, ai-je rétorqué en me dirigeant vers le placard pour aller chercher les assiettes.

— Dois-je te rappeler qu'en plus, Benoît est en uniforme toute la journée ? a-t-elle poursuivi sans tenir compte de ma remarque. Les mecs en uniforme, c'est très sexy.

— Fanny..., ai-je soupiré. Il est gendarme. Son uniforme est en polyester et il porte un polo bleu ciel. Personne n'est sexy en polo bleu ciel.

— Mouais. Permets-moi de ne pas être d'accord. Je pense que ça irait plutôt pas mal à Jamie Dornan.

— Oui, bon, si tu sors l'artillerie lourde, aussi...

— Bon, pas Benoît donc, a poursuivi Fanny, le regard concentré. Même si je ne peux pas m'empêcher de penser que tu fais la difficile. Qui d'autre, alors ? Ah ! a-t-elle dit en brandissant l'index avec l'air de celle qui a enfin découvert le secret de la minceur éternelle. J'ai trouvé !

— Qui ?

— Corto !

— Corto ? Le jardinier ?

— Celui-là même.

De saisissement, j'ai laissé tomber sur la table la pile d'assiettes que je tenais en main.

Corto Pratt.

Le mec le plus sexy de la région.

Voire de France. Et de Navarre.

Et aussi le mec plus intimidant. Il ressemblait à David Beckham, en plus jeune. Grand, cheveux clairs, musclé, une barbe courte, tatoué de partout. Il dégageait une virilité telle et il était tellement sexy qu'il pouvait certainement faire fondre les petites culottes d'un seul regard. Il m'était arrivé de le croiser par hasard au village et je n'avais pas pu m'empêcher de rougir en détournant les yeux comme une adolescente. Il me faisait un drôle d'effet et provoquait en moi un sentiment un peu étrange, mélange d'intérêt et de méfiance. C'était exactement le genre d'homme que je trouvais à la fois attirant et menaçant. Le premier mot qui me venait à l'esprit en pensant à lui était « trop ». Trop tatoué, trop musclé, trop sexy, trop viril. Une enseigne lumineuse proclamant « Homme à emmerdes » semblait clignoter en permanence au-dessus de sa tête. En rouge. Vif.

Rien que de penser à lui, j'ai senti mes joues cuire et une bouffée de chaleur s'est répandue traîtreusement dans tout mon corps.

— Cet homme n'est pas pour moi, ai-je affirmé sur un ton que j'espérais convaincant. Il est trop… trop… Et puis c'est quoi ce prénom d'abord ? Qui s'appelle vraiment Corto dans la vraie vie ? Je suis certaine que ce n'est pas son vrai nom.

— Dit-elle à une nana qui a failli coucher avec un mec qui s'appelait Jean-Kévin. Ou est-ce que c'était Kévin-Hector ? Bref, permets-moi de te dire qu'on s'en fiche que ça soit ou pas son vrai prénom. Ce qui compte c'est qu'il lui aille bien. Tu ne peux quand même pas nier que c'est vachement sexy. Corto, a-t-elle dit sur un ton rêveur et j'ai cru entendre un soupir dans la deuxième syllabe. C'est super viril. Ça fait aventurier qui n'a peur de rien. Il ne lui manque qu'un chapeau et un fouet.

— Tu confonds Corto Maltese et Indiana Jones, ai-je rétorqué. De toute façon, je suis certaine que ce mec n'est pas net. Non seulement il est tatoué comme un candidat de téléréalité, mais en plus il porte une boucle d'oreille. Plus un piercing à l'arcade. Ça fait vraiment mauvais genre.

— Mauvais genre ? Tu parles comme une mamie, là. Il ne te manque que les lunettes en demi-lune pour ressembler à ta voisine, la vieille Mme André. De nos jours, les mecs tatoués c'est monnaie courante.

— Beaucoup trop, si tu veux mon avis. Et ça n'empêche pas que c'est moche.

En réalité, je ne trouvais pas ça moche du tout. Juste... perturbant. Voilà, c'était ça. Perturbant. Ce mec me troublait parce qu'il ne ressemblait à personne d'autre dans mon entourage et qu'il se tenait bien au-delà de ma zone de confort, avec ses tatouages et ses piercings. Sans parler du fait qu'il était beau comme un dieu grec. Ou un footballeur anglais, c'était selon.

— Et puis ce sont des détails tout ça, a poursuivi Fanny. Moi je trouve ça plutôt excitant. Je me demande d'ailleurs s'il a d'autres tatouages à des endroits qu'on ne voit pas.

Elle avait pris un ton rêveur et avait le regard subitement dans le vague. Je lui ai jeté un regard intrigué.

— S'il te plaît tellement, pourquoi est-ce que tu ne tentes pas ta chance avec lui ? ai-je demandé en commençant à placer le couvert.

— J'ai essayé, a avoué Fanny en se levant pour m'aider. Mais ça n'a rien donné.

— Quand ça ?

J'étais sidérée qu'elle ne m'en ait rien dit. Je pensais qu'on n'avait aucun secret l'une pour l'autre. Je me suis demandé si je devais être blessée par son silence.

— Quand il est arrivé au village, il y a plusieurs mois.

Je ne t'en ai pas parlé parce qu'il ne s'est strictement rien passé, a-t-elle poursuivi comme si elle lisait dans mes pensées. J'ai essayé d'engager la conversation plusieurs fois, je lui ai acheté des fleurs deux ou trois samedis de suite, mais il a été très froid. Pas mal élevé, non plus, ne va pas croire. Juste très distant. Comme je n'aime pas spécialement me prendre des râteaux, même si c'est le mec le plus hot du monde qui tient le manche, je n'ai pas insisté.

Le fait était que Corto n'était pas réputé au village pour être un grand bavard. Comme son homonyme séduisant, l'aventurier taciturne, Corto était une énigme. Il avait débarqué dans notre petit village tranquille quelques mois plus tôt, neuf ou dix, je dirais. Personne ne savait d'où il venait ni quelle vie il avait menée avant de s'installer dans notre petit coin perdu du Lot-et-Garonne. Il avait racheté pour une bouchée de pain la petite ferme délabrée et le verger des Barzac. Ils étaient morts tous deux très âgés à quelques mois d'intervalle et leur fils unique s'était débarrassé le plus rapidement possible de leurs possessions sans même prendre la peine de vider la maison. Nul ne savait d'où venait Corto ni ce qui l'avait amené à s'installer dans notre village sans histoire. Les rumeurs avaient couru bon train pendant quelques semaines — qu'est-ce que cet homme faisait chez nous et comment avait-il eu connaissance de notre village, car après tout, pour arriver ici il fallait être animé par une véritable volonté, le village n'étant traversé par aucun grand axe routier —, mais elles avaient fini par mourir d'elles-mêmes, faute de combustible pour les alimenter. Nul n'avait réussi à dénicher d'informations sur Corto. Il ne s'était lié d'amitié avec personne et on ne savait de lui que ce qu'il voulait bien montrer. Il exerçait la profession de jardinier paysagiste. Il devait être doué parce qu'il avait l'air de travailler tout le temps, a priori bien au-delà des limites du village. Je voyais souvent passer sa fourgonnette blanche sur laquelle s'étalaient en lettres vertes son nom et son numéro de téléphone. Je le croisais aussi parfois au marché, où il venait vendre les fruits de son verger et des fleurs quand la saison s'y prêtait. Mais, pour une raison que j'aurais été bien en peine d'expliquer, je ne m'étais jamais arrêtée devant son étal pour lui acheter quoi que ce soit. Il avait pourtant les plus belles fleurs du marché.

Le fait est que je pensais sincèrement que ce genre de mec était un aimant à emmerdes. Vu la vie que je menais, je n'avais pas besoin d'en rajouter. J'avais déjà assez à faire avec ma fille, mon ex, mon père, mes confitures, mes clients et mes problèmes d'argent.

— Laisse tomber, ai-je dit en égouttant les pommes de terre. Ce type ne m'intéresse pas du tout.

— En fait, tu fais la difficile. C'est ça ton problème.

— Attends : tu me donnes le choix entre un gendarme en polo et un mec dont personne ne sait rien et qui se tient à l'écart de tout le monde, et tu dis que je fais la difficile ?

— Tu oublies Florent, a ajouté Fanny, taquine. Une fois relooké, il serait peut-être potable.

Je lui ai lancé un regard meurtrier. Elle m'a répondu par un grand sourire.

— Allez, je veux bien concéder que ça manque peut-être un peu de potentiel dans ce bled. En attendant de trouver le grand amour, levons notre verre au prince charmant qui n'existe pas !

Elle a joint le geste à la parole et j'ai attrapé mon verre pour l'imiter.

— Et aux uniformes sans polyester !

On a éclaté de rire à l'unisson. Pourquoi chercher un homme quand on avait la meilleure amie du monde ?

Liste #1

10 choses que j'attends chez un homme et que je n'ai pas dites à Fanny

✓ *qu'il aime danser, même des danses un peu idiotes comme le madison*

✓ *qu'il aime regarder les étoiles et qu'il connaisse le nom des constellations*

✓ *qu'il sache faire les crêpes, et surtout, qu'il sache les faire sauter*

✓ *qu'il accepte que je pose mes pieds glacés sur les siens pour me réchauffer*

✓ *qu'il aime lire et qu'il me fasse la lecture à haute voix*

✓ *qu'il sente bon*

✓ *qu'il soit poilu, au moins un peu*

✓ *qu'il joue d'un instrument de musique, n'importe lequel, même de l'harmonica*

✓ *qu'il aime le bruit du vent*

✓ *qu'il aime les animaux, surtout les miens*

Chapitre 3

Une fois la vaisselle faite et rangée, Fanny partie, Clélia couchée, mon père de nouveau disparu dans son atelier, et les muffins pour le lendemain en train de cuire dans le four, je me suis installée à mon bureau, bien décidée à venir à bout de la paperasse qui s'y entassait. Mon bureau était mon endroit préféré. Mon refuge. C'était la seule pièce que j'avais réussi à meubler à peu près comme j'en avais envie dans cette fermette trop grande qui tombait en ruine.

J'avais pris possession de cette pièce vide quand j'étais revenue vivre chez mon père six ans plus tôt. Je l'avais sommairement meublée en récupérant pour une bouchée de pain un vieux bureau d'instituteur un peu bancal dans un vide-greniers, et en descendant d'une des chambres inoccupées de l'étage un canapé recouvert d'un affreux tissu orange à fleurs vertes. Il m'arrivait de m'y endormir quand le sommeil me tombait dessus par surprise les rares fois où j'arrivais à bouquiner un peu tard le soir après avoir enfin expédié les affaires courantes. J'avais fixé des étagères sur l'un des murs pour y ranger mes nombreux livres. Le bricolage n'étant pas vraiment mon fort, elles étaient toutes un peu de guingois, du coup les bouquins que j'y avais entassés piquaient un peu du nez vers le sol et il leur arrivait de glisser à terre. Comme les étagères ne suffisaient pas à supporter tous mes livres, j'en avais entassé certains en piles branlantes un peu partout. Le deuxième été après mon retour, j'avais repeint un mur en rose clair et les autres en blanc. J'avais disposé des plantes un peu partout, mais comme je n'avais pas vraiment la main verte, elles s'étiolaient plus ou moins. J'avais beau les changer régulièrement de place en fonction de l'ensoleillement et appliquer scrupuleusement les conseils d'arrosage glanés ici et là, rien n'y faisait. Elles piquaient du nez comme mes bouquins. Mais ça n'avait guère d'importance. Avec ces meubles dépareillés, la couverture en patchwork qui avait jadis appartenu à ma mère, mes bouquins et mes plantes à moitié fanées, cette pièce était mon paradis.

Lorsque j'étais tombée enceinte de Clélia il y avait de cela presque neuf ans, ça avait été un coup de tonnerre dans la vie de mon père. A l'époque, j'étais en terminale scientifique, où j'avais échoué sans bien savoir pourquoi, et je n'avais aucune idée de ce que je voulais faire plus tard. J'étais une élève studieuse et qui réussissait plutôt bien. J'étais amoureuse de Gauthier depuis deux ans et j'avais un peu de mal à me projeter dans un avenir professionnel quelconque. Rien ne m'intéressait vraiment et je n'arrivais pas à m'imaginer dans un job, quel qu'il soit. Je savais en revanche que je voulais vivre avec Gauthier. Je pensais naïvement que c'était l'homme de ma vie et que nous ne nous quitterions jamais. Si je peinais à définir mon avenir professionnel, mon avenir sentimental me paraissait quant à lui tout tracé : une maison, des enfants, un chien et un monospace. Je me voyais vieillir avec Gauthier, qui serait resté à jamais le garçon attentionné qu'il était au lycée.

Mais rien ne s'était déroulé comme prévu.

Pour commencer, j'étais tombée enceinte.

Gauthier et moi sortions ensemble depuis bientôt deux ans, et on avait des relations sexuelles depuis quelques mois. Une nuit, on était allés à une fête chez un camarade de classe. Il y avait beaucoup de monde et la musique et l'alcool coulaient à flots. On avait un peu trop bu et on avait couché ensemble dans une des chambres de la grande maison où se déroulait la fête. Et, alcool aidant, on avait oublié de mettre un préservatif. Je ne prenais pas la pilule. Je ne me voyais pas dire à mon père que j'avais besoin d'aller chez une gynéco et je n'étais pas suffisamment proche des mères de mes copines, pas même de celle de Fanny, pour oser leur parler de ce genre de choses.

Si maman avait été encore en vie, les choses se seraient peut-être passées différemment. Je n'avais pas pu m'empêcher de penser ça des dizaines de fois depuis, presque malgré moi, à chaque fois que ma vie avait pris un tournant inattendu et difficile. Il m'arrivait parfois, quand je me retrouvais seule face à mes livres de comptes et de recettes dans le silence de la nuit, de songer à ce qui se serait produit si ma mère avait été présente. Mais ces pensées ne menaient nulle part, et je les chassais en général d'un revers de main pour me concentrer sur les tâches à accomplir. « *Optimisme et pragmatisme, ma fille* », je murmurais dans ces cas-là pour moi-même. Cette phrase était devenue mon mantra au fil des années et j'essayais de ne jamais y déroger. Elle m'aidait à affronter la vie depuis toujours.

Enfin, depuis la mort de maman.

Ma mère était décédée des suites d'une longue maladie quand j'avais onze ans. J'avais gardé de ses années de souffrance un souvenir à la fois précis et flou. Les rares fois où je me permettais d'y songer, j'avais l'impression d'avoir vu maman souffrir toute ma vie, ce qui n'était en réalité pas le cas. Son cancer avait duré presque quatre ans, et je savais bien que je l'avais donc connue davantage en bonne santé que malade, mais ma mémoire me jouait des tours. Ce qui était flou, c'était le déroulement des mois et les différentes phases de la maladie. J'avais par exemple l'impression qu'elle était passée brutalement au stade terminal, et qu'elle était devenue maigre et fragile comme une allumette du jour au lendemain alors que je savais bien que c'était impossible. Je gardais de ces années des fragments de souvenirs : maman sur le canapé du salon, étendue sous sa couverture fétiche, un patchwork de fleurs et de rayures roses et bleues dans lequel j'aimais m'enrouler comme dans un doudou; maman souriante sous le turban qui dissimulait son crâne lisse me regardant souffler mes bougies pour mon dixième anniversaire; maman en train de sangloter dans la salle de bains quand elle croyait que personne ne l'entendait; maman les yeux fermés sur ce lit d'hôpital d'où elle ne s'était jamais relevée. Mes souvenirs fragmentaires étaient des bribes qui refusaient de se rassembler pour former un puzzle cohérent. Ce qui était en revanche très précis dans ma mémoire, c'était les sentiments que j'avais éprouvés ces années-là. La terreur de la perdre. La culpabilité de ne rien pouvoir faire pour elle. Et le chagrin, infini, lancinant et sourd, de savoir qu'elle allait mourir.

Pendant ces années terribles, mon père n'avait jamais quitté son chevet, physiquement et moralement. Il l'avait accompagnée à toutes les chimios et tous les rendez-vous médicaux, lui avait tenu la tête au-dessus de la cuvette des toilettes quand elle vomissait, lui avait massé le dos, fait du thé, lu le journal, et avait veillé sur son sommeil agité. Il n'avait jamais failli. Et il n'avait jamais pleuré.

Pas même le jour de son enterrement.

Je me souviendrai toute ma vie de notre retour à la maison ce jour-là. C'était l'hiver et la journée était fraîche et lumineuse comme souvent dans le Sud-Ouest. Le soleil se couchait déjà quand on était rentrés du cimetière et ses rayons orangés nous avaient suivis dans la maison, accentuant le rouge sombre des tomettes. J'avais tellement pleuré ces derniers jours que j'avais l'impression que toute l'eau de mon corps s'était évaporée, faisant de moi un minuscule pruneau ridé. Je me sentais vide, tassée. J'avais accroché mon manteau et mon écharpe à la patère de l'entrée et je m'étais retournée vers mon père. Il était debout, les bras ballants, et sa silhouette se découpait à contre-jour contre la porte ouverte. Il avait l'air désemparé, comme un homme qui ne savait plus quoi faire de sa vie.

Je l'avais regardé en silence. Je pense que j'attendais qu'il dise quelque chose, n'importe quoi, qu'il fasse reculer un peu le chagrin qui me submergeait, violent et sans fin. Il avait fini par tourner le visage vers moi et dans ses yeux j'avais lu un chagrin à la fois indicible et incommensurable.

— Bon, ben, voilà, avait-il dit.

Puis il était monté dans sa chambre à pas lents.

Et nous n'avions jamais plus parlé de ma mère.

Nous avions continué à vivre comme si de rien n'était dans la grande fermette vide où nous avions emménagé quatre ans plus tôt. C'était le projet de ma mère. Elle avait eu un véritable coup de cœur pour cette vieille bâtisse qu'elle voulait transformer en maison d'hôtes. Elle avait tout juste commencé à planifier les travaux lorsque son cancer a été diagnostiqué et le projet était resté à jamais en suspens.

A partir de ce jour, papa s'était replié sur lui-même et sur son chagrin. Il restait enfermé dans sa chambre pendant des heures, et quand il en sortait, c'était pour errer, silencieux, dans cette maison trop grande pour nous où chaque meuble, chaque recoin, me rappelait le souvenir de ma mère. Quelques mois après la mort de maman, il avait aménagé une des deux dépendances de la ferme en atelier et il avait commencé à y passer de plus en plus de temps. Il s'enfermait pendant des heures, noircissait des pages et des pages d'équations et de notes et se livrait à d'étranges expériences qui ne menaient jamais à rien. Il s'était désintéressé peu à peu du quotidien. Il avait continué à enseigner les sciences physiques au lycée d'Agen, mais rien ne semblait l'intéresser en dehors de ses cours et de ce qu'il trafiquait dans son coin. C'était comme si maman avait emporté une part de lui en mourant. Il n'avait jamais eu l'esprit très pratique mais du temps où ma mère était en vie, il s'occupait quand même un peu de la maison. Lorsque la maladie avait rendu maman complètement dépendante, c'était lui qui préparait les repas et s'occupait plus ou moins du ménage. Une fois ma mère disparue, il avait cessé brutalement de faire quoi que ce soit. J'avais vite compris que si je voulais manger, il fallait que j'apprenne à cuisiner. J'avais commencé à m'occuper comme je le pouvais de la maison, qui, faute de travaux, était de plus en plus délabrée, des repas et des courses. Je ne voyais pas beaucoup papa. Je me contentais de passer la tête par la porte de son atelier pour lui annoncer que le dîner était prêt. Dîner que je mangeais seule une fois sur deux. Quand il oubliait de me rejoindre, je lui apportais un plateau-repas auquel il lui arrivait de ne pas toucher. Le soir, je guettais le bruit de ses pas. Il ne regagnait pas sa chambre toutes les nuits ; il dormait parfois sur le lit de camp qu'il avait installé dans son atelier. Je passais beaucoup de temps toute seule dans ma chambre et les livres sont devenus des compagnons fidèles et silencieux qui me permettaient de tenir le chagrin à distance tout en comblant ma solitude.

En dehors de Fanny, je n'avais pas vraiment d'amis, juste des camarades de classe. Je croyais que je m'étais bien habituée à ma vie solitaire mais j'avais compris en rencontrant Gauthier que je n'attendais qu'une chose, que quelqu'un découvre enfin mon existence. Je ne pouvais que tomber amoureuse de ce garçon sympathique et drôle pour qui je n'étais pas transparente. C'était la première personne en dehors de Fanny à qui je manquais lorsque je n'étais pas là. Il s'intéressait à ce que je disais, à ce que j'aimais, à ce que je voulais, à moi, quoi. Il me téléphonait tout le temps, m'envoyait des textos pour me dire des bêtises, me faisait rire, et mon cœur battait plus vite et plus fort rien qu'en le voyant sourire. Il m'avait sortie de la solitude et m'avait ouvert une porte sur le monde en même temps que son cœur et ses bras.

Lorsque j'avais appris à mon père que j'étais enceinte, il avait été bouleversé, comme s'il se rendait soudain compte que j'étais en passe de devenir adulte. Je pense qu'il ne m'avait tout simplement pas vue grandir et que pour lui j'avais à vie l'âge qui était le mien quand maman était morte. L'annonce de ma grossesse m'avait propulsée brutalement à l'âge adulte à ses yeux. Je me souviendrai toute ma vie de son teint blême lorsque je lui ai annoncé la nouvelle. Nous étions dans la cuisine — celle-là même où la confiture de groseilles avait rendu l'âme un peu plus tôt dans la journée dans un nuage de fumée âcre — et je lui avais dit tout à trac que j'étais enceinte, que je ne passerais pas le bac et que je comptais épouser Gauthier.

— Mais nous ne sommes plus en 1950, avait-il répondu, abasourdi. Tu n'es pas obligée de faire ça. Tu peux avorter. Je t'accompagnerai à la clinique.

Entendre cette proposition dans la bouche d'un homme avec qui je n'avais jamais parlé de sexualité avait quelque chose d'incongru. Et de touchant, aussi, mais ça, je ne l'avais compris que bien plus tard. A l'époque, j'étais folle amoureuse et très entêtée. Et je trouvais que mon père se mêlait de ce qui ne le regardait pas.

— Il n'en est pas question, avais-je rétorqué avec l'assurance naïve de la jeunesse. Je veux cet enfant.

— Tu veux dire que ce n'est pas un accident ? avait demandé mon père et j'avais vu la perplexité se peindre sur ses traits.

— Si. Mais ça n'a aucune importance. S'il est là, c'est que c'est le destin. C'était écrit dans les étoiles, c'est tout.

— C'est des conneries tout ça ! s'était emporté papa pour la première fois de sa vie. Tu racontes n'importe quoi. Tu as dix-sept ans, Flore. Dix-sept ans ! Tu es encore une enfant. Comment une enfant peut-elle élever un autre enfant ?

— Ah, parce que tu te souviens de mon âge ? Etant donné que tu as oublié tous mes anniversaires depuis des années, je suis surprise.

J'avais compris à son regard que mon sarcasme l'avait blessé. *Tant mieux*, avais-je songé, amère.

— Et puis je serai bientôt majeure. Je suis une adulte. Ce n'est pas ma faute si tu ne veux pas t'en rendre compte !

— D'accord, d'accord, avait répondu papa en levant

les mains en signe de reddition. Tu es presque majeure, je te l'accorde. Mais, et tes études ? Et le bac ? Cet enfant va naître en…

Il m'avait lancé un regard interrogateur.

— Juin.

— En plein bac, donc. Comment tu vas faire ? Il y a bien la session de septembre, mais…

— Je ne le passerai pas, l'avais-je interrompu et j'avais vu mon père se décomposer sous mes yeux. De toute façon, je n'ai jamais su ce que je voulais faire plus tard. Les parents de Gauthier ont proposé de nous louer un studio à Bordeaux. Il entrera en DUT comme prévu et je trouverai un job.

— A dix-huit ans ? Sans le bac ? Avec un bébé ?

Au fur et à mesure que mon père posait des questions, sa voix devenait de plus en plus aiguë.

— Voyons, ma chérie, tout ça n'a aucun sens ! Je me rends compte que je n'ai pas été un père très présent et que tu as manqué de présence maternelle puisque ta mère est partie trop tôt, mais…

— Stop ! avais-je crié. Je ne veux rien entendre, et surtout pas des conneries psy à deux balles. Tout ça n'a rien à voir avec maman ! Gauthier et moi, on s'aime, tu comprends ? Et ce bébé, c'est un cadeau du ciel !

Je m'étais mise à sangloter et mon père m'avait prise maladroitement dans ses bras pour me consoler. C'était la première fois qu'il faisait ça depuis la mort de maman. En me sentant pressée contre son torse maigre, mes sanglots avaient redoublé d'intensité. Mais ça n'avait pas affaibli ma décision pour autant. Pour une raison que j'étais bien en peine de m'expliquer, je voulais cet enfant. J'avais l'impression que ce bébé allait donner un sens à ma vie, qui en manquait cruellement.

Gauthier avait accepté que je garde l'enfant d'assez bonne grâce. Il était amoureux de moi et ce bébé ne changeait rien à ses plans. Ma grossesse s'était bien déroulée, et j'avais arrêté d'aller au lycée dès que mon ventre avait commencé à se voir : je ne voulais pas affronter les regards et les questions. J'avais passé les derniers mois à lire tout ce que je trouvais sur la grossesse, l'accouchement et l'éducation des enfants sur Internet. Je prenais des notes dans un énorme cahier à spirale que je trimballais partout. Je voulais être une mère parfaite et que cet enfant ne manque jamais de rien.

Clélia était née en juin, comme prévu. Quand la sage-femme avait déposé ce petit bout de chair dans mes bras, j'avais eu l'impression que mon cœur se dilatait et prenait toute la place dans ma poitrine. Elle m'avait fixée de ses grands yeux bleus et avait agrippé mon doigt comme pour dire qu'elle savait que j'étais sa mère. Je savais pertinemment que ce n'était qu'un réflexe musculaire, mais ce geste avait comblé en moi un gouffre dont je n'avais jamais pris la mesure et dont j'ignorais l'existence. J'avais raison, avais-je songé, allongée sur le lit de ma chambre d'hôpital : cette enfant était un cadeau du ciel.

Gauthier avait eu son bac avec mention et, en août, on avait quitté notre village pour Bordeaux. On s'était installés dans le studio que ses parents avaient loué pour nous. J'avais trouvé tout de suite un job de vendeuse dans une pâtisserie, Clélia avait eu une place en crèche et pendant deux ans on avait nagé dans le bonheur.

Enfin, moi, j'avais nagé dans le bonheur.

Il s'était avéré que pour Gauthier les choses étaient légèrement différentes. Que, comme il me l'avait expliqué un beau soir du mois de mai, juste avant les deux ans de la petite, il avait découvert qu'il avait de l'ambition, qu'il voulait faire une licence puis intégrer une école d'ingénieur par une passerelle.

Et qu'avoir une enfant en bas âge à la maison n'était pas l'idéal pour étudier correctement.

Sans compter qu'il n'était plus amoureux de moi.

Quand et comment était-ce arrivé ? Avais-je été trop prise par mon boulot — et le CAP de pâtisserie que j'avais préparé en alternance grâce à une patronne bienveillante —, notre fille et la tenue de notre ménage pour me rendre compte qu'il avait changé et s'était éloigné de moi ? Toujours est-il que je m'étais retrouvée à vingt ans avec une fille de deux ans sous le bras et plus de fiancé. J'avais fait mes comptes et constaté qu'en additionnant le prix d'un loyer, le coût de la crèche et les factures courantes, mon job de vendeuse de cannelés n'allait pas suffire. Gauthier ne travaillait pas et ne pourrait donc pas me verser de pension alimentaire. Un juge aurait certainement obligé ses parents à le faire, mais je ne me voyais pas leur infliger ça, même si je m'entendais plutôt bien avec eux et s'ils adoraient leur petite-fille. J'avais envisagé toutes les solutions possibles, puis j'avais pris la seule décision raisonnable : j'étais retournée vivre chez mon père, dans la fermette délabrée qu'il n'avait jamais pu se résoudre à vendre et dans laquelle il vivait comme un ermite.

Mon père n'était pas encore à la retraite à l'époque, et il s'était montré ravi que je rentre au bercail, sa petite-fille sous le bras. Pour moi, ce retour avait le goût d'une défaite. Mais je n'avais pas pleuré.

J'avais cherché tout de suite un emploi. Dans notre petit village de moins de mille habitants, il n'y avait rien à part les boulots saisonniers dans les champs, qui conviennent aux étudiants, mais pas à une mère. Il fallait pousser jusqu'à Agen, à une trentaine de kilomètres. Il était hors de question d'acheter une deuxième voiture, mais j'avais trouvé une voisine prête à me covoiturer et Clélia avait été acceptée, malgré son jeune âge, à l'école du village où enseignait Fanny. J'avais trouvé rapidement un job de vendeuse à temps partiel dans une boulangerie poussiéreuse où j'avais failli devenir neurasthénique. La patronne était revêche, l'ouvrier qui faisait la boulange et la pâtisserie, incompétent, et j'étais payée des clopinettes. J'avais tenu une année avant de jeter l'éponge. Les perspectives d'emploi pour une pâtissière étant peu réjouissantes dans la région, j'avais décidé d'être mon propre patron. Après tout, j'étais titulaire d'un CAP de pâtisserie et je savais faire correctement une pâte à choux, moi. J'avais donc commencé à pâtisser dans la grande cuisine de mon père, qui contenait un piano de cuisine et deux grands fours, les seules choses que maman avait eu le temps d'acheter avant de tomber malade. Je m'étais mise en cheville avec Raymond, le patron du bar-tabac-supérette qui se dressait de l'autre côté de la place, en face de chez nous. Je lui avais proposé de lui livrer des croissants et des chocolatines tous les jours. Il avait d'abord accepté pour me rendre service mais il avait rapidement découvert que ça lui attirait des clients qui ne passaient pas forcément par le bar le matin. Les gens avaient pris l'habitude de venir de temps en temps acheter un croissant et prendre un café avant de commencer leur journée. Devant le succès rencontré par mes viennoiseries, j'avais commencé à faire des gâteaux, que je livrais un peu plus tard dans la journée.

Tout ça marchait plutôt bien, mais je m'étais vite rendu compte que ça ne suffisait pas à me procurer un salaire décent, même si la marge que prélevait Raymond pour vendre mes gâteaux était plus symbolique qu'autre chose, et que Gauthier me versait depuis deux ans une pension alimentaire pour l'éducation de Clélia. J'avais alors songé à ouvrir ma propre pâtisserie. La fermette comptait deux dépendances : la première avait été transformée en atelier par mon père mais la deuxième, la vieille grange qui se dressait au bout de l'allée gravillonnée était vide et elle aurait fait une boutique parfaite. Mais lorsque j'avais chiffré tous les coûts engendrés par ce projet, j'avais compris qu'il était irréalisable. Entre les travaux de rénovation de la dépendance — dans laquelle il fallait installer l'eau courante et faire tirer l'électricité ; l'ameublement — même *a minima*, il fallait quand même des étagères, une vitrine réfrigérée et un comptoir ; les taxes et les impôts, il me fallait pour débuter une somme que je n'avais pas et que les banques des environs avaient refusé de me prêter. Mon père était surendetté et ne pouvait donc pas me servir de garant, et la fermette était hypothéquée. La mort dans l'âme, j'avais dû abandonner cette idée.

Mon père était à la retraite depuis quatre ans à présent et son salaire avait baissé en conséquence. Pour dire les choses comme elles étaient, on tirait le diable par la queue. Trois bouches à nourrir — sans compter les animaux —, une maison trop grande à entretenir — neuf pièces et deux dépendances — et des dépenses pour le moins inconsidérées de la part de papa, qui avait toujours eu un goût prononcé pour les expériences de chimie et qui achetait sans arrêt de nouveaux matériaux, à la recherche de je ne sais quel Graal. Je n'osais rien lui dire : il faisait ce qu'il voulait de son argent et c'était à moi de gagner de quoi nourrir ma fille. Mais chaque fois qu'on recevait un courrier de la banque, mon cœur se mettait à cogner violemment dans ma cage thoracique. On était à découvert dès le 5 du mois et papa avait contracté auprès de plusieurs organismes de crédit différents prêts à la consommation qu'il peinait à rembourser. Je le soupçonnais d'avoir signé n'importe quoi sans même vérifier de quoi il s'agissait.

Alors, même si je ne pouvais pas ouvrir ma propre boutique, je pouvais varier mes domaines d'activité pour essayer de gagner davantage d'argent. J'avais donc ajouté à mes talents de pâtissière ceux de confiturière. La région regorgeait de vergers : les récoltes fruitières étaient abondantes et les prix bas. L'investissement de départ était minime : j'avais trouvé deux énormes bassines à confiture en cuivre au grenier, et je n'avais eu qu'à acheter des bocaux dans un bazar d'Agen. J'avais d'abord cherché des recettes sur Internet et j'avais un peu tâtonné. Après avoir démarré avec les incontournables confitures de fraises et d'abricots, j'avais rapidement innové et créé mes propres recettes, de plus en plus originales. Et depuis bientôt quatre ans, mes pots de confitures et de gelées trônaient à côté de mes pâtisseries dans la supérette de Raymond. Ma marque s'appelait « Pots d'amour » et mes confitures portaient des étiquettes colorées sur lesquelles figurait un arc-en-ciel que chevauchait une licorne, le tout dessiné par Clélia. Je leur donnais des noms rigolos, comme la *Confiture de fées* (abricots-lavande), la *Confiture de câlins* (fraises-rhubarbe), la *Confiture de prout* (prunes-pruneaux-armagnac) ou encore la *Confiture d'amour* (pêches-miel-gingembre).

Quelques mois plus tôt, j'avais eu une nouvelle idée en ramassant des mûres le long du chemin qui menait dans le champ du voisin. Pendant ma balade, j'étais tombée sur un vaste parterre de millepertuis. Je me souvenais avoir lu quelque part que c'était une plante médicinale. Rentrée chez moi, j'avais fait quelques recherches sur Internet pour vérifier et découvert que je ne m'étais pas trompée. Le millepertuis était une plante aux mille vertus. On pouvait en faire de l'huile qui soignait les brûlures et les contusions, mais c'était aussi un remède contre la dépression et l'anxiété. J'étais revenue dans le champ avec un grand panier plat et j'avais cueilli tout ce que j'avais pu. C'est comme ça que je m'étais lancée dans la préparation de remèdes de grand-mère, d'huiles essentielles et de crèmes, sans bien savoir si ça marcherait. Il s'était avéré que oui. Les gens étaient apparemment de plus en plus friands d'alternatives naturelles aux médicaments traditionnels. Le bruit avait vite couru qu'on pouvait trouver des remèdes chez moi et j'avais vu affluer une clientèle en mal de baume pour mal de dos, de potion pour rage de dents et d'huile essentielle pour combattre les moustiques. Je m'étais documentée, j'avais testé des mélanges et m'étais mise à fabriquer de plus en plus d'onguents, de décoctions et autres sprays. Mais malgré toute l'énergie que je déployais, l'argent était resté un problème.

J'ai soupiré en contemplant la liasse de factures qui était posée devant moi. La ferme avait grand besoin de rénovations. Papa n'avait strictement rien fait depuis qu'il l'avait achetée dix-neuf ans plus tôt : le chauffage ne fonctionnait pas bien, ce qui occasionnait des dépenses inutiles, l'humidité s'était infiltrée dans les murs du salon, la toiture fuyait au-dessus de la chambre la plus à l'ouest et aucune fenêtre ne jointait correctement. Et je ne parlais même pas des tapisseries hors d'âge qui tombaient en morceaux ni de la peinture des plinthes et des portes qui s'écaillait. La fermette aurait eu besoin d'un bon coup de baguette magique, ou, à défaut, que l'équipe de D&CO vienne passer du temps chez nous. Sauf que rien de tout ça ne risquait d'arriver, ai-je songé en commençant à trier les factures en trois tas : Urgent - Très Urgent - Très très urgent.

Staline, le chat tigré que j'avais recueilli l'année dernière alors qu'il n'était qu'un chaton, est entré dans la pièce d'un pas royal, tête haute et queue dressée, puis il a sauté sur mes genoux où il s'est lové en bâillant comme si c'était sa place attitrée. Ce qui était un peu le cas. J'ai caressé distraitement le sommet de son crâne en songeant que je devrais peut-être arrêter de transformer cette maison en arche de Noé. J'avais tendance à nourrir tous les animaux de passage et à recueillir ceux qui semblaient abandonnés. C'était mon côté Mère Teresa, comme disait Fanny, à qui cette tendance faisait hausser les sourcils. Le fait était que je supportais assez mal la souffrance d'autrui, que ce dernier soit un hérisson égaré, un chien errant ou une personne qui avait besoin d'aide. Du coup, outre les poules, Delphine et Marinette — qui ne comptaient pas vraiment, parce qu'elles nous donnaient des œufs — et Long John Silver, le chien à trois pattes, nous possédions deux chats, Staline et Lénine, nommés ainsi en hommage au passé communiste de papa.

J'ai ouvert mon livre de comptes, le chat toujours sur les genoux, et j'y ai reporté les colonnes de chiffres avec le stylo rose pailleté qui appartenait à Clélia. Il fallait voir les choses en face : les dépenses étaient plus importantes que les rentrées et certaines choses ne pourraient pas être repoussées éternellement. La chaudière par exemple. Pour l'instant, c'était l'été et on pouvait continuer à se doucher à l'eau fraîche ou en faisant chauffer de l'eau dans les bassines à confiture, mais l'automne allait finir par arriver, même si dans notre région, il était souvent tardif. Nous n'allions pas pouvoir supporter longtemps le chauffage capricieux qui nous obligeait en hiver à vivre uniquement dans les deux pièces du rez-de-chaussée et à faire les oignons sous trois couches de pulls. Il avait commencé à montrer de sérieux signes de fatigue à la fin de l'hiver précédent, m'obligeant à remplir les bouillottes tous les soirs et à porter des mitaines à l'intérieur. Mais j'avais beau tourner et retourner les sommes dans tous les sens, je ne voyais pas comment notre situation pourrait s'améliorer. Il était hors de question d'emprunter de l'argent, que ce soit auprès de la banque — qui de toute façon me refuserait un crédit — ou d'un organisme de financement — papa leur devait déjà trop d'argent.

J'ai soupiré et arraché une page à la fin du livre de comptes pour faire une liste des tâches à accomplir de manière urgente. Les listes étaient mon péché mignon. J'en faisais tout le temps. Pour tout et pour n'importe quoi. Elles m'aidaient à mettre de l'ordre dans mes pensées à défaut d'en mettre dans ma vie.

✓ *Faire une nouvelle fournée de gelée de groseilles.*

✓ *Demander à Raymond s'il n'a pas de l'enduit qui traîne pour reboucher la fissure sur le mur du salon.*

✓ *Penser au thème du prochain atelier de pâtisserie.*

✓ *Cueillir des mûres.*

✓ *Regonfler les pneus du vélo de Clélia.*

✓ *Faire vacciner les chats.*

✓ *Trouver un moyen de gagner plus d'argent.*

J'ai longuement fixé cette liste déprimante. Si on avait été dans un film américain, une solution à tous mes problèmes se serait présentée comme par enchantement. Mais on n'était pas dans un film américain et je ne voyais pas comment ma vie pouvait s'arranger d'un coup de baguette magique.

A moins d'un miracle.

Et les miracles, malgré mon optimisme légendaire, je n'y croyais pas des masses.

Chapitre 4

Le lundi matin, en ouvrant les persiennes de ma chambre un peu après 6 heures, j'ai su que la journée serait caniculaire : il faisait déjà bien trop chaud pour l'heure matinale. Je ne m'étais hélas pas trompée. Un peu après 7 h 30, quand j'ai traversé la place du village pour aller déposer la première fournée de croissants et de chocolatines chez Raymond, le thermomètre affichait déjà 28 °C. J'étais en nage alors que je ne portais qu'un short en lin noir, un débardeur rose et mes éternelles tongs. Avec une chaleur pareille, j'aurais bien aimé ne pas avoir à me mettre aux fourneaux mais difficile de faire de la pâtisserie sans allumer le four.

Mes matinées étaient réglées comme du papier à musique. Je me levais juste avant 6 heures tous les matins sauf le dimanche, qui était mon jour de repos et où je m'octroyais une grasse matinée royale jusqu'à 8 heures, voire 9 heures les semaines où j'étais vraiment épuisée et où Clélia ne me réveillait pas. Après une douche rapide, je décongelais les croissants et les chocolatines que j'avais préparés les jours précédents. La pâte à croissants est très longue à préparer, si longue que j'avais l'impression de passer la quasi-intégralité de mes journées à ça. C'est une pâte qui nécessite trois tours entrecoupés chacun d'une longue mise au frais : j'en faisais donc toute la journée, puis je congelais les croissants et les chocolatines crus. Certains jours, j'aurais bien aimé faire autre chose, mais, tradition française oblige, les clients n'auraient troqué pour rien au monde leur traditionnelle viennoiserie du matin.

Pendant que les croissants et les chocolatines cuisaient, emplissant la cuisine d'une délicieuse odeur, je démarrais la préparation des gâteaux. J'effectuais ensuite une première livraison chez Raymond vers 7 h 30 pour les clients qui passaient au bar avant d'aller au travail. Je faisais cuire alors une deuxième fournée que je livrais en milieu de matinée, fournée que Raymond vendait tout au long de la journée. Puis je terminais la préparation des gâteaux. Comme j'étais toute seule en cuisine, je m'étais simplifié la tâche en ne fabriquant qu'une pâtisserie par jour. La liste perpétuelle, sur laquelle Clélia avait collé des gommettes et des autocollants en forme de licornes — « parce que les licornes, elles aiment les gâteaux » — était affichée dans la supérette de Raymond sur la petite vitrine réfrigérée dans laquelle il exposait mes œuvres.

✓ *Lundi : muffins, avec toujours du chocolat dedans mais pas que*

✓ *Mardi : flans et crème brûlée (mais pas trop, promis !)*

✓ *Mercredi : cookies surprise, parce que tout le monde aime les cookies*

✓ *Jeudi : tarte aux fruits des voisins*

✓ *Vendredi : moelleux au chocolat*

✓ *Samedi : crêpes. Mais je ne fournis pas le Nutella !*

✓ ***Pour les demandes et commandes spéciales, glissez un petit mot gentil dans la boîte prévue à cet effet !***

La boîte en question, une vieille boîte à chaussures décorée par Clélia, ne désemplissait pas de la semaine. Les enfants y glissaient des pages arrachées à leurs cahiers sur lesquelles ils écrivaient des choses comme : « Je voudré des cokies au chocola blant pour la semaine prochain » ou « Tu peux faire plus de muffins lundi prochain ? C'est mon anniversaire à l'école. » Les adultes me demandaient des crêpes sans gluten pour une nièce intolérante de passage le week-end, si je pouvais exceptionnellement faire des religieuses en plus de mes éclairs, ou une tarte à la rhubarbe parce que ça faisait tellement longtemps qu'ils n'en avaient pas mangé. On me passait aussi parfois des commandes spéciales pour un gâteau dominical : un fraisier, un opéra, un baba au rhum...

Je ne refusais jamais rien, même si ça me donnait un surcroît de travail dont je me serais bien passée. Mais j'aimais faire plaisir, et je ne me voyais pas refuser de rendre service à ces gens, que pour certains je connaissais bien : après tout, leurs demandes n'étaient ni des caprices ni des lubies. Et comme le disait Marlène, la patronne de la boutique de Bordeaux où j'avais pris goût à la pâtisserie : « Flore, ne l'oublie jamais, le client est roi ! Si quelqu'un veut son pain plus cuit ou ses cannelés moins alcoolisés et qu'il est prêt à payer pour ça, eh bien, ne discute pas, fais ! »

Ce matin-là, j'ai traversé la place à 7 h 38, un peu en retard, comme d'habitude, les bras tendus sous le poids des deux grands plateaux couverts de viennoiseries. Ça faisait des années que je me disais que j'aurais dû investir dans un chariot, mais je n'avais jamais trouvé le temps d'en dénicher un. Et puis, il fallait voir le bon côté des choses, ça me faisait les muscles. Le bar-tabac-supérette de Raymond se dressait juste de l'autre côté de la place, entre la succursale du Crédit agricole et la mairie. Il s'appelait Chez Michel, en hommage au tout premier propriétaire. Le bar-tabac avait changé de propriétaire au moins trois fois depuis mais personne n'avait jamais pris la peine de modifier le nom qui s'étalait en cursives dorées sur l'auvent rouge défraîchi. J'ai franchi en ahanant les vingt mètres qui nous séparaient et contourné la fontaine qui se tenait au milieu de la place, tout en me jurant comme tous les matins de trouver une façon moins fatigante de transporter mes plateaux. J'ai poussé de l'épaule la porte de la supérette et le carillon a retenti, faisant résonner sa mélodie aigrelette dans tout le commerce.

— Ah, te voilà, ma Flo ! s'est exclamé Raymond en contournant le bar derrière lequel il trônait comme tous les matins.

Il s'est approché aussi vite que sa bedaine proéminente le lui permettait : Raymond n'était pas le dernier à profiter de mes talents de pâtissière et il avait décidé une bonne fois pour toutes qu'il n'y avait pas d'heure pour boire. « Après tout, comme il aimait à le répéter à qui voulait l'entendre, c'est toujours l'heure de l'apéro quelque part dans le monde, pas vrai ? » Raymond était un pilier dans la vie du village en général, et dans la mienne en particulier. Je le connaissais depuis que nous avions emménagé en face dix-neuf ans plus tôt. Il avait pris du poids et des rides, perdu quelques cheveux et sa moustache fournie était plus grisonnante que brune à présent, mais c'était toujours le même homme, jovial, bruyant et serviable.

Il m'a pris les plateaux des mains et a commencé à remplir de croissants et de chocolatines les bannettes prévues à cet effet posées sur le comptoir. A cette heure matinale, un seul client prenait son café, debout devant le bar. J'ai reconnu le médecin du village, le Dr Benassis, qui lisait le journal local étalé devant lui.

— Bonjour, Pascal, l'ai-je salué.

Je le connaissais lui aussi depuis que j'étais toute petite. Il m'avait vue grandir et c'était lui qui le premier avait compris que ma mère était gravement malade. C'était un homme grand et maigre avec un visage d'oiseau de proie, qui se tenait toujours un peu voûté, comme s'il portait le poids du monde sur ses épaules. Son allure austère était contredite par un regard infiniment bienveillant.

Il a levé le nez de son canard.

— Ah, bonjour, Flore. Ça fait un bail que je ne t'ai pas vue. Je suppose que ça veut dire que toi et ta famille allez bien, a-t-il constaté avec un sourire bonhomme.

— Absolument, ai-je répondu en me perchant sur l'un des tabourets hauts disposés devant le bar. Tout le monde va bien.

— Je suis passé prendre un café avant de commencer mes visites avec Mme André, a poursuivi le médecin. C'est gentil à toi de t'occuper d'elle comme ça. Elle m'a dit que tu passais tous les jours vérifier qu'elle ne manquait de rien.

— Bah, c'est pas grand-chose. Comme elle habite juste à côté, ça ne me coûte rien.

— Peut-être, mais quand même. Si tout le monde prenait soin de ses voisins comme toi, la vie serait plus agréable et plus simple pour les médecins dans mon genre.

J'ai détourné le visage en rougissant. De manière générale, les compliments m'embarrassaient.

Raymond, qui rangeait les viennoiseries avec une dextérité née d'une longue habitude, m'a sauvée en intervenant.

— Cinquante ?

— Cinquante, ai-je répondu comme tous les matins depuis près de cinq ans.

— Bien.

Dans sa bouche, la syllabe semblait se dédoubler et la nasale s'allonger. Chez Raymond, l'accent du Sud-Ouest prenait des proportions telles que les touristes de passage ne le comprenaient pas toujours, ce qui donnait parfois lieu à des quiproquos et des malentendus dont il semblait se délecter. Il a posé la dernière chocolatine sur la pyramide de ses congénères puis m'a fait couler un expresso. C'était notre rituel depuis des années et il me plaisait. Grâce à Raymond, mes journées commençaient toujours de manière chaleureuse, quels que soient la température extérieure ou mes problèmes personnels. Ces cinq minutes passées à boire un café, accoudée à son comptoir, étaient parfois ma seule bulle de tranquillité de la journée.

J'ai avalé le breuvage brûlant en deux gorgées avant de m'ébrouer comme un jeune chiot, revigorée.

— Aaaah, ça fait du bien, ai-je dit tout en saluant d'un signe de la main le Dr Benassis qui quittait le bar, sa lourde sacoche à la main. Bon, je vais chercher les muffins. Aujourd'hui, j'ai fait deux parfums : citron et chocolat-noisette. Il y a des commandes spéciales sur lesquelles j'ai mis un petit drapeau avec le nom dessus, comme d'habitude. Il y a un muffin pour Mme Maurice comme tous les lundis et trois pour une certaine Mme Fernand. Je ne la connais pas mais elle avait laissé un mot dans la boîte.

— Pas de problème, a répondu Raymond. Mais il faudra que tu les places toi-même dans la vitrine, si ça t'embête pas. Monique est malade, elle ne va pas pouvoir venir travailler aujourd'hui.

J'ai jeté un coup d'œil en direction de la partie supérette, que Raymond ouvrait en même temps que le bar. Je n'y avais pas prêté attention mais la silhouette dynamique et replète de sa femme n'était effectivement nulle part en vue.

— Ah bon ? Qu'est-ce qu'elle a ?

— Mal au dos. Ça fait quelques jours déjà qu'elle traîne ça, et ce matin, elle ne pouvait plus bouger. Je pense que c'est son lumbago qui la reprend. Je lui avais dit de se ménager ces derniers jours, mais tu sais comment elle est, têtue comme une mule. Hier, elle est allée s'occuper du bébé de Jennifer, et elle n'a pas pu s'empêcher de l'aider à faire du ménage. Quand elle est rentrée, elle était complètement cassée. (Jennifer était la fille de Raymond et Monique et elle était toute jeune maman.) C'est qu'on se fait pas jeunes tous les deux, a-t-il soupiré en faisant disparaître ma tasse vide dans le petit évier derrière le bar.

— Ah, mince. Je suis désolée pour elle. Je vais te donner un petit pot de ma pommade à la reine-des-prés et à l'ortie, ça lui fera du bien. Il faut bien la faire pénétrer à l'endroit de la douleur et ne pas hésiter à masser en profondeur. Dis-lui qu'elle reste allongée le plus possible. Et qu'elle ne porte rien de lourd.

— T'es vraiment gentille, ma Flo. Je vais être obligé de gérer le bar et la supérette tout seul pendant quelque temps et crois-moi, ça va pas être de la tarte, a-t-il soupiré en essuyant la tasse qu'il avait lavée avec célérité.

J'ai regardé autour de moi.

La boutique de Raymond était divisée en deux parties inégales. La porte ouvrait sur la partie bar, tout en longueur. Au fond, se dressait un comptoir en bois sombre patiné par les ans et étrangement sculpté : sur la partie basse on pouvait voir une scène marine très détaillée dans laquelle des sirènes s'ébattaient sur des rochers devant un Poséidon hiératique qui dominait la scène, trident en main. Ce bar avait été commandé par l'ancien propriétaire, le fameux Michel, espèce de figure mythique qui avait officié dans ce bar pendant les années 1960. Même si seuls les plus vieux habitants du village se souvenaient de lui, tout le monde l'évoquait avec une espèce de vénération. C'était apparemment un homme haut en couleur et auréolé d'un soupçon de mystère romantique : la rumeur disait qu'il avait été résistant pendant la Seconde Guerre mondiale, puis espion au tout début de la guerre froide. Il était venu s'installer dans notre village, qui était alors beaucoup plus peuplé, et avait fait construire ce bar-tabac au tout début des années 1960. Il avait commandé ce bar sculpté à un artiste toulousain. La présence de cette scène kitsch sur le comptoir ne manquait pas d'éveiller la curiosité de ceux qui pénétraient dans le bar pour la première fois. Clélia adorait ce bas-relief. Lorsqu'elle était plus petite, elle avait passé des heures à inventer des histoires aux sirènes allongées sur les rochers. Devant le comptoir étaient disposés quelques tabourets hauts et inconfortables. En face, six banquettes en skaï noir et autant de tables de bistro. Un juke-box antique trônait juste à côté. Contrairement au reste du mobilier, il ne datait pas de l'époque de Michel. C'était un achat de Raymond, qui y était très attaché et l'appareil fonctionnait souvent, de son fait ou de celui des clients. Il ne jouait que des vieux standards de la variété française et j'avais entendu ces airs tant de fois que je les connaissais par cœur. A gauche du bar, il y avait une caisse séparée pour le tabac et les jeux de hasard. Tout ça occupait les trois quarts de son commerce. L'autre partie, sur la gauche, était réservée à la supérette qui dépannait les habitants et leur évitait de se rendre au centre commercial à cinq kilomètres de là. La supérette était beaucoup plus récente que le bar. Quelques années plus tôt, Monique et Raymond avaient abattu la cloison qui séparait le bar d'un grand cellier, afin de créer une épicerie pour répondre à la demande de certains habitants du village après la fermeture successive des rares commerces de proximité qui se dressaient auparavant dans la rue principale. Ils ne stockaient que des produits de première nécessité. Sur les étagères impeccablement agencées on trouvait des boîtes de conserve et des paquets de pâtes, des produits ménagers, quelques produits frais dans les deux étagères réfrigérées, et bien sûr, mes gâteaux et mes confitures dans une autre vitrine, minuscule, juste à côté de la caisse. Raymond et Monique se répartissaient la tâche, l'un au bar, l'autre à la caisse de la supérette. Ils alternaient parfois, l'un donnant un coup de main à l'autre quand le besoin s'en faisait sentir. Les clients ne se bousculaient pas toute la journée : il y avait du monde surtout le matin avant 9 heures, autour de l'heure du déjeuner et le soir à partir de 16 heures et de la sortie de l'école. Comme ils travaillaient tous les deux, leur amplitude horaire était très large : le commerce était ouvert de 7 heures à 20 heures quasiment tous les jours de l'année. Je ne les avais pas souvent vus prendre des vacances, ce qui expliquait certainement pourquoi le dos de Monique avait fini par déclarer forfait.

Et si ?

Une idée aussi inattendue que saugrenue venait de me traverser l'esprit.

Je l'ai formulée à voix haute avant d'avoir le temps de me raviser.

— Et si je te donnais un coup de main ? Je cherche justement un boulot de plus.

— Les temps sont durs, hein ? a répondu Raymond en me lançant un regard interrogateur.

Sa question ressemblait davantage à une affirmation.

J'ai haussé les épaules.

— Disons que j'ai une chaudière à réparer, voire à changer, ai-je répondu avec un sourire que j'espérais désinvolte. Je peux travailler en attendant que Monique puisse reprendre. On serait gagnants tous les deux. Tu ne serais pas obligé de me déclarer, ai-je ajouté sur un ton plus bas même si nous étions désormais seuls.

— Ça me rendrait bien service, a acquiescé Raymond. Je peux te payer le taux horaire du SMIC. Un peu plus, même, si c'est au noir.

— Combien d'heures par jour ? ai-je demandé.

— Voyons voir… de 11 heures à 14 heures et de 16 heures à 20 heures, c'est possible pour toi ?

J'ai acquiescé en silence.

— Ça fait, quoi — il s'est interrompu pour compter sur ses doigts — sept heures par jour grosso modo, un temps plein, quoi. Et j'aurais besoin de toi tous les jours sauf le dimanche.

En vérité, ça faisait plus qu'un temps plein. Sept heures par jour multipliées par six, on atteignait quarante-deux heures par semaine. Mais les horaires étaient inhabituels, ce qui me permettrait de continuer à faire mes gâteaux et mes confitures. Il allait falloir que je m'organise bien pour ma pâte à croissants, mais je pourrais lui donner un tour le matin, un dans l'après-midi et un le soir. Mes journées allaient considérablement s'alourdir mais je ne pouvais pas faire la fine bouche. Même si je ne travaillais que quinze jours ou trois semaines, le temps qu'il faudrait à Monique pour se remettre de son lumbago, ce serait toujours ça de gagné. Il fallait en revanche que je m'arrange pour faire garder Clélia. Heureusement que Fanny avait décidé de ne pas partir en vacances cet été. Et Gina, la voisine, pourrait peut-être s'occuper d'elle de temps en temps, à condition que ses jumeaux ne lui donnent pas trop de fil à retordre. Clélia était très amie avec Tom, son fils aîné qui avait le même âge que ma fille. De toute façon, ce serait pour une courte période. Et j'avais vraiment besoin d'argent.

— D'accord, ai-je opiné.

— Ah, ma petite Flo, c'est super ! s'est exclamé Raymond. (Pour sceller notre accord, il m'a tendu une main épaisse et velue dans laquelle la mienne a disparu, comme avalée.) Tu peux commencer tout à l'heure ? Vers 11 heures ?

— D'accord. Je vais chercher les muffins tout de suite. Et la pommade pour Monique.

Sur ces mots, j'ai quitté le bar, le cœur battant. J'avais trouvé un job qui me permettrait peut-être de réparer enfin cette chaudière qui faisait des siennes. Ça n'était que temporaire mais j'ai traversé la place d'un pas léger. Tout allait peut-être s'arranger.

Même sans baguette magique.

Chapitre 5

Penchée sur la bassine en cuivre, en nage, les cheveux collés au front, j'étais en train de remuer la confiture de pêches-nectarines que j'avais mise à macérer la veille lorsque j'ai cru entendre frapper à la porte-fenêtre de la cuisine. J'ai levé le nez vers la pendule. Il était un peu plus de 10 heures. La radio posée sur l'étagère au-dessus du plan de travail diffusait un vieux tube de Michel Berger que je fredonnais sans y penser. On a de nouveau toqué à la porte et j'ai tourné les yeux en direction de cette dernière. Elle était ouverte et le soleil déjà haut éclairait à contre-jour la silhouette de celui qui cherchait à attirer mon attention.

J'ai baissé le gaz sous la marmite — on n'était jamais trop prudente, comme la mésaventure de la veille l'avait prouvé — et je me suis dirigée vers la porte-fenêtre en clignant des yeux, aveuglée par la lumière éblouissante. Un homme se tenait dans l'encadrement de la porte. Il était grand et je devinais un torse et des bras musclés sous un T-shirt noir moulant. A cause du contre-jour, il m'était en revanche impossible de distinguer ses traits.

— Bonjour ! ai-je claironné en m'essuyant les mains sur le torchon rouge glissé dans la ceinture de mon short.

J'ai atteint la porte-fenêtre et levé les yeux vers le visage de l'homme.

Oh. Mon Dieu.

Face à moi se tenait celui dont tout le village ne pouvait s'empêcher de commenter les moindres faits et gestes, celui sur lequel avaient couru les rumeurs les plus folles, celui dont on avait justement discuté la veille avec Fanny, l'homme à la fois le plus sexy et le plus intimidant du département.

Voire de la galaxie.

Corto.

Cet homme, avec sa musculature, ses tatouages et ses piercings, m'intimidait tellement que rien que de le voir, là, dans l'encadrement de la porte de ma cuisine, j'étais au bord de l'évanouissement. Il a fait un pas en avant pour pénétrer dans la cuisine : j'ai eu l'impression soudaine qu'il emplissait toute la pièce et que son corps avait absorbé toute la lumière d'un coup. J'ai cillé à plusieurs reprises pour y voir plus clair et une bouffée de chaleur m'est tout à coup montée aux joues. Elles ont commencé à brûler et j'étais certaine qu'en plus elles luisaient comme un phare dans la nuit. Je me suis éventée avec le torchon. Avec un peu de chance Corto penserait que c'était à cause de la chaleur, et non de sa présence.

Comme je me trouvais ridicule à agiter mon torchon près de mon visage, je l'ai posé sur mon épaule, mais j'ai aussitôt songé que je devais ressembler à une tenancière de bistro ainsi affublée et je l'ai repris précipitamment en main. J'ai regardé autour de moi comme si le décor vieillot de la cuisine pouvait me dire que faire de cet attribut. Je l'ai lancé sans réfléchir sur le dossier d'une chaise. Hélas, j'ai raté mon coup et le torchon a glissé au sol. Je me suis penchée pour le ramasser. Bonjour le spectacle... Je devais avoir l'air d'une folle à m'agiter comme ça avec mon torchon.

Je me suis redressée. Si Corto me trouvait ridicule, il n'en a rien montré. Il n'avait pas bougé et me dévisageait, impassible. C'était la première fois que je le voyais d'aussi près, et j'étais bien obligée de constater qu'il était beau. Ses traits étaient durs mais réguliers, son nez droit et fin, son menton volontaire sous la barbe courte. Il avait les yeux d'une couleur étrange, gris pâle, comme l'eau d'un lac sur lequel se refléterait le soleil d'hiver. L'anneau minuscule fixé dans son arcade droite contribuait à donner à son visage une dureté virile pour le moins intimidante. Son sourcil gauche était coupé en deux parties inégales par une fine cicatrice. Je devinais un tatouage sur le côté gauche de son cou, quelque chose de fin et de sinueux qui prenait naissance juste sous la jointure de sa mâchoire pour aller se perdre sous son T-shirt noir. Sur lui, le piercing et les tatouages ne ressemblaient pas à de simples ornements. Même immobile dans ma cuisine démodée, il avait l'air à l'affût, sur le qui-vive. Tout en lui clamait que c'était un homme dangereux. J'ai repoussé cette idée pour le moins incongrue. *Calme-toi, ma fille. On est dans la campagne française, pas dans une mégalopole américaine. Corto est jardinier, pas dealer.* J'ai pris une profonde inspiration.

— Que puis-je pour vous ? ai-je demandé en enfonçant les mains dans les poches de mon short pour les empêcher de trembler.

J'avais l'impression que ma voix était trop aiguë et j'ai toussoté pour en reprendre le contrôle. De mieux en mieux. D'abord je m'agitais comme si j'avais la danse de Saint-Guy, et maintenant je parlais avec la voix d'une gamine qui aurait joué avec un ballon gonflé à l'hélium.

— J'ai un problème avec mes rosiers, a répondu Corto en me regardant bien en face.

Je crois bien que c'était la première fois que j'entendais le son de sa voix. Elle était très grave, presque rauque, et j'ai senti un frisson courir le long de ma colonne vertébrale. Aller et retour. Et son regard, oh par tous les diables, son regard était... indescriptible. Il y avait de l'acier dans ses yeux, quelque chose de métallique et de dur qui me transperçait tout entière. Je me suis sentie paralysée.

— Il paraît que vous fabriquez des trucs naturels, a-t-il poursuivi sans paraître remarquer mon trouble. C'est mon voisin qui m'a dit ça.

Ses yeux étaient fermement plantés dans les miens. Sous l'intensité de ses prunelles grises, j'ai senti mon rythme cardiaque s'accélérer. Mes joues continuaient à cuire : j'aurais bien aimé recommencer à m'éventer mais j'avais peur de passer pour une idiote si je m'emparais de nouveau du torchon. A défaut de torchon, j'ai donc agité la main devant ma joue à la manière d'un éventail. Mon geste n'a en rien atténué la chaleur qui irradiait de mon visage, sur lequel on aurait pu faire cuire des œufs au plat. Corto ne me quittait pas des yeux. Je mourais d'envie d'échapper à ce regard inflexible et de courir me cacher dans le placard au milieu des bocaux de tomates où je me serais fondue sans problème, vu que je devais certainement être écarlate de la tête aux pieds, mais j'étais clouée sur place, incapable de faire le moindre geste. A croire que Corto m'avait jeté un sort qui m'avait ôté l'usage de mes pieds. J'ai essayé d'inspirer pour calmer les battements désordonnés de mon cœur. Peine perdue. Il était trop près de moi. C'était la seule explication possible et rationnelle au soudain vertige qui s'était emparé de moi. D'une manière inexplicable, il avait volé tout l'oxygène présent dans la pièce.

— Euh, oui..., mais pour les humains, pas pour les rosiers, ai-je répondu, soulagée de voir que sa présence ne m'avait pas privée en plus de l'usage de la parole, même si ma voix sonnait bizarrement à mes oreilles, un peu tremblante.

Mais au moins n'était-elle plus aiguë. C'était déjà ça.

Il a esquissé un sourire et j'ai manqué m'évanouir : il avait le sourire le plus craquant de la Terre. Et sous l'effet de son sourire, son regard de glace a semblé s'adoucir un peu, ce qui a rompu le sortilège qui me maintenait prisonnière de ses yeux gris.

J'ai détourné le visage, gênée. Comment pouvais-je penser des choses pareilles ? Pourquoi mon cœur battait-il la chamade ? N'importe quoi. J'avais bien raison de me tenir à l'écart de cet homme : il avait à l'évidence un effet dangereux sur mes synapses, qui avaient grillé sous l'effet de son sourire à dix mille volts. A moins que ce ne soit la chaleur infernale qui régnait dans la pièce. Oui, on allait dire ça, c'était la faute de la canicule. Et de la confiture de pêches.

Je me suis soudain rendu compte qu'il avait continué à parler et que je n'avais pas entendu un traître mot de ce qu'il avait dit. Il fallait à tout prix que je me ressaisisse.

— Oui ? ai-je dit, en espérant que la formule, suffisamment vague, l'inciterait à répéter ce qu'il venait de dire.

Il m'a lancé un regard au fond duquel j'ai cru déceler une flamme un peu moqueuse.

— Je me demandais si vous pouviez me fabriquer une pulvérisation. J'ai noté ce dont j'avais besoin, a-t-il poursuivi en dégainant de la poche arrière de son jean un morceau de papier plié en deux.

Son geste a attiré mon attention sur le reste de son corps, que je m'étais bien gardée d'examiner de plus près. Son jean usé bleu foncé tombait un peu sur ses hanches et mettait en valeur ses cuisses musclées. J'ai essayé de ne pas laisser mon regard errer trop longtemps sur cette partie de son anatomie et je me suis forcée à lever de nouveau les yeux vers son visage.

Il avait arrêté de parler et me dévisageait ouvertement, amusé.

— Vous allez bien ? a-t-il demandé. Vous êtes toute rouge et vous me paraissez avoir de la difficulté à respirer.

— Euh, oui, je vais très bien, ai-je répondu, mortifiée. C'est juste la chaleur. Entre le four qui n'arrête pas de fonctionner et les confitures qui sont en train de mijoter, j'ai l'impression d'être une dinde en train de rôtir.

Une dinde en train de rôtir. Génial, ma fille. Je n'aurais pas pu mieux choisir ma comparaison, me suis-je dit en résistant à l'envie de me frapper le front. Seule une dinde se mettait dans un état pareil en voyant un homme dans sa cuisine. Car après tout, Corto n'était qu'un homme.

Bon, d'accord, il était plus grand, plus musclé, plus tatoué, plus viril et surtout plus sexy que tous les autres hommes de ma connaissance. Et il dégageait sans conteste quelque chose d'inhabituel qui me perturbait au plus haut point. Mais ce n'était pas pour ça que je devais me laisser impressionner, n'est-ce pas ?

— Voyons voir, ai-je poursuivi à toute allure.

J'ai tendu la main dans sa direction pour saisir la feuille sur laquelle il avait noté la liste d'ingrédients. Son bras droit était entièrement tatoué. J'ai cru deviner des plumes et des griffes, mais j'ai été incapable de discerner quel animal s'étalait ainsi sur sa peau bronzée. Lorsque j'ai attrapé le morceau de papier, nos doigts se sont frôlés pendant une fraction de seconde et j'ai senti une décharge électrique remonter le long de ma main jusqu'à mon cou. Corto a retiré brusquement sa main. Avait-il été victime de la même chose que moi ou n'était-ce qu'une vue de mon esprit soudain délirant ? Si la canicule avait cet effet-là sur moi, il allait falloir que j'envisage très sérieusement de déménager au nord de la Loire, voire de la Seine, dans ces régions où le ciel était toujours gris et où la température ne dépassait jamais 25 °C.

J'ai posé les yeux sur sa liste en essayant de calmer mon cœur turbulent. Inspirer, expirer, lire.

Les lignes dansaient devant mes yeux.

OK, en plus d'un problème cardiaque aussi soudain qu'inattendu, voilà que j'étais affublée d'un problème de vision. Ça devenait inquiétant.

J'ai cillé. *Concentre-toi, ma fille, concentre-toi.*

La voix de Corto a interrompu le cours de mes pensées.

— Mes rosiers sont envahis de pucerons. J'ai d'abord utilisé une macération d'orties puis une décoction de sureau, mais ça n'a pas marché. Il faut croire que les pucerons sont résistants par chez vous.

J'ai levé les yeux du feuillet. Non seulement sa voix grave était très agréable, mais j'ai remarqué soudain qu'il n'avait aucun accent, ce qui le rendait d'autant plus exotique à mes oreilles. Pour la première fois, je me suis demandé d'où il pouvait bien venir. D'un endroit où les hommes sont gaulés comme des joueurs de football milliardaires, manifestement.

— J'ai besoin d'une pulvérisation à base de pyrèthre, a-t-il poursuivi. Mais comme je ne suis pas de la région, je ne sais pas où en trouver. J'aimerais autant éviter d'avoir recours à un insecticide traditionnel. Les pesticides, c'est pas trop mon truc.

— J'ai du pyrèthre, ai-je répondu. Du pyrèthre doré. Oui, doré, c'est ça. Qu'on appelle aussi grande camomille. Comme la camomille. C'est la même famille de plantes. Les *Asteraceae*. (Mais qu'est-ce que je racontais ? Je me donnais l'impression de réciter une leçon pendant un oral de SVT. Si mes bavardages sans intérêt ont surpris Corto, il n'en a rien montré.) J'en fais de l'huile essentielle contre la migraine et les règles douloureuses. Bon, euh, ça ne vous concerne pas vraiment. Mais c'est pour vous expliquer pourquoi j'en ai dans mon cellier. (Que quelqu'un me fasse taire ! Maintenant. Par pitié.) Je ne savais pas que c'était aussi un insecticide, ai-je fini par achever.

— Si, a expliqué Corto. Mais il ne me le faut pas en huile. J'ai besoin d'une pulvérisation. Les quantités sont sur la feuille.

Il a fait un geste du menton en direction du morceau de papier que j'avais toujours entre les mains. J'ai baissé de nouveau les yeux sur sa recette. Cette fois-ci, les lignes sont restées sages et j'ai lu rapidement ce qu'il avait écrit.

— OK. Je peux vous faire ça.

Ben voilà, je pouvais faire une réponse claire et rapide. Ouf.

— Super ! s'est-il exclamé, l'air sincèrement soulagé. J'ai noté mon numéro de portable au bas de la feuille. Ça ne vous ennuie pas de me passer un coup de fil quand ce sera prêt ?

— Non, non, pas du tout.

Un coup de fil. Mais bien sûr. Vu comment je n'étais pas capable d'aligner deux mots cohérents en sa présence, je m'imaginais déjà ce que ça donnerait au téléphone. Un texto, ce serait bien suffisant. Et plus sûr.

— Je ne suis pas certain de mes informations concernant les quantités, cela dit, a-t-il poursuivi. J'ai trouvé la recette sur Internet.

— Ne vous inquiétez pas, je vais chercher.

Je n'ai pas eu le courage de lui avouer que moi aussi je trouvais la plupart de mes recettes sur Internet : il imaginait peut-être que je possédais un vieux grimoire de sorcière rempli de recettes cabalistiques et je ne voulais surtout pas le détromper. L'idée qu'il me pense compétente me plaisait sans que je m'explique bien pourquoi.

— Merci, beaucoup. Si cette pulvérisation fonctionne, ça m'ôtera une belle épine du pied.

A ces mots, j'ai baissé les yeux sur ses pieds, chaussés de tennis en toile. Corto a suivi la direction de mon regard puis a relevé les yeux vers moi et j'ai cru déceler une lueur moqueuse dans ses prunelles grises. Cet homme devait croire que j'étais la reine des idiotes. Que dis-je la reine ? L'impératrice, oui !

— A bientôt, donc, a-t-il conclu en plongeant de nouveau son regard métallique dans le mien.

— Euh, oui, c'est ça. Je vous appelle dès que la pulvérisation est prête, ai-je répondu en soutenant l'éclat glacé de ses prunelles tout en rougissant de plus belle. Il va falloir quelques jours vous savez. Deux ou trois. Voire quatre. Ou trois. Ou quatre. Enfin, je ne sais pas encore.

Et voilà que ça me reprenait. J'aurais aimé que le sol s'ouvre sous mes pieds et m'avale tout entière. Mais où sont les tremblements de terre quand on a besoin d'eux, hein ?

Corto a semblé sur le point de dire quelque chose, puis il s'est ravisé ; il s'est contenté de me lancer un regard énigmatique avant de tourner les talons et de gagner la porte-fenêtre en deux enjambées. Il se déplaçait avec une grâce toute féline assez étonnante pour un homme aussi grand et aussi musclé et je n'ai pas pu m'empêcher de suivre des yeux ses fesses fermes qui se dessinaient sous le jean sombre. Il est sorti de ma cuisine et a tourné sur la droite en direction du portail. Sa silhouette a disparu avant de réapparaître devant la deuxième fenêtre. Au soleil, les tatouages qui ornaient son bras droit se détachaient sur sa peau bronzée. Un oiseau, ai-je soudain songé. C'est un oiseau qu'il a tatoué sur le bras. Je n'ai pas eu le temps de l'observer davantage. Il a disparu et quelques instants plus tard un bruit de portière suivi du ronronnement d'un moteur m'est parvenu aux oreilles.

Ce n'est que lorsque j'ai expiré bruyamment que je me suis rendu compte que j'avais arrêté de respirer. Une odeur de pêche caramélisée m'a chatouillé les narines. Je me suis précipitée vers la gazinière et j'ai remué vigoureusement l'épaisse mixture. Pas question de faire cramer mes confitures deux fois en deux jours !

— Non, mais, j'ai bien vu ce que j'ai vu ? s'est écriée une voix féminine surexcitée.

J'ai levé le nez — et la spatule : Fanny se tenait dans l'encadrement de la porte-fenêtre de la cuisine, à l'endroit exact où Corto avait fait son apparition quelques minutes plus tôt. Un mélange de perplexité, de surprise et d'excitation se lisait sur son visage. Je lui avais téléphoné un peu plus tôt dans la matinée pour lui demander si elle pouvait garder Clélia pendant que je travaillais chez Raymond et elle avait accepté sans problème.

— Tu as vu quoi ? ai-je demandé en essayant d'avoir l'air le plus détaché possible, ce qui, vu la façon dont mon cœur continuait à danser la sarabande, était une véritable gageure.

— Tu te fiches de moi, c'est ça ? Mister Sexy sort de ta cuisine et tu te la joues décontractée de la spatule ?

Elle était entrée dans la cuisine tout en parlant et a fondu sur moi avec l'intensité d'un oiseau de proie. Elle avait le regard ferme qu'elle réservait aux élèves les plus récalcitrants et je me suis instinctivement recroquevillée devant la gazinière.

Fanny s'est arrêtée à quelques centimètres de moi, bras croisés.

— J'attends, s'est-elle contentée de dire. Raconte-moi tout. Absolument tout. *Dans le moindre détail.*

— OK, ai-je capitulé. Il est venu me demander si je pouvais lui préparer une pulvérisation pour ses rosiers.

— Pour ses rosiers ? a répété Fanny.

— Oui. Il a des pucerons. Enfin, ses rosiers, pas lui, ai-je cru bon d'expliquer.

— J'avais compris, a rétorqué Fanny en haussant le sourcil comme si elle me prenait pour une demeurée. Je veux tout savoir.

— Ben, tu sais déjà tout. Rosiers, pucerons, pulvérisation. On a fait le tour, là.

— Non, je veux savoir *tout le reste.*

A sa façon d'accentuer les deux derniers mots, j'ai compris qu'elle ne me lâcherait pas avant que j'aie analysé sous tous les angles la courte conversation que j'avais eue avec Corto.

— Eh bien, euh... Comment ça tout le reste ? ai-je temporisé.

— Comment il t'a parlé ? Quel ton il a employé ? Je ne te demande pas ce qu'il portait, je l'ai croisé en arrivant. Pour la première fois de ma vie, j'aurais donné cher pour être un T-shirt.

Pas la peine de lui dire que maintenant qu'elle le disait, je trouvais cette perspective relativement alléchante.

— Tiens, c'est une idée, ai-je répliqué dans le vain espoir de détourner son attention. On pourrait demander à être réincarnées en vêtements masculins dans une autre vie. Mais pas en caleçon. Ce serait un peu dégueu, non ?

— N'essaie pas de changer de sujet, a rétorqué Fanny sur un ton inflexible. Je suis ta meilleure amie, je mérite de savoir. Pense à tout ce que j'ai fait pour toi depuis des années. Il est temps de me récompenser.

— Eh bien… (J'ai cherché désespérément quoi lui dire.) Il a été très aimable. Très poli.

— Mais encore ? a demandé Fanny sans me lâcher du regard. Tu tapes la causette avec Mister Sexy, que dis-je Mister Sexy, Mister Ultra Hot et tout ce que tu trouves à dire c'est qu'il est *très poli* ? Sois sympa, s'il te plaît, donne-moi autre chose. Je veux une révélation. Un truc qui me permette d'alimenter ma machine à fantasmes.

— Euh… Je ne sais pas moi. Il sentait bon.

J'ai posé la main sur ma bouche, horrifiée. Je ne voulais pas dire ça. C'était une remarque ridicule.

— Bon, genre parfumé ou genre il sortait de la douche ? a répliqué Fanny, qui avait l'air de trouver ma remarque tout à fait normale, voire suprêmement intéressante.

— Je ne sais pas. Tu m'en demandes trop, là, ai-je protesté en me détournant pour remuer ma confiture.

Peut-être que si elle voyait que j'étais occupée, elle allait arrêter de me faire subir un interrogatoire digne de la Gestapo.

— Je te demande juste l'essentiel. Il s'est approché à quelle distance de toi ?

J'ai pris une profonde inspiration et abandonné toute velléité de résistance. Quand elle commençait comme ça, Fanny ne lâchait jamais l'affaire : elle me tannerait jusqu'à ce que je crache le morceau. Autant se débarrasser le plus vite possible de la corvée.

— Beaucoup trop près, si tu veux mon avis, ai-je

répondu. J'ai eu l'impression qu'il absorbait tout l'air de la pièce et que je ne pouvais plus respirer. Voilà, t'es contente ?

— Disons que je ne suis pas mécontente. Mais on ne fait que commencer, a rétorqué Fanny. Je veux savoir si…

Elle a été brutalement interrompue par l'entrée tonitruante de Clélia dans la cuisine, Long John Silver claudiquant sur ses talons. Pour la première fois de ma vie, j'ai remercié intérieurement ma fille d'être une tornade imprévisible qui avait tendance à surgir toujours quand on s'y attendait le moins.

— Bonjour, Fanny ! s'est écriée ma fille en tendant la joue pour lui faire la bise. Dis, maman, est-ce que tu sais où est mon livre de coloriage avec les princesses Disney ? Celui avec *La Reine des neiges.*

— Sans doute là où tu l'as laissé, a répondu Fanny avant que j'aie eu le temps d'ouvrir la bouche.

Clélia cherchait ses affaires avec autant de régularité que son grand-père. J'avais installé des paniers en osier dans les pièces principales de la maison afin qu'elle range ses possessions mais ça n'avait rien résolu. Elle ne savait jamais où étaient ses jouets, ses crayons de couleur, ses jeux de société ni ses livres. La seule chose qu'elle ne perdait jamais, c'était Long John Silver, qui la suivait comme son ombre.

— Mais je ne sais justement pas où je l'ai laissé, a répondu Clélia avec la logique d'une enfant de huit ans. C'est pour ça que je le cherche.

— Je vais t'aider, a proposé Fanny. Mais ne crois pas que j'en aie fini avec toi, a-t-elle lancé à mon attention en levant un index menaçant. Nous continuerons notre conversation plus tard.

— Bien plus tard, alors, parce que je dois être à

la supérette dans un quart d'heure. Merci encore de t'occuper de Clélia, c'est super sympa de ta part.

— Aucun problème. Je n'ai rien d'autre à faire, de toute façon, a répondu Fanny en haussant les épaules. Je vais l'amener à l'école : elle pourra s'amuser dans la cour pendant que je fais du rangement.

Fanny faisait mentir tous les clichés sur les enseignants. Elle travaillait tout le temps, y compris pendant les week-ends et les vacances. Quand elle ne préparait pas ses cours, elle corrigeait des évaluations ou rangeait sa classe, dans laquelle elle accueillait le cours double CP/CE1. Notre village était suffisamment peuplé pour avoir droit à une école, mais il n'y avait pas assez d'élèves pour éviter les cours doubles, ce qui faisait deux fois plus de travail pour les professeurs des écoles. Cet été, pour la première fois depuis quelques années, Fanny avait décidé de rester au village pendant tout l'été. D'habitude, elle partait au moins un mois à l'autre bout du monde sac au dos avec une amie qui, comme elle, aimait les vacances sportives et semi-improvisées. Or, cette année, l'amie en question était enceinte et plutôt que d'aller crapahuter toute seule, Fanny avait décidé de rester chez elle. Elle s'était fait un programme intensif de lecture et de visionnage de séries télévisées, et elle allait souvent nager à la base nautique non loin. Et elle passait encore plus de temps que d'habitude dans ma cuisine.

Fanny et Clélia ont quitté la pièce ensemble, Long John sur les talons, et j'ai goûté ma confiture pour la quatrième fois. Elle était parfaite. Le mélange pêches-nectarines-cannelle fonctionnait très bien. Il ne manquait plus qu'à lui trouver un nom. *Confiture de bisous*, peut-être. J'ai jeté un coup d'œil à la pendule. 10 h 25. J'avais intérêt à m'occuper rapidement de la mise en bocaux si je voulais être à l'heure à la supérette.

Je n'ai pas pu m'empêcher de soupirer. J'avais comme dans l'idée que les quinze prochains jours n'allaient pas être de tout repos.

Liste #2

Les choses que j'aime même si personne ne comprend pourquoi

✓ *le café froid*

✓ *TOUTES les chansons de Michel Sardou*

✓ *les photos floues*

✓ *les cahiers à petits carreaux*

✓ *les dictionnaires*

✓ *les tongs*

✓ *les stylos roses*

✓ *l'odeur de chien mouillé*

Chapitre 6

Il m'a fallu très exactement vingt-sept secondes pour comprendre le fonctionnement de la vieille caisse qui trônait sur le petit comptoir de la supérette. Raymond avait résisté à l'appel de la modernité et l'informatique n'avait pas encore franchi le seuil de son commerce. La caisse enregistreuse était une antiquité, à mon avis aussi vieille que le juke-box, et certainement dénichée elle aussi dans un quelconque vide-greniers. Les touches en relief étaient un peu résistantes et produisaient un cliquetis sonore, et lorsqu'on avait entré le total, le tiroir-caisse coulissait violemment en faisant résonner son « ding » bruyant dans toute la boutique. La première fois, le bruit m'a prise par surprise et je n'ai pas pu m'empêcher de sursauter. Il ne fallait pas se tromper sur un chiffre au risque d'être obligé de recommencer toute son addition. On était bien loin de l'ordinateur sur lequel j'avais appris à tenir une caisse dans la pâtisserie bordelaise de Marlène. L'avantage, c'est qu'elle ne risquait pas de tomber en panne et qu'un enfant de trois ans aurait pu apprendre à s'en servir.

J'étais en train de rendre la monnaie à une jeune femme enceinte jusqu'aux yeux venue acheter une boîte de haricots verts et deux muffins au citron lorsque le carillon a retenti, aussitôt suivi par une voix masculine familière qui a couvert la mélodie de la chanson de Renaud qui s'élevait du juke-box.

— Tiens, ça alors, Flore, qu'est-ce que tu fais là ?

J'ai salué la cliente et tourné la tête. Benoît se tenait devant la caisse. Pour une fois, il avait troqué son uniforme de gendarme contre un jean et un T-shirt noir sur lequel s'étalait le loup-garou gris de je ne sais qui dans la série *Game of Thrones*. Au lycée déjà, il était un peu geek. Il aimait la SF et la *fantasy* et il avait essayé en vain de me convaincre de lire *Le Seigneur des anneaux*. Mais ces histoires d'orques, d'elfes et d'arbres qui parlent, très peu pour moi. Quant à la SF, hormis *Le Meilleur des mondes* qu'un prof m'avait fait lire au lycée, je n'y comprenais rien. Je n'avais même jamais réussi à regarder *Star Wars* en entier ; je m'endormais toujours au bout d'un quart d'heure, assommée par ces histoires de vaisseaux spatiaux et de quête. A mon grand soulagement, Benoît avait abandonné tout espoir de me faire entrer dans son univers. Il m'empruntait parfois des bouquins, mais j'avais l'impression que c'était uniquement dans le but de me faire plaisir. Nous n'avions pas du tout les mêmes goûts. J'aimais surtout la littérature française, qu'elle soit classique ou contemporaine. Or, je soupçonnais Benoît de ne pas faire la différence entre Balzac et Gilles Legardinier. Voire de ne pas savoir qui était Balzac.

Je l'ai dévisagé : Fanny avait raison, Benoît n'était pas mal. Son visage un peu poupin n'était ni vraiment beau ni vraiment viril, mais il possédait une banalité rassurante. Ses yeux bleu foncé ne me donnaient pas l'impression de me clouer sur place et ses traits sans attrait ne me tétanisaient pas. En sa présence, je ne risquais pas de me mettre à rougir de la tête aux pieds ni de bafouiller comme une idiote. A cette idée, l'image perturbante de Corto a surgi dans mon esprit. Je l'ai balayée d'un revers de main imaginaire. Il ne fallait surtout pas que je pense à lui : cet homme singulier m'avait assez troublée pour les dix ans à venir.

— Salut, Benoît, l'ai-je salué en contournant la caisse pour lui faire la bise. Je donne un coup de main à Raymond. Figure-toi que Monique a un lumbago qui la cloue au lit.

— Il te paie, au moins, j'espère ?

J'ai soupiré intérieurement sans oser lui montrer mon agacement. Sa remarque n'aurait pas dû m'irriter. Après tout, elle prouvait qu'il s'intéressait à moi. Mais elle me renvoyait aussi à mes propres défaillances. J'avais tendance à accepter de travailler pour rien, ce qui constituait un véritable problème et expliquait aussi pourquoi mes comptes n'étaient pas au beau fixe. D'accord, c'était un euphémisme. Mes comptes étaient dans le rouge le plus total. A ce stade-là, ce n'était plus du rouge mais du vermillon.

— Oui, il me paie, ai-je répondu sur un ton égal en me dirigeant vers la vitrine réfrigérée qui contenait les produits frais.

Benoît m'a emboîté le pas. Il sentait le gel douche, un parfum un peu boisé pas désagréable.

— Et il te déclare ?

Autant je pouvais mettre la première question sur le compte de l'intérêt que Benoît me portait et sur l'un de mes défauts les plus ennuyeux, autant cette remarque était typique de Benoît. « *Dura lex, sed lex* », avait-il coutume de répéter. Ce n'était pas pour rien qu'il avait embrassé une carrière de gendarme. Il avait choisi ce métier pour faire régner la loi et l'ordre comme un cow-boy des temps modernes, et il croyait sincèrement que c'était sa mission sur terre. De mon côté, j'avais plutôt tendance à penser que nécessité faisait loi, mais je me gardais bien d'exprimer mon avis.

— Mmm, me suis-je contentée de répondre en commençant à vérifier les dates de péremption figurant sur les paquets de jambon.

Mentir par omission n'était pas mentir, n'est-ce pas ?

— Comment va Clélia ? a-t-il demandé en s'adossant à la vitrine.

— Très bien. Elle est à l'école avec Fanny. Elle a promis de l'aider à ranger sa classe, même si je doute que ce soit très efficace vu que partout où elle passe l'ordre trépasse... J'aurais dû l'appeler Attila.

— Elle a aimé le bouquin que je lui ai offert pour son anniversaire ?

Je pouvais dire ce que je voulais sur Benoît, me moquer de son uniforme bleu, le trouver banal et pas attirant pour deux sous, je ne pouvais pas nier qu'il possédait de nombreuses qualités. Il était notamment gentil et attentionné avec ma fille, pour laquelle il avait toujours un mot aimable ou un cadeau. J'avais pensé au début qu'il faisait ça pour s'attirer mes bonnes grâces mais les années avaient passé et il était toujours aussi sympa avec Clélia.

— Oui, beaucoup, ai-je répondu en passant à la vérification des yaourts. Surtout l'histoire des boîtes de peinture. Elle l'a lu un nombre incalculable de fois. Et quand on est allées au supermarché la dernière fois, elle a cherché le rayon des feutres magiques. Elle a été un peu déçue quand je lui ai appris qu'il n'existait pas.

Le carillon a retenti et j'ai tourné la tête en direction de la porte. Un homme entre deux âges en bleu de travail s'est dirigé vers le bar tout en saluant Raymond d'un signe de la main. Quelqu'un avait remis une pièce dans le juke-box et la voix de France Gall emplissait la boutique en sourdine, chantant quelque chose à propos d'un nuage transparent. J'ai reporté mon attention vers la vitrine.

— Ça te dirait de venir au cinéma avec moi ? a demandé Benoît tout à trac.

Je me suis figée, un paquet de yaourts à la fraise en main. Benoît me tournait autour depuis des années, quasiment depuis mon retour dans la région, mais je pensais lui avoir fait comprendre clairement que je n'étais pas intéressée. Sa proposition me prenait au dépourvu. Or, quand ça m'arrivait, je perdais en général tout sens de la réplique, ce qui laissait le champ libre à mon interlocuteur.

— Il y a un nouveau film avec l'actrice que tu adores, tu sais, la grande blonde américaine qui jouait dans cette série télé avec les toubibs, comment elle s'appelle déjà ?

— Katherine Heigl ? ai-je répondu en essayant de trouver le bouton *on* qui me permettrait de remettre en marche mes neurones.

Il fallait que je trouve une façon de décliner sa proposition sans le blesser.

— Si tu le dis, a répondu Benoît en haussant les épaules. Pour moi, elles se ressemblent toutes. Je me disais qu'on pouvait y aller vendredi soir et en profiter pour dîner ensemble.

Le truc, c'était que le cinéma le plus proche était à Agen, à une vingtaine de kilomètres. La perspective de faire la route — en lacets en plus, donc assez longue et peu agréable — après une longue journée et une semaine plus longue encore pour passer toute une soirée avec

Benoît ne m'emballait pas des masses. Pour ne pas dire pas du tout. Je n'avais aucune envie de me retrouver seule avec lui pendant plusieurs heures.

— Euh… Je travaille tard, ai-je répondu, ce qui était la stricte vérité.

— On pourrait aller à la séance de 22 heures, a suggéré aussitôt Benoît.

— Je me lève à 6 heures tous les matins, Benoît, ai-je répondu le plus gentiment possible. Je suis vraiment désolée, mais il va falloir attendre que Monique revienne.

— Oh.

Il avait l'air vraiment déçu et j'ai ressenti un pincement au cœur à l'idée d'être à l'origine de sa déception. Même si sa proposition ne me faisait pas bondir de joie, je n'avais pas envie de lui faire de la peine.

— Ecoute, tu n'as qu'à venir dîner un soir de la semaine prochaine à la place, ai-je proposé. Avec un peu de chance, Monique aura repris le boulot et je serai moins débordée. Et puis ça fera plaisir à Clélia.

Et j'inviterais aussi Fanny pour ne pas risquer de me retrouver en tête à tête avec lui. Son invitation à aller au cinéma avec lui me prouvait que contrairement à ce que j'espérais, il n'avait pas lâché l'affaire. Je n'avais pas envie d'être obligée de repousser ses avances. Je détestais me montrer désagréable.

Il s'est illuminé en entendant ma proposition et en voyant sa joie, je me suis sentie coupable d'avoir refusé son invitation pour le vendredi.

— Avec plaisir ! Quel soir ? Je suis d'astreinte le jeudi, le vendredi et le samedi à cause du Love & Country Festival. Mercredi, ce serait bien.

Le mercredi était une journée chargée pour moi, entre mon boulot habituel, l'atelier de pâtisserie avec les enfants et maintenant le job à la supérette, qui contrairement à ce que je venais d'affirmer à Benoît, risquait de durer au moins deux semaines. J'aurais préféré qu'il vienne un autre soir. Mais au fond ce n'était pas très grave.

— D'accord. Mercredi, vers 20 h 30, ça te va ? Tu auras fini le boulot ?

— Normalement, oui. J'apporterai une bouteille de vin. Du blanc, comme d'habitude ?

En fait, je n'aimais pas vraiment le vin blanc, mais Benoît s'obstinait à en apporter une bouteille chaque fois que je l'invitais à dîner. Certainement parce que je n'avais jamais osé lui dire que je préférais le vin rouge.

— OK. Je ferai un plat pour aller avec.

C'est alors qu'une vieille dame aux courts cheveux blancs beaucoup trop habillée pour la saison a franchi avec difficulté le seuil du bar. Le carillon a retenti, faisant tourner la tête de deux ou trois clients. Elle s'est dirigée avec lenteur vers moi, appuyée sur sa canne, à laquelle elle se cramponnait d'une main que l'âge avait recouverte de taches. J'ai reconnu Mme Maurice, qui venait certainement chercher le muffin spécial qu'elle m'avait commandé comme tous les lundis.

— Super ! Il me tarde, a affirmé Benoît, et à voir son air ravi, je n'avais aucun mal à croire qu'il était sincère.

Mme Maurice a franchi les trois mètres qui me séparaient d'elle en traînant ses pieds chaussés de souliers orthopédiques noirs.

— Bon, je te laisse. A plus ! a dit Benoît en se penchant pour me faire la bise avant de se diriger vers le bar où je l'ai vu du coin de l'œil saluer Raymond tout en s'installant sur un des tabourets situés devant le comptoir.

La partie bar s'était remplie : c'était l'heure de l'apéro pour tous ceux qui pouvaient faire une pause dans leur boulot ou dans leur journée. La canicule poussait les gens à se réfugier dans la fraîcheur climatisée du bar et leur fournissait un prétexte pour boire une bière ou un pastis.

— Ah, Flore, ma petite ! Je suis bien contente de te voir ici, ça m'évitera de traverser la place pour aller chez toi, m'a saluée Mme Maurice en me serrant affectueusement le bras. C'est que je me traîne un peu aujourd'hui.

— Bonjour, madame Maurice. Je vous ai fait votre muffin à la cannelle, comme vous me l'avez demandé, ai-je dit en me dirigeant vers la petite vitrine dans laquelle trônaient mes gâteaux. Avec moins de sucre, comme d'habitude.

— Oh ! tu es une brave petite, a-t-elle répondu. Tes muffins sont délicieux ; je ne pourrais pas m'en passer. Tu sais que c'est ma seule gâterie de la semaine ? A mon âge, on ne peut pas faire trop d'écarts, tu sais ce que c'est. (*Pas vraiment, non*, ai-je songé du haut de mes vingt-six ans, mais j'ai hoché la tête pour montrer que je la comprenais très bien.) Mais aujourd'hui j'ai besoin de quelque chose en plus. Figure-toi que mes rhumatismes me font terriblement souffrir. Je ne sais pas trop pourquoi, d'ailleurs, vu qu'il fait très chaud. C'est très étrange, a-t-elle constaté sur un ton pénétré, comme si elle se faisait l'écho d'une quelconque conspiration climatique à son égard.

— Je suis désolée pour vous, ai-je répondu tout en emballant son muffin dans un sachet blanc.

Et je l'étais vraiment. Mme Maurice avait beau être cancanière et un peu casse-pieds, je l'aimais bien.

— Est-ce que tu pourrais me redonner un peu de ton huile ? a-t-elle poursuivi. Tu sais, celle qui m'avait fait tant de bien le mois dernier ? Elle sentait très bon, elle était à quoi, déjà ? Une fleur, il me semble.

— L'huile de rhododendron ?

— Oui, c'est ça ! Tu en as encore ?

— Oui, ai-je répondu. Mais…

Je me suis interrompue. Mme Maurice était très aimable avec moi, elle trouvait mes remèdes efficaces et n'hésitait pas à me faire de la pub dans tout le village, mais elle avait un défaut pire que sa tendance à tenir le crachoir à quiconque voulait l'entendre pendant des heures.

Elle ne me payait jamais.

Depuis que je fabriquais des huiles et des pommades, elle avait puisé dans mes créations avec libéralité sans jamais s'acquitter d'une seule de ses factures. J'avais bien essayé de lui réclamer mon dû à plusieurs reprises, mais il fallait croire que je m'y prenais très mal, puisqu'elle faisait toujours la sourde oreille et que son ardoise ne faisait que s'allonger. Si ma mémoire ne me faisait pas défaut, elle me devait aux alentours de trois cents euros.

Et le problème, c'était qu'elle n'était pas la seule.

Certaines personnes avaient semble-t-il toujours une bonne raison pour ne pas me payer. Ils avaient oublié leur porte-monnaie, n'avaient pas de liquide sur eux, n'avaient pas les moyens en ce moment, est-ce qu'ils pouvaient me régler plus tard ?

Bien sûr. Je ne refusais jamais.

Je savais ce que c'était que d'avoir du mal à joindre les deux bouts. Et entre voisins — car après tout, dans ce village d'un peu plus de mille cinq cents habitants, n'étions-nous pas tous plus ou moins voisins ? — il était naturel de s'entraider, n'est-ce pas ?

Le hic, c'était que la plupart « oubliaient » de régler

leurs dettes, qui pour certains remontaient à plusieurs mois, voire plusieurs années. Paradoxalement, ceux qui avaient peu de moyens, comme ma voisine, la vieille Mme André à qui je rendais souvent service en faisant ses courses au supermarché qui se dressait sur la commune voisine, me payaient rubis sur l'ongle.

Mme Maurice était une riche veuve, propriétaire de sa maison et titulaire d'une retraite confortable à laquelle s'ajoutait la pension de réversion de son défunt mari. Malgré cela, elle avait une excellente raison de ne pas payer les huiles que je lui fournissais : sa mémoire défaillante, sur le compte de laquelle elle mettait ses oublis aussi fréquents que répétés. A l'entendre elle avait un Alzheimer étrangement sélectif, puisqu'il ne concernait que ses dettes.

— Tu voudras bien venir me porter un flacon d'huile de rhododendron, alors ? a-t-elle poursuivi. Tiens, pendant que tu y es, je veux bien aussi ce baume à la lavande que tu m'as donné l'autre fois, je n'en ai plus. Tu sais, celui qui soulage aussi les rhumatismes. (J'ai acquiescé en silence.) Je ne te règle pas le muffin, du coup, je te paierai tout d'un coup. Tu peux venir quand ?

J'ai réfléchi rapidement.

— Demain, si vous voulez, ai-je répondu en lui tendant son muffin, vaincue.

— Viens pour le café, alors, en début d'après-midi.

— D'accord.

J'ai retenu un soupir. C'était aussi pour ça que je n'arrivais pas à me faire payer : elle était gentille et m'offrait le café chaque fois que je passais chez elle lui livrer quelque chose. Et, assise à la table de sa cuisine devant la tasse à fleurs pleine d'un mauvais café soluble posée sur la nappe en crochet, je ne pouvais m'empêcher de songer qu'elle ne voyait pas grand monde la pauvre : ses enfants avaient quitté la région et ne venaient jamais la voir et elle n'avait pas d'autre famille ni d'amis dans le village. Par un curieux raisonnement comme seul mon cerveau savait en produire, je n'osais alors pas mettre sur le tapis le sujet de ses dettes. C'était comme si ma langue refusait soudain de s'activer, empêtrée dans la compassion que j'éprouvais pour elle et mon incapacité à réclamer ce qui m'était dû.

Et ça se produisait avec tout le monde. Une page entière de mon cahier de comptes était consacrée à l'argent que les uns et les autres me devaient. Les sommes s'échelonnaient de quelques euros à plusieurs centaines. Je remerciais parfois la chance qui m'avait permis de m'associer avec Raymond : lui au moins me réglait rubis sur l'ongle toutes les semaines. Si j'avais ouvert une pâtisserie comme j'en avais le rêve secret, il y avait fort à parier que j'aurais nourri la moitié du village gratuitement, comme une Ragueneau au féminin. Sauf qu'en échange, personne ne m'écrivait de poèmes.

Je ne savais pas d'où me venait cette difficulté à réclamer ce qui m'était dû, mais une chose était certaine : elle ne me facilitait pas la vie, et je m'en voulais de ne pas savoir me faire payer, ce qui ne faisait qu'accroître mon sentiment de culpabilité. Ces sommes qui ne rentraient pas étaient autant d'argent que je ne pouvais pas utiliser pour entretenir la fermette et pour que ma fille vive mieux. Nous ne partions jamais en vacances et en ce qui concernait les jouets ou les livres, je ne pouvais guère faire de folies. Certes, c'était une enfant raisonnable, qui ne réclamait pas grand-chose — un cahier de coloriage, un livre, jamais plus —, mais ça me faisait mal au cœur d'être obligée de compter le moindre sou et de regarder à la moindre dépense la concernant. J'aurais aimé pouvoir lui offrir davantage de choses et l'emmener à la mer ou à la montagne.

J'ai regardé Mme Maurice s'éloigner tout en remplissant mentalement mon agenda avec cette course supplémentaire. Heureusement que j'avais une excellente mémoire. J'en ai profité pour rajouter à la liste mentale de mes tâches l'inventaire des stocks d'herbes et de plantes. Il allait falloir que j'aille faire un peu de cueillette. J'espérais juste que ça pourrait attendre quelques jours : la perspective d'ajouter à mon emploi du temps déjà chargé une balade dans la campagne ne m'enchantait guère.

J'ai été tirée de mes pensées pragmatiques par le bruit du carillon, aussitôt suivi par un véritable brouhaha. J'ai tourné les yeux vers la porte d'entrée : Gina et ses quatre garçons ont fait irruption dans le bar dans un tourbillon de bras et de jambes enfantines. Les jumeaux se chamaillaient, comme à leur habitude, et Gina essayait vainement de ramener le calme. Elle en tenait un par chaque main dans un vain effort de les séparer mais ils s'invectivaient dans le curieux langage qui était le leur lorsqu'ils s'adressaient l'un à l'autre, sans tenir compte des remontrances de leur mère.

— Ah, bonjour Gina, a dit Mme Maurice en la croisant. Vos garçons sont toujours aussi bruyants à ce que je vois.

— Bonjour, madame Maurice. Vous êtes toujours aussi en forme à ce que je vois, a répondu Gina du tac au tac.

J'ai réprimé un sourire. Mme Maurice suscitait souvent cette réaction chez les gens. Elle n'était pas méchante, pourtant, juste un peu… pète-sec parfois.

— Oh ! Flore, t'es là ! s'est écrié Enzo en se précipitant vers moi, un large sourire aux lèvres.

— Salut, bonhomme, ai-je dit en m'accroupissant pour me mettre à sa hauteur.

J'ai déposé deux bises sonores sur ses joues rebondies en lui chatouillant les côtes. Il a gloussé, de ce rire propre aux enfants, clair et strident. J'ai ri à mon tour. Des quatre garçons de Gina, Enzo était mon préféré. Il était malin comme un singe et posait sur le monde un regard un peu trop mûr et trop sage pour un enfant de six ans. Léo et Théo, les jumeaux de quatre ans, ont cessé de se disputer et ont lâché la main de leur mère pour venir à leur tour me faire un câlin. On devait présenter un drôle de spectacle, moi, accroupie au milieu des trois gamins, disparaissant presque sous leurs embrassades bruyantes. J'étais certaine qu'on ne voyait plus de moi que ma tignasse rousse échevelée.

— Les enfants, laissez Flore tranquille ! s'est exclamée Gina. C'est à mon tour de lui faire une bise.

Pour une fois, les garçons ont obéi et se sont éloignés sans discuter en direction de l'étagère des bonbons, judicieusement placée par Monique juste à la hauteur de leurs petites mains.

— Salut, Gina, ai-je dit en lui faisant la bise. Salut, Tom.

Je me suis contentée de lui passer la main dans les cheveux en guise de salut. Il n'avait pas participé aux effusions de ses frères. Agé de huit ans, c'était aussi le plus silencieux et le plus renfermé des quatre.

— Salut, a-t-il répondu en me faisant un vague signe de la main. Maman, je peux aller jouer au ballon sur la place en t'attendant ?

— Oui, a répondu sa mère. Mais tu restes sur la place. Fais attention à ne pas envoyer le ballon dans la rue. Ni dans la fontaine.

— T'inquiète, a répondu Tom en tournant les talons, son ballon sous le bras.

Quelques secondes plus tard, il franchissait la porte de la supérette en courant.

— Qu'est-ce que tu fais ici ? a demandé Gina. C'est rare de te voir chez Raymond dans la journée.

— Je remplace Monique. Elle a un lumbago et Raymond m'a embauchée à sa place.

— Quoi ? Mais comment tu fais pour Clélia ? Et pour tes pâtisseries et tes confitures ? a aussitôt demandé Gina.

Elle m'a dévisagée, l'air sincèrement inquiet. Nous nous connaissions depuis un peu plus de deux ans, depuis que son mari et elle s'étaient installés dans la maison à côté de la nôtre, une vieille bâtisse en pierre qu'ils avaient fait rénover pendant plusieurs mois avant de s'y installer. Le mari de Gina, Karim, était le directeur commercial régional d'une grosse boîte d'informatique basée à Montauban. Résultat, il était toujours par monts et par vaux et Gina élevait quasiment toute seule leurs quatre garçons. Si Tom et Enzo étaient des mômes adorables et plutôt calmes, chacun à leur manière, les jumeaux étaient très turbulents et semblaient prendre un malin plaisir à inventer mille bêtises à la minute. D'ailleurs, là, ils avaient entrepris de vider consciencieusement la boîte de barres Kinder sur le sol pour construire ce qui ressemblait vaguement à une pyramide. On avait de la chance qu'ils n'aient pas eu l'idée de déballer les barres de chocolat avant de les entasser.

— Théo ! Léo ! Rangez-moi ça tout de suite ! a crié Gina en se précipitant vers eux.

Je lui ai emboîté le pas et je me suis agenouillée à côté des garçons pour remettre en place les friandises. Gina s'est laissée tomber à mes côtés.

— Je n'en peux plus, a-t-elle gémi en se passant la main sur les yeux, sous lesquels s'étalaient de magnifiques cernes mauves. Il faut les surveiller comme le lait sur le feu. Ce matin, j'ai trouvé Léo en train d'essayer d'escalader la fenêtre de sa chambre. Je pense que j'ai oublié de remettre la sécurité hier soir après avoir fermé les volets. Ils ne font plus la sieste depuis une semaine et du coup je n'ai plus une minute à moi. La seule façon d'avoir la paix, c'est de les mettre devant un dessin animé, et encore, il ne faut pas qu'il soit trop long. Ces enfants ont la capacité de concentration d'un poisson rouge. Je me demande s'ils ne sont pas hyperactifs. Ou s'ils n'ont pas de l'ADN de grenouille qui les pousse à sauter sans arrêt partout.

Je pensais surtout qu'ils étaient trop gâtés et que Gina était trop épuisée pour les gérer vingt-quatre heures sur vingt-quatre, mais je me suis bien gardée de faire la remarque.

— Je peux te les prendre cet après-midi, ai-je proposé en ôtant fermement des mains de Théo le paquet de fraises Tagada qu'il venait de prendre sur l'étagère face à lui.

— Non, tu ne peux pas, a répondu Gina sur un ton qui ne souffrait aucune discussion. Tu n'as pas répondu à ma question, d'ailleurs. Comment tu te débrouilles avec Clélia et ton boulot en bossant en plus ici ? Je suppose que tu ne peux pas compter sur ton père.

— Tu supposes bien, ai-je répondu sur un ton que j'espérais léger. (J'avais essayé une ou deux fois de laisser Clélia avec papa, mais l'expérience avait tourné au fiasco. Il avait oublié la présence de sa petite-fille et seule la chance avait empêché qu'il y ait un accident.) Clélia est avec Fanny pour la journée. Heureusement qu'elle n'est pas partie en vacances cette année. Pour le boulot, ben, on verra. Je me lèverai un peu plus tôt s'il le faut.

J'ai rangé la dernière barre de chocolat dans le carton que j'ai ensuite reposé à sa place.

— Flore, tu ne dors déjà pas assez, a répondu Gina, et j'ai lu une véritable inquiétude dans ses grands yeux sombres.

J'ai haussé les épaules avec une désinvolture que j'étais loin de ressentir.

— Ce n'est que temporaire. Monique va se remettre et je reprendrai le cours normal de ma vie. Mais bon, je ne pouvais pas laisser Raymond dans l'embarras. Et puis je dois faire réparer la chaudière.

— Tu sais que si tu as besoin d'argent, tu n'as qu'à demander, a affirmé Gina. Mon mari n'est jamais là, mes enfants m'épuisent, je passe mon temps à faire la bouffe et le ménage mais mon compte en banque est très fourni. Et comme je n'ai pas le temps de dépenser tout ce fric, ça me ferait plaisir qu'il profite à quelqu'un. Je suis toute prête à sponsoriser ta chaudière. Pour me remercier, tu mettras une plaque avec mon nom dessus.

Ce n'était pas la première fois que Gina me faisait cette proposition, mais je n'avais jamais pu me résoudre à accepter. Je savais qu'elle était sincère et que sa générosité n'était pas feinte, mais une partie de moi aurait eu l'impression d'accepter l'aumône. J'étais tellement habituée à m'occuper de moi-même et des autres par mes propres moyens et à trouver des solutions toute seule que je répugnais à accepter de l'aide, quelle qu'elle soit et d'où qu'elle vienne. Avant de rester à la maison pour élever ses enfants dans ce village perdu, Gina avait occupé un poste à responsabilité dans la fonction publique à Toulouse et elle avait apparemment mis de côté un joli paquet d'économies auquel, faute de temps, elle ne touchait jamais. Elle aurait aimé voyager mais avec quatre enfants aussi petits, c'était compliqué. En attendant qu'ils grandissent, elle se contentait de surfer sur les sites des agences de voyages en rêvant de destinations aussi exotiques que lointaines, durant les rares minutes de tranquillité qu'elle parvenait à grappiller dans ses journées trop remplies.

— C'est gentil, Gina, mais je ne peux pas accepter. Si ce job dure suffisamment longtemps, je devrais pouvoir faire enfin réparer la chaudière, ne t'inquiète pas.

Et si je ne gagnais pas assez, eh bien, j'improviserais. Comme d'habitude.

— Flore, tu...

Gina a plongé son regard sombre dans le mien et s'est interrompue. Tant mieux. Je n'avais pas envie de l'entendre énoncer des vérités déprimantes.

— Ecoute, je te prends Clélia ce week-end, d'accord ? Comme ça, tu pourras souffler un peu. Disons que ça te fera au moins un souci de moins.

J'étais tentée d'accepter. Très tentée.

— Gina, tu es déjà débordée par tes garçons...

— Tu sais très bien que ce sont les jumeaux qui m'épuisent, me coupa-t-elle. Clélia est une perle. Elle ne me dérange jamais. Et elle joue avec Tom et Enzo. Tous les trois sont très autonomes. Ne le prends pas mal, mais sa présence ne change rien : je ne l'entends pas.

Elle avait raison. Clélia avait beau être une enfant vive et pleine de vie, toujours en mouvement, elle était plutôt sage et pouvait s'occuper toute seule sans problème. Peut-être parce que sa mère était perpétuellement débordée par son travail. A cette pensée, une vague de culpabilité m'a submergée. J'avais souvent l'impression de ne pas être une bonne mère. Ma fille grandissait sans la présence quotidienne de son père qu'elle voyait trop peu, dans une ferme délabrée, vétuste, mal chauffée et envahie de courants d'air et de fissures, avec un grand-père qui avait six ans d'âge mental et une mère qui passait son temps à chercher des moyens de gagner de l'argent. Je n'étais pas à la hauteur.

— Alors ? a insisté Gina, me ramenant à la réalité.

Je n'avais pas envie d'abuser de sa gentillesse. Mais ce qu'elle disait était vrai : Clélia ne l'embêterait pas, et ça me permettrait de souffler un peu en n'ayant pas à me préoccuper ne serait-ce que de lui faire à dîner.

— D'accord. C'est super gentil de ta part. Vraiment.

— Ce n'est pas gentil, c'est normal, a rétorqué Gina. Bon, j'étais venue acheter des œufs et du coulis de tomates. Où sont…

Le silence inhabituel qui s'était abattu sur les jumeaux nous a soudain semblé assourdissant. Gina a lancé un regard inquiet mais résigné autour d'elle. J'ai tourné la tête en direction de la vitrine réfrigérée. Assis en tailleur devant elle, Léo et Théo mangeaient des saucisses de Strasbourg à même le paquet qu'ils avaient ouvert et qui gisait entre eux. Ils en étaient apparemment à leur troisième saucisse chacun.

Gina a pris une profonde inspiration en posant la main droite bien à plat sur son ventre.

— Est-ce que tu crois que si je ferme les yeux, toute cette scène va disparaître ?

— Je crains bien que non, mais tu peux toujours essayer, ai-je répliqué en me dirigeant vers les jumeaux. Va demander à Raymond de te faire un café ou de te servir un pastis pendant que je répare leurs dégâts et te prépare une douzaine d'œufs.

— Mais…, a protesté Gina.

— Ne discute pas. Je gère.

Elle a soupiré en passant la main dans ses courts cheveux bruns.

— Merci, Flore.

— De rien.

— Je vais demander à Raymond de me servir un double expresso. Bien tassé, a-t-elle annoncé en s'éloignant en direction du comptoir.

Je me suis agenouillée devant les garçons qui avaient attaqué les dernières saucisses du paquet avec détermination.

Et dire qu'il était à peine midi.

Liste #3

Les gens qui me doivent de l'argent

✓ *Mme Maurice — 324 euros pour des huiles essentielles et des remèdes plus un muffin — n'a pas payé pour cause de mauvaise mémoire*

✓ *M. Grassec — 65 euros pour 4 gâteaux dominicaux — n'a pas payé pour cause de perte de porte-monnaie — 4 fois*

✓ *Mme Régis — 12 euros pour des onguents — n'a pas payé parce qu'elle n'avait pas le temps*

✓ *Mme Thierry — 79 euros pour des gâteaux dominicaux — n'a pas payé parce que son chat s'était enfui*

✓ *M. Boulard — 146 euros pour des huiles essentielles — n'a pas payé parce qu'il a trouvé que les huiles n'étaient pas efficaces — il en a acheté pourtant une dizaine de fois*

- ✓ *Mme Julien — 64 euros pour des huiles essentielles — n'a pas payé parce qu'elle n'avait pas touché sa retraite*
- ✓ *Mme Francis — 21 euros pour des gâteaux dominicaux — n'a pas payé parce qu'elle avait oublié d'aller retirer de l'argent au distributeur*
- ✓ *M. Lirac — 40 euros pour des gâteaux — n'a pas payé parce que son chien avait mangé son chéquier*
- ✓ *Mme Rémi — 9 euros — n'a pas payé sans aucune raison*
- ✓ *M. Fret — 97 euros pour des gâteaux et des huiles essentielles — n'a pas payé parce que sa femme le lui a interdit*

Chapitre 7

Mercredi a commencé comme une journée ordinaire.

Levée aux aurores comme à l'accoutumée, j'ai fait cuire ma première fournée de viennoiseries, que j'ai livrée à Raymond un peu après 7 h 30, puis j'en ai préparé une deuxième. Je me suis ensuite occupée des cookies — cette semaine, j'avais opté pour des cookies au cœur fondant de Nutella qui remportaient toujours un grand succès — et j'ai profité du temps de cuisson pour vérifier que la pulvérisation de pyrèthre que j'avais mise à macérer la veille prenait tournure comme il fallait. J'avais vérifié sur Internet la recette de Corto, et décidé de mon propre chef de modifier les proportions pour la rendre plus concentrée. Si les pucerons qui avaient envahi ses rosiers avaient résisté à deux tentatives différentes pour se débarrasser d'eux, il y avait fort à parier qu'ils se montreraient aussi résistants à cette pulvérisation. J'ai remué la mixture peu ragoûtante en essayant de toutes mes forces de ne pas penser à Corto. J'avais réussi à ne pas songer à lui depuis lundi. Enfin, presque. Mon cerveau me jouait des tours et ne m'obéissait pas forcément et je me surprenais parfois à rêver éveillée de lui. Etrangement, c'était sa voix qui me venait en premier à l'esprit lorsque j'évoquais Mister Sexy, comme l'avait baptisé Fanny. Et il suffisait que j'entende sa voix grave dans mon esprit pour me mettre immédiatement à rougir comme une idiote. Après sa voix, mon cerveau prenait un malin plaisir à me rappeler ses yeux gris et sa silhouette musclée. Il fallait que je prenne sur moi pour m'empêcher de me demander à quoi il ressemblait sous ses vêtements et si ses tatouages couvraient toute sa peau dorée. Je me suis soudain rendu compte que je remuais les feuilles de pyrèthre depuis un moment, plongée dans une rêverie dangereuse dans laquelle Corto tenait le premier rôle. Je me suis ressaisie. Pas question de rêvasser comme une adolescente sur un homme dont toute l'attitude disait : « Ne t'approche pas, terrain miné. »

Après avoir livré mes cookies, dont l'odeur délicieuse planait encore dans la cuisine, j'ai préparé l'atelier de pâtisserie de l'après-midi. Tous les mercredis à 14 heures, je recevais les enfants du village qui en avaient envie pour leur apprendre à faire des gâteaux. Leurs parents étaient censés les récupérer vers 16 heures, mais il arrivait souvent que l'Atelier des Petits Pâtissiers, comme je l'avais baptisé, se termine en garderie dans mon jardin ou mon salon, en fonction du temps qu'il faisait. Cet après-midi, j'avais prévu de faire des clafoutis aux cerises. J'ai vérifié que j'avais suffisamment de farine et d'œufs et que le dénoyauteur était bien rangé à sa place dans le tiroir, puis, voyant que j'avais encore un peu de temps devant moi avant de prendre place derrière la caisse de la supérette, j'ai entrepris de faire l'inventaire des différentes herbes et plantes soigneusement rangées dans des bocaux dans le cellier attenant à la cuisine. J'avais à peine commencé à noter sur un petit calepin ce qui manquait lorsque les ennuis me sont tombés dessus.

Enfin, des ennuis *supplémentaires*.

Mon père est entré dans la cuisine de ce pas traînant

qui était devenu une de ses principales caractéristiques depuis la mort de maman. Quelle que soit la façon dont il était chaussé, on aurait dit que ses pieds étaient prisonniers de charentaises trop grandes qui glissaient bruyamment sur le sol. J'aurais reconnu son pas entre mille.

J'ai glissé la tête dans l'encadrement de la porte du cellier.

— Bonjour, papa.

Il a tourné un regard surpris dans ma direction, comme s'il ne s'attendait pas à me trouver dans la pièce dans laquelle je passais pourtant le plus clair de mon temps.

— Ah. Bonjour, Flore.

Il portait le même T-shirt froissé et le même bermuda que la veille et l'avant-veille. A tous les coups, il avait dormi dans son atelier. Il y avait longtemps que j'avais arrêté d'essayer de lui faire regagner son lit tous les soirs. J'ai remarqué avec un certain soulagement que ses lunettes étaient posées sur le sommet de son crâne. Je n'aurais pas à les chercher ce matin. J'avais eu la surprise la veille en rentrant de chez Mme Maurice — qui ne m'avait évidemment pas payée — de découvrir une éprouvette pleine d'un étrange liquide épais et verdâtre dans la contre-porte du frigo, juste à côté du beurre. Il s'était avéré après une rapide enquête que mon père ne se souvenait plus de l'endroit où il avait rangé ce tube à essai qu'il cherchait en vain depuis deux heures. Je le lui avais rendu en espérant que quoi qu'il contienne, il n'avait pas contaminé les aliments rangés dans le réfrigérateur. Avec lui, je m'attendais toujours au pire.

— Tu veux du café ? ai-je demandé en sortant du cellier.

Je pourrais toujours continuer mon inventaire plus

tard. D'après ce que j'avais constaté en contrôlant l'état de mes réserves, la cueillette pourrait attendre quelques jours. Comme Clélia allait passer le week-end chez Gina, je pourrais peut-être profiter de mon dimanche de liberté toute relative pour aller ramasser ce qui me manquait.

— Euh… je ne sais pas. Oui, je suppose, a répondu papa.

Il a jeté un regard perplexe autour de lui, comme s'il ne reconnaissait pas les lieux. Peut-être se demandait-il sincèrement ce qu'il était venu faire là. Le fonctionnement du cerveau de mon père était un mystère que je ne percerais sans doute jamais.

— Assieds-toi, papa, ai-je suggéré en me dirigeant vers la cafetière.

Il a obtempéré sans discuter et c'est alors que je me suis rendu compte qu'il tenait une liasse d'enveloppes à la main.

— Tu as relevé le courrier ? ai-je demandé en attrapant un bol en pyrex marron dans le placard.

J'ai eu le temps de déposer le bol, une cuillère et le sucrier devant lui avant qu'il réponde.

— Non, j'ai croisé le facteur en sortant de l'atelier. Je me suis dit que je pouvais te l'apporter.

Dangereuse pensée, ai-je songé. C'était avec ce genre de raisonnement que je n'avais pas payé les impôts à temps la dernière fois, papa ayant mystérieusement « égaré » le courrier entre le portail et la cuisine, c'est-à-dire sur un trajet d'environ dix mètres en extérieur. Malgré nos recherches intensives, nous n'avions jamais retrouvé cette fameuse enveloppe. Heureusement, l'employée du fisc s'était montrée compréhensive lorsque je lui avais expliqué la situation et je n'avais pas payé la majoration pour retard.

J'ai versé le café dans le bol de papa, ai posé devant lui une petite assiette sur laquelle j'avais disposé les cookies que j'avais gardés pour nous et je me suis emparée du courrier.

Une facture, deux factures, une pub, une autre pub et une enveloppe blanche anonyme sans mention d'expéditeur. J'ai glissé le pouce sous le rabat autocollant et en ai sorti une banale feuille A4 pliée en trois.

Chère mademoiselle Deschamps,

Nous avons le plaisir de vous annoncer que votre inscription au concours mondial de confitures, « Kick out the jam », qui se tiendra le 29 août prochain à Beaupré (47) a bien été enregistrée. Nous vous souhaitons la bienvenue dans ce concours de renommée internationale au cours duquel s'affrontent tous les deux ans les meilleurs confituriers amateurs dans une ambiance chaleureuse et professionnelle.

Comme à chaque session, le jury, composé de Gabriel Darsac, meilleur confiturier de France et triple champion du monde, de Jeanine Frêne, double championne du monde et triple médaille d'or au Concours général agricole de Paris et de Stéphane Baron, premier prix de l'ordre des Maîtres confituriers de France et diplôme d'honneur de l'Académie culinaire de France, jugeront les candidats sur deux recettes de confitures, l'une classique et l'autre revisitée, autour d'un fruit imposé. Cette année, le fruit imposé est la figue.

Les deux pots de confiture devront être déposés auprès du jury, à la mairie de Beaupré, au plus tard le 29 août avant 17 heures. Les candidats qui ne présenteront pas leurs confitures dans les temps seront disqualifiés.

La proclamation des résultats aura lieu dimanche 30 août à 16 heures. Elle sera suivie par l'annonce des résultats du concours de beauté, Lady Marmalade, et par un grand banquet auquel tous les participants sont chaleureusement conviés.

Nous vous souhaitons bonne chance ! Que le meilleur pot gagne !

Signé : les organisateurs.

P J : le règlement complet du concours, déposé chez Maître Henri, huissier de justice à Paris.

J'ai considéré le courrier, stupéfaite. C'était quoi cette histoire ? Une plaisanterie ? Je ne m'étais jamais inscrite à ce concours. Pour dire la vérité, je ne savais même pas qu'il existait. Un concours mondial de confitures, carrément. Et qui se déroulait dans le Lot-et-Garonne, à deux pas de chez moi. J'ai relu la lettre en secouant la tête. Quelles que soient les raisons pour lesquelles cette lettre avait échoué dans ma boîte aux lettres, il n'était pas question de participer à ce truc. J'avais déjà trop à faire avec tout le reste.

— Tu en fais, une tête, a constaté une voix familière non loin de moi.

J'ai sursauté. Tout à ma surprise, je n'avais pas entendu Fanny entrer. Mon père était toujours attablé devant son bol de café auquel il n'avait pas touché. Il dessinait des schémas compliqués dans le carnet éculé qui ne le quittait jamais, l'air tellement absorbé qu'il y avait fort à parier que si le plafond s'écroulait sur sa tête, il ne le remarquerait même pas.

— Ah, bonjour Fanny. Regarde ce que j'ai reçu, ai-je répondu en lui tendant le courrier.

Elle l'a parcouru rapidement avant de me le rendre.

— Oui, et ? s'est-elle contentée de dire, comme si cette lettre était la chose la plus normale du monde.

— Et ? ai-je répété. Eh ben, je ne me suis jamais inscrite à ce truc.

— Si ce n'est que ça qui te chagrine, je peux résoudre le mystère pour toi. C'est moi qui ai rempli le formulaire d'inscription, en accord avec Raymond et Gina, le tout sur une idée de Mme André, ta vieille voisine adorable.

Je l'ai dévisagée, bouche bée.

— Hein ? Que... ? Je... Mais pourquoi ? ai-je fini par articuler.

— La vraie question, c'est : « Pourquoi pas » ? a rétorqué Fanny. Il reste des cookies ?

Elle a regardé autour d'elle, repéré l'assiette posée devant papa et s'est dirigée vers la table avec flegme. Elle a salué mon père et s'est assise en face de lui. Je trouvais sa désinvolture sidérante.

— Mais enfin, Fanny, je n'ai absolument pas le niveau pour concourir dans ce truc !

— Ah bon ? On peut savoir pourquoi ? Tu ne gagnes pas ta vie en vendant des confitures, peut-être ? a-t-elle rétorqué en s'emparant d'un cookie dans lequel elle a croqué.

Oui, bon. Je fabriquais des confitures, certes. En revanche, « gagner ma vie », le terme était pour le moins exagéré.

— Confitures que les gens adorent et qu'ils s'arrachent, a poursuivi Fanny.

Pour le coup, voilà qui était *très* exagéré. Personne ne s'était jamais battu pour un de mes pots de confiture. En tout cas, pas à ma connaissance.

— Mais...

— Mais rien du tout, m'a-t-elle interrompue en levant un index péremptoire. C'est un concours amateur, pas professionnel. Tu y as toute ta place. Et tes cookies sont fabuleux. Comme d'habitude. Limite orgasmiques.

J'ai jeté un regard à mon père, craignant qu'il soit choqué par le vocabulaire de Fanny, mais il n'a pas levé la tête, plongé dans une série de calculs frénétiques qu'il couchait sur son carnet.

Comme pour prouver ses dires, Fanny a pris un deuxième cookie.

— Ecoute, Fanny, je n'ai pas le temps de participer à ce truc, ai-je gémi en me laissant tomber sur la chaise à côté de la sienne. Est-ce que tu te rends compte que je travaille dix-huit heures par jour ? Je dors cinq heures par nuit, et encore, les nuits fastes. Je suis crevée. Et je n'ai aucune envie de me prendre la tête pour inventer deux recettes originales en… (J'ai levé le nez vers la date du jour, qui figurait en gras et en rouge sur l'éphéméride auquel Clélia arrachait une page tous les matins.) Mon Dieu, en cinq semaines. Cinq semaines ! Pour mettre au point une confiture digne d'être goûtée par des gens qui sont des pontes dans le milieu. Tu te rends compte, Fanny ? Hein ? Je fais de la confiture de ménagère, moi, pas des trucs dignes de restaurants étoilés, comme ces gens !

Ma voix avait pris une octave en dix secondes, mon cœur battait un peu plus vite que d'ordinaire et mes mains s'étaient mises à trembler.

— Holà, on se calme, ma belle, a dit Fanny en posant la main sur mon épaule tout en plongeant ses yeux sombres dans les miens. Ce courrier n'était pas censé provoquer une crise d'angoisse. Si on t'a inscrite à ce concours, c'est d'abord parce qu'on estime que tu peux le remporter, mais aussi — et surtout — parce qu'il est doté.

J'ai pris une profonde inspiration et les taches noires qui dansaient devant mes yeux ont cessé de s'agiter avant de s'estomper.

— Doté ?

— Oui, a répondu Fanny. Tiens, regarde.

Elle m'a tendu la feuille sur laquelle figurait le règlement et que j'avais posée sur la table sans prendre la peine de le lire.

— Attends… Ah, voilà, a-t-elle dit en posant le doigt sur un paragraphe.

Le gagnant remportera un chèque de 5 000 euros et un contrat de publication avec une célèbre maison d'édition spécialisée dans les ouvrages culinaires afin de publier son propre livre de recettes de confitures.

Cinq mille euros.

Et un livre de recettes. Ce qui voulait dire de l'argent en plus. Voire, si le bouquin se vendait bien, beaucoup d'argent.

Je pourrais changer la chaudière.

Peut-être même faire réparer la partie de la toiture qui fuyait.

Mais pour ça, encore fallait-il gagner.

Et il y avait fort à parier que ce type de concours attirait de très nombreux participants. La concurrence serait certainement très rude.

J'ai relu rapidement le courrier. Qui ne tente rien n'a rien, disait le dicton. Il y avait une indéniable forme de sagesse dans les proverbes populaires. Non seulement je n'étais pas du genre à me laisser abattre, mais je savais en général saisir au vol les opportunités qui se présentaient à moi. Ce concours n'était pas une baguette magique mais s'il y avait une chance, même infime, pour que je puisse le remporter, je devais la saisir.

J'ai pris une profonde inspiration et levé les yeux vers Fanny, qui attendait que je prenne une décision.

— D'accord, ai-je dit en ayant l'impression d'avoir sauté les yeux fermés dans un torrent tumultueux. Je vais participer. Mais il faudra que tu me gardes Clélia. Enfin, encore plus que ces derniers jours.

— Ouiiiiiii ! a couiné Fanny en battant des mains. Tu vas voir, tu vas tout déchirer ! Tu fais les meilleures confitures de la région. (Je ne savais pas d'où elle tirait cette information, mais je n'ai pas eu le courage de la détromper.) Et aucun problème pour garder Clélia, a-t-elle ajouté. Tu me paieras tout ce baby-sitting quand tu seras devenue riche et célèbre.

La richesse et la célébrité ne m'intéressaient pas du tout. Je voulais juste retaper un peu la fermette pour permettre à ma fille de vivre dans un environnement sain et avoir le temps de dormir.

C'était tout.

Mais en l'état actuel des choses, ça me paraissait mission impossible.

Chapitre 8

— Ah, Fanny ! Tu tombes bien, ai-je dit lorsque ma meilleure amie a franchi le seuil de ma cuisine le vendredi un peu avant 11 heures pour venir chercher Clélia.

Cette dernière jouait dans le jardin avec Long John Silver et ses bavardages me parvenaient par la porte-fenêtre ouverte. Elle avait noué un foulard à pois roses sur la tête du chien à trois pattes, qui ainsi affublé ressemblait vraiment au pirate à qui il devait son nom. Mais si je comprenais bien à quoi jouait Clélia, il était plutôt censé incarner une vieille dame pour qui elle faisait les courses : elle ramassait des boutons-d'or, des brins d'herbe et des cailloux qu'elle déposait dans un petit panier en osier qu'elle portait au creux du bras. La canicule battait toujours son plein, et j'étais comme à mon habitude, en nage. Ce matin, pourtant, pas de confiture en vue et les deux fours avaient arrêté de fonctionner : j'avais déjà livré à Raymond les deux fournées de viennoiseries et les moelleux au chocolat et je savourais le calme relatif de la cuisine, même si un autre type de souci me taraudait depuis plus d'une demi-heure.

— Qu'est-ce qu'il y a ? a demandé Fanny en prenant une tasse dans le placard après m'avoir fait la bise.

Elle était tellement à l'aise chez moi, où elle passait

un temps fou, surtout en période de vacances, que je me disais parfois qu'elle ferait aussi bien de s'installer dans une des chambres inoccupées de l'étage. En période scolaire, même si on se téléphonait plusieurs fois par jour, on ne se voyait en général qu'une fois par semaine, et vivre avec deux enfants, dont l'un était âgé de soixante-cinq ans, n'était pas forcément hyper stimulant. Heureusement que j'avais mes livres et la radio que j'écoutais en général toute la journée. J'avais évoqué l'idée d'une éventuelle colocation une fois, mais Fanny tenait à son indépendance et à l'appartement qu'elle louait dans un tout petit immeuble en face de l'église. Je la soupçonnais aussi de tenir à son confort — elle avait de l'eau chaude toute l'année et des doubles vitrages, elle — et de ne m'en avoir rien dit pour ne pas me froisser.

— Et d'abord, pourquoi tu chuchotes ? a-t-elle poursuivi en me jetant un regard intrigué.

— J'ai chuchoté ? me suis-je étonnée, sincèrement surprise.

— Oui. Qu'est-ce qui se passe ? Et pourquoi est-ce que la radio est éteinte pour une fois ?

Elle s'est servi une tasse de café avant de s'installer à la table de la cuisine.

— J'avais besoin de calme et de concentration, ai-je répondu en m'asseyant en face d'elle.

J'ai évité de me servir du café : j'en avais déjà bu trois litres depuis mon réveil et j'étais tellement nerveuse que j'avais l'impression de pouvoir compter un par un tous les poils qui parsemaient mes bras, voire d'être capable de leur donner un prénom à chacun.

Elle m'a jeté un regard intrigué.

— De calme et de concentration pour faire quoi ?

— Rien. Enfin, pas grand-chose. Une broutille.

— Si c'est une broutille, pourquoi tout ce mystère ?

— Il n'y a aucun mystère, ai-je répondu en soupirant.

— Ecoute, Flore, je te connais depuis vingt-trois ans. Tu ne peux rien me cacher. Je devine très bien à ta tête qu'il se passe quelque chose. Quoi ? Tu as des problèmes ?

— Non ! Enfin, si, ai-je répondu en baissant la tête vers le bois couturé de la table sur laquelle j'ai commencé à tracer machinalement des dessins du bout de l'index. C'est juste que…

Je me suis interrompue. J'étais certaine qu'elle allait me trouver complètement idiote et se moquer de moi.

— Que quoi ? a demandé Fanny, perplexe.

— Que la pulvérisation pour Corto est prête, ai-je débité dans un souffle.

Fanny a haussé un sourcil, les mains autour de sa tasse de café.

— La pulvérisation pour Corto est prête, a-t-elle répété comme s'il s'agissait d'une phrase codée dont elle devait décrypter le sens. Bon. Et ? Ça a l'air de te poser un problème… parce que…

— Parce qu'il m'a demandé de le prévenir quand ce serait le cas.

— Okaaaaay. Et ? Tu as perdu son numéro ? C'est pour ça que tu es dans tous tes états ? Tu peux le retrouver sans problème, tu sais. Il suffit de chercher sur Internet.

— Non, c'est pas ça, ai-je répliqué en secouant la tête. C'est que… que j'essaie de lui envoyer un texto depuis vingt minutes, et que je n'y arrive pas !

Fanny m'a dévisagée.

— J'ai comme l'impression que tu n'es pas en train de me parler d'un problème de réseau, là. Je me trompe ?

— Non. Je ne sais pas comment formuler mon texto

et je me sens nuuuuulle, ai-je couiné en enfouissant la tête sur mes bras repliés.

— Je suppose que tu as décidé d'envoyer un texto pour éviter de lui téléphoner ?

— Tout juste, ai-je marmonné sans relever la tête.

— Et quel est le problème de ce texto ? A moins que tu ne sois affligée d'une dyslexie aussi subite que fulgurante, envoyer un SMS est relativement facile, tu sais.

— Justement non ! ai-je répondu en relevant la tête. Comment je commence ? « Cher Corto » ? « Corto » ? Ou rien ? Et après, je dis quoi ? « Salut » ? « Bonjour » ? « Hello » ? « Coucou » ? Il y a trop de possibilités ! Je suis perdue.

Fanny m'a jeté un regard indéchiffrable sans répondre. Je lui ai rendu son regard, perplexe.

— Quoi ? J'ai du chocolat sur le nez ? Je me suis pourtant débarbouillée après avoir fini les moelleux.

— Tu n'as pas de chocolat sur la figure, a répondu Fanny en croisant les bras. En revanche, tu as un *crush* sur un jardinier tatoué. Que dis-je un *crush* ? Un gros, un énorme *crush*. Un *crush* si gros qu'il emplit toute la cuisine.

— Hein ? Pas du tout ! Tu racontes n'importe quoi. C'est juste que ce mec... que ce mec... m'intimide tellement que rien que la pensée de lui écrire et qu'il puisse, par le plus grand des hasards, me répondre, me tétanise.

— Ah, ça, manifestement, oui, vu que tu sembles en avoir perdu l'usage de tes pouces, dis donc.

— Arrête de te moquer ! Je me sens déjà assez bête comme ça. Je suis ridicule, n'est-ce pas ? Allez, vas-y, dis-le que je suis la plus grande idiote que la terre ait portée.

— Du haut de ton mètre soixante, je ne vois pas

comment tu peux être la plus grande, a rétorqué Fanny, toujours terre à terre. Et puis, bon, je veux bien reconnaître qu'il est intimidant, ce Mister Sexy. Tiens, c'est une idée, ça, tu n'as qu'à commencer ton texto en t'adressant à lui comme ça. Voyons voir, a-t-elle dit en levant les yeux au ciel tout en faisant semblant de réfléchir. « Cher Mister Sexy, votre pulvérisation est prête. Elle contient du… », du quoi déjà ?

— Du pyrèthre.

— « Du pyrèthre, a repris Fanny, et beaucoup d'hormones, en provenance du *crush* monumental que j'ai sur vous. J'espère qu'elle fera fuir les pucerons et qu'elle vous attirera dans mon lit. Bisous bisous, Flo. »

Je n'ai pas pu m'empêcher d'éclater de rire.

— Tu ne m'aides pas beaucoup, ai-je soupiré en reprenant mon sérieux.

— Mais si, je t'aide, je te fais rire, c'est déjà pas mal, non ? Allez, je vais t'aider à le rédiger ce texto. Prends ton portable.

Je me suis levée pour attraper mon vieux Nokia, que j'avais laissé sur le plan de travail près de l'évier, le plus loin possible de moi, comme si c'était une bombe à retardement. Fanny m'a regardée poser le téléphone devant moi en secouant la tête.

— Je n'en reviens pas. Je sais bien que je te dis ça à chaque fois, c'est plus fort que moi, mais pourquoi, au nom de tous les opérateurs de téléphonie de France, est-ce que tu as toujours cette antiquité ?

— Il fonctionne très bien, ai-je rétorqué en haussant les épaules.

— Hélas. S'il ne marchait plus, tu serais enfin obligée d'entrer toi aussi dans le XXIe siècle et ça te ferait beaucoup de bien, crois-moi.

— Je ne vois pas pourquoi je devrais avoir un Smartphone comme tous les moutons bêlants. Pour quoi faire ?

— Ah oui, c'est vrai. Tu es la seule nana de vingt-six ans qui n'a même pas de compte Facebook, s'est désolée Fanny en levant les mains au ciel. Alors ne parlons même pas de Snapchat et de Twitter.

— Encore une fois, explique-moi pourquoi je devrais avoir tout ça. 100 % de mes amis sont dans cette pièce. Ou dans la maison d'à côté. Et je n'ai aucune envie de m'en faire d'autres, surtout pas sur Internet.

J'éprouvais à l'égard du web une relative indifférence doublée d'une certaine méfiance. Etait-ce parce que j'avais grandi seule au milieu de mes livres ? J'étais déjà au lycée lorsque la fermette avait été raccordée à Internet, et le web n'avait jamais pris dans ma vie la place qu'il tenait dans celle de mes camarades. Je n'avais jamais joué à des jeux vidéo en réseau, ni chatté avec des inconnus et je ne m'en étais même que rarement servie pour faire des recherches pour le lycée, préférant la vieille Encyclopédie Universalis qui occupait trois étagères dans la bibliothèque du salon. Et je n'utilisais Internet à présent que pour trouver des recettes de confitures ou d'huiles essentielles. C'était tout. Je manquais certes de temps pour explorer les merveilles du web, mais surtout d'envie. Fanny avait beau me vanter les vertus d'Internet et du rapprochement des peuples, je n'allumais mon vieux PC que pour vérifier celles d'une plante. Dans ces conditions, et même si la 3G arrivait au village depuis quelques années, pourquoi investir dans un Smartphone hors de prix ?

— Je ne sais même pas pourquoi tu poses la question. Avoir un Smartphone est aussi évident que de respirer.

— C'est ridicule. Et super cher en plus. Je n'ai pas les moyens de faire réparer ma chaudière et tu voudrais que j'investisse plusieurs centaines d'euros dans un truc dont je ne me servirai jamais ?

— Tu n'es pas née à la bonne époque, a soupiré Fanny en levant les yeux au ciel, faussement choquée. Tu es faite pour le Moyen Age : tu aurais pu écrire des lettres à la plume d'oie. Ou, mieux encore, tiens, pour le Far West : tu aurais envoyé des signaux de fumée pour prévenir tes clients que leurs pulvérisations étaient prêtes.

J'ai éclaté de rire.

— Ça aurait sans doute été plus facile que d'envoyer des SMS. En parlant de ça, est-ce que tu veux bien aider la squaw que je suis à rédiger ce texto, alors ?

Je me sentais moins nerveuse, certainement à cause des blagues de Fanny.

— Oui. Bon, donne-moi les infos essentielles qu'il doit contenir.

— La pulvérisation est prête, il faut qu'il vienne la chercher.

— C'est tout ? Pas de « je t'attends nue dans ma cuisine » ni de « tout paiement en nature est le bienvenu » ?

— Mais arrête à la fin ! Je te le dis et je te le redis, cet homme ne m'intéresse pas du tout ! me suis-je écriée en levant les yeux au ciel.

— Proteste-t-elle trop fort tandis que le rouge du désir envahit ses joues, a répliqué Fanny avec un sourire moqueur. Flore, ma chérie, je ne voudrais pas dire mais ton intérêt pour ce type est gravé en lettres de feu sur ton front.

— N'importe quoi. Bon, tu m'aides ou tu m'aides pas ?

Pas question d'entrer dans son jeu ni d'alimenter cette dangereuse discussion.

— Très facile. Vas-y, ouvre tes textos. Vu ton engin, j'ai largement le temps de me resservir une, voire deux tasses de café.

J'ai haussé les épaules, ouvert la partie SMS et entré le numéro de Corto.

— Tu connais déjà son numéro par cœur ? s'est étonnée Fanny.

— J'ai une excellente mémoire, ai-je répliqué. Bon, j'y suis. Qu'est-ce que j'écris ?

— Un truc de ouf, tu vas voir. T'es prête ?

— Mmm.

— Bon, je dicte. « Bon-jour virgule. »

J'ai tapé ce qu'elle disait.

— « Vo-tre pul-vé-ri-sa-tion est prê-te point. »

— Pourquoi tu articules comme si j'étais débile ?

— C'est pas pour toi, c'est pour ton Nokia. Comme tu dois taper six fois d'affilée pour obtenir la bonne lettre…

Je n'ai pas relevé, me contentant de noter sous la dictée. C'est vrai que rédiger un SMS sur ce téléphone n'était pas hyper rapide, mais vu que j'envoyais environ un texto par semaine, ça n'avait aucune importance.

— « Prê-te », ai-je répété en tapant deux fois sur la touche D pour obtenir le E.

— Bon, quand est-ce qu'il peut venir la chercher ? a poursuivi Fanny sur un ton normal.

— Euh, je ne sais pas, moi, quand il veut.

— Non, pas quand il veut vu que tu es chez Raymond une partie de la journée, a rappelé Fanny, toujours pleine de bon sens.

— Ah, oui, c'est vrai. Je fais quoi, je lui donne les plages horaires où je suis chez moi ?

A l'idée que Corto puisse faire de nouveau irruption dans ma cuisine, j'ai senti un frisson se frayer un chemin le long de ma colonne vertébrale. La première fois avait déjà été assez éprouvante alors que je n'étais pas prévenue : comment allais-je survivre à l'anticipation ?

— Non, on va lui dire qu'il doit te téléphoner pour se caler sur tes disponibilités, a répliqué Fanny. C'est plus simple.

— Me téléphoner ? ai-je répété, et une sueur froide a aussitôt coulé le long de mon dos. Je ne suis pas certaine que ce soit une bonne idée.

— Pourquoi ? Ton portable ne sert qu'à envoyer des textos ? Il ne peut pas recevoir d'appel ?

— C'est pas ça, c'est juste que…

— Tes mains vont se mettre à trembler quand tu vas voir son numéro s'afficher sur l'écran minuscule de ton téléphone pourri et qu'ensuite tu vas bafouiller, c'est ça ?

— Pas du tout, ai-je protesté, vexée qu'elle lise en moi comme dans un livre ouvert. D'accord, puisque c'est ça, je lui dis ça. « Téléphonez-moi avant de passer » ? C'est bon ?

— Tu progresses, ma chérie, tu progresses.

— Et la formule de politesse ?

— C'est un SMS, pas une lettre de motivation. Pas de formule de politesse. Juste ton prénom.

— D'accord. Mais est-ce que mon prénom suffit ? Je ne devrais pas ajouter quelque chose comme « Flore, à qui vous avez donné votre recette ? » ou un truc du genre ?

— Outre le fait que ma patience a des limites et qu'à cause de ton portable médiéval, ça fait dix minutes que tu tapes ce texto, je pense que cet homme, malgré un physique qui ne clame pas « Prix Nobel de littérature », n'est pas idiot au point d'avoir besoin que tu lui rappelles qui tu es alors même que ton SMS lui parle de la pulvérisation qu'il t'a commandée.

— Ah. Oui. C'est vrai.

Je me suis contentée de rajouter mon prénom en guise de formule de politesse.

— Montre, a ordonné Fanny en tendant la main vers mon téléphone. « Bonjour, votre pulvérisation est prête. Téléphonez-moi avant de passer. Flore. », a-t-elle lu à haute voix. Bien.

— C'est tout ? me suis-je étonnée en récupérant mon portable.

— Tu voudrais rajouter quoi ? Je croyais que toute allusion à ton éventuelle nudité était à bannir.

— Je ne sais pas, moi, un smiley ou un truc du genre ? ai-je demandé sans relever.

— Parce que cette antenne-relais sait faire les smileys ?

— Le téléphone, non, mais moi, oui.

— Tu es pleine de surprises, s'est moquée Fanny. Non, pas de smileys. Le smiley, c'est pour les faibles. Retiens bien ça, ma chérie. Jamais de smiley à un homme.

Je n'étais pas bien certaine de comprendre les raisons de cette règle étrange, mais j'ai préféré ne pas poser de questions.

— D'accord. Je l'envoie alors ?

— A moins qu'il puisse le recevoir par télépathie, il faut l'envoyer, oui.

— Bon.

J'ai contemplé l'écran, incapable d'appuyer sur la touche qui permettrait de le faire partir.

— Tu es désespérante, a dit Fanny en m'arrachant le téléphone des mains. Comment on fait sur ce truc ? Ah, voilà.

Elle a appuyé sur une touche et m'a rendu le portable.

— Bon, maintenant que ce problème insoluble est réglé, quoi de neuf ?

Je n'ai pas eu le temps de répondre. Le Nokia s'est mis à sonner.

J'ai baissé les yeux vers l'écran.

— Oh ! non. C'est lui.

— Il dégaine plus vite que son ombre, dis donc. Il devait attendre son truc avec impatience. Ses pucerons doivent vraiment le faire chier. Qu'est-ce que tu attends ? Décroche !

— Là, tout de suite ?

Fanny m'a regardée comme si j'étais folle.

— Tu sais que tu as une fenêtre assez étroite pour décrocher, n'est-ce pas ? Une fois que la sonnerie s'arrête, tu ne peux plus le faire.

— Oui, mais...

— Flore, si tu ne décroches pas, il va te laisser un message et tu seras obligée de le rappeler.

Cette perspective m'a fait blêmir.

— Tu as raison.

Je me suis emparée du téléphone et j'ai appuyé sur la touche qui représentait un téléphone. *Alea jacta est*, comme disait l'autre. Même si j'avais peine à croire que Jules César ait pu avoir le cœur qui battait aussi fort en franchissant le Rubicon que moi en décrochant.

— Allô ? ai-je dit d'une voix aussi ferme que possible.

Fanny ne me quittait pas des yeux et je me suis éloignée en direction de la porte-fenêtre pour dissimuler mon trouble.

— Bonjour, Flore.

La voix masculine et grave de Corto a résonné dans mon oreille, emplissant tout l'espace. J'ai pris une profonde inspiration pour juguler les battements désordonnés de mon cœur.

— Je suis en déplacement jusqu'à ce soir, a-t-il expliqué

et j'ai remarqué pour la deuxième fois que cet homme ne s'embarrassait guère de préambules : il en venait toujours droit au fait. Est-ce que je peux passer chercher la pulvérisation demain après le marché ?

— Euh, je serai à la supérette après le marché. Mais je peux vous l'apporter sur votre stand. Je dois aller acheter des fruits, de toute façon.

— Vous êtes sûre que ça ne vous dérange pas ? Sinon, je fais un saut chez vous demain après-midi ou plus tard, comme ça vous arrange.

— Non, non, rassurez-vous, ça ne m'ennuie pas du tout.

— Bien. Je vous dis donc à demain.

— A demain.

J'ai éloigné aussitôt le récepteur de mon oreille et raccroché, soulagée. Ce coup de fil tant redouté s'était plutôt bien déroulé. Il ne m'avait pas mangée et je n'avais ni bafouillé ni dit de bêtises, ce qui vu la conversation que j'avais eue avec lui le lundi précédent était un exploit de ma part.

— Mmm. Il me tarde demain, a dit Fanny.

J'ai sursauté. J'avais presque oublié sa présence.

— Comment ça, il te tarde demain ? ai-je demandé en lui jetant un regard soupçonneux.

— Tu imagines bien que je ne louperais ça pour rien au monde. Ça tombe bien, mon frigo est vide.

— Tu te nourris exclusivement de surgelés, ai-je protesté. La dernière fois que tu as acheté des courgettes, elles ont eu le temps de faire des petits dans ton bac à légumes avant que tu te souviennes de leur existence.

— Et alors ? J'aime les fleurs et les fruits, et Corto en vend.

— Tu ne vas pas me faire ça, ai-je gémi en me laissant tomber sur la chaise à côté de la sienne.

— Evidemment que non. Mais à une seule condition. T'as intérêt à tout me raconter. *Tout*, tu entends ? Je serais toi, je prendrais carrément des notes, histoire de satisfaire mon insatiable curiosité. Bon, c'est pas tout ça, mais tu n'as pas un job qui t'attend ?

J'ai levé les yeux vers la pendule.

11 h 10.

Et merde.

Un jour, je serais à l'heure.

Un jour.

Mais manifestement pas aujourd'hui.

Chapitre 9

Le samedi matin, après avoir déposé mes deux plateaux de viennoiseries chez Raymond et bu mon expresso en prenant des nouvelles de Monique, je suis passée comme tous les jours vérifier que ma voisine, Mme André, allait bien. Mme André, Lucette de son prénom, était une adorable vieille dame ratatinée qui ne sortait quasiment plus de chez elle. Elle se déplaçait le moins possible, passant du lit au fauteuil et inversement. Mais si son corps l'avait lâchée morceau par morceau, finissant par réduire ses mouvements au minimum sous la garde partielle d'une infirmière, son esprit, lui, était parfaitement intact et acéré. Malgré ses quatre-vingt-onze ans, l'intelligence de Mme André était aussi affûtée que celle d'une jeune fille. Voire davantage que certaines jeunes filles de ma connaissance.

Ce matin-là, elle regardait une série télévisée qu'elle a mise en pause quand je suis entrée dans sa chambre. Cécile, l'infirmière, était déjà passée lui prodiguer ses soins et la vieille dame était seule.

— Comment allez-vous ce matin ? ai-je demandé en lui tendant le café à emporter et le croissant que je lui portais tous les matins.

Elle avait renoncé à ce que je l'appelle par son prénom et la tutoie. J'avais beaucoup de mal à ne pas vouvoyer les personnes âgées. Elle a pris une gorgée de café avec délectation et poussé un soupir d'aise.

— Je vais bien, ma petite Flore, je vais bien.

Mme André mettait un point d'honneur à ne jamais se plaindre. Et je m'entêtais à lui demander comment elle allait tous les matins, même si je savais pertinemment que pour obtenir une réponse sincère, il fallait que je m'adresse directement à Cécile.

— On peut dire ce qu'on veut, ce Raymond fait un sacré café, a-t-elle poursuivi. Presque aussi bon que celui de Michel.

Mme André était l'une des rares habitantes du village encore en vie à avoir connu Michel, le barman résistant. Je la soupçonnais d'avoir nourri pour lui une passion secrète, voire d'avoir été sa maîtresse. Lorsqu'elle en parlait, elle prenait un ton rêveur et une discrète rougeur colorait ses joues parcheminées par l'âge.

— Qu'est-ce que je vous prends au marché ce matin ?

C'était moi qui m'occupais de ses courses et une aide ménagère, Caroline, venait lui faire la cuisine. Je lui donnais aussi des gâteaux régulièrement, et je ne l'oubliais jamais les jours de lasagnes : elle en raffolait et Caroline ne savait pas les faire.

— Tu sais ce qui me ferait plaisir aujourd'hui ? a-t-elle répondu d'un air pénétré. Une petite côtelette d'agneau.

— Pas de problème. Et pour le reste ? Je fais à mon idée ?

— Comme d'habitude, ma petite Flore, comme d'habitude. Bon, et alors, ce concours de confitures ? a-t-elle demandé, une flamme enthousiaste au fond des yeux. N'est-ce pas que c'était une bonne idée ? Quand ils en ont parlé aux infos l'autre jour, je me suis dit qu'il fallait absolument que tu participes. Tu as commencé à réfléchir à ta recette ?

— Oui. Je pensais partir sur un mélange figue-champagne pour la recette revisitée. Avec peut-être de la rhubarbe.

— Bien, bien. J'aime la rhubarbe. Et le champagne, évidemment. Je pense que c'est grâce à lui que j'ai gardé toute ma tête, tu sais. Sans champagne, la vie serait moins belle. Moins pétillante.

J'ai hoché la tête. Je n'avais pas les moyens de boire du champagne souvent, mais je voulais bien croire qu'il avait des vertus curatives insoupçonnées. Lorsque Mme André faisait ce genre de remarques, je ne pouvais pas m'empêcher de me demander quel genre de vie elle avait menée jadis. Elle vivait très chichement dans sa minuscule maison et n'avait à ma connaissance aucune famille. Contrairement à la plupart des personnes âgées que je côtoyais, elle n'aimait pas les bibelots et ses meubles étaient vierges de napperons au crochet et de photos de famille. Une aura de mystère l'enveloppait, et j'étais bien trop discrète pour oser lui poser des questions.

— Ne te mets pas en retard pour moi, a-t-elle dit en trempant la corne de son croissant dans le reste de son café. Va.

— Je repasserai après le marché, ai-je promis. Vous avez tout ce qu'il vous faut ?

— Un petit déjeuner délicieux et une série avec un beau jeune homme en kilt, a-t-elle répondu avec un sourire espiègle. Je crois qu'on peut dire que oui.

J'ai jeté un coup d'œil à l'écran de son téléviseur sur lequel était figé un rouquin séduisant portant tartan.

— Madame André, vous regardez *Outlander* ? ai-je demandé en pouffant.

— Et comment ! On n'est jamais trop vieille pour apprécier un bel homme, même s'il a l'âge d'être son arrière-petit-fils. Souviens-toi de ça, ma Flore : les hommes se dégustent à tout âge. C'est juste que passé un certain seuil, la dégustation se fait comme lorsqu'on était enfant : que par les yeux !

Elle a gloussé, une flamme coquine au fond des yeux.

J'ai quitté sa maison le sourire aux lèvres.

Comme tous les samedis matin, j'ai pris la vieille voiture de papa pour me rendre au marché. Ce rituel hebdomadaire me plaisait infiniment. J'aimais l'atmosphère bruyante et bon enfant qui régnait sous la halle ouverte du village. Je connaissais tous les commerçants depuis des années et les bavardages futiles sur la météo et les récoltes auxquels s'ajoutaient les inévitables commérages sans lesquels le marché n'aurait pas été le même me donnaient de l'énergie pour la semaine. J'étais plutôt d'un tempérament solitaire sous mes abords sociables et les interactions du samedi me permettaient d'assouvir mon besoin de lien social sans empiéter sur ma vie. Malgré mon existence bien remplie, je n'aurais délégué cette tâche pour rien au monde.

Mais ce samedi-là, lorsque je me suis garée non loin de la halle, j'avais le ventre noué. Le plaisir que je ressentais à faire le marché était tempéré par la perspective de revoir Corto. Pire, d'être obligée de lui parler. Je me suis contemplée dans le rétroviseur intérieur de la vieille guimbarde de papa. Ce matin-là, j'avais accordé un peu plus de considération que d'habitude à mon apparence. Pas question de reproduire le syndrome Cendrillon qui m'avait frappée la dernière fois que j'avais vu Gauthier.

J'avais pris soin de me changer après avoir achevé mes deux fournées de croissants et de chocolatines, au cas où une tache de farine m'aurait échappé. Je portais mon uniforme estival habituel — short en jean (qui n'était autre qu'un vieux jean que j'avais coupé lorsqu'il était devenu trop usé pour le porter) et T-shirt en coton blanc (le grand magasin de sport à côté du supermarché les vendait toujours par lots de cinq pour un prix défiant toute concurrence, ce qui expliquait pourquoi j'en possédais une dizaine) — mais au moins était-il propre. J'avais troqué mes tongs roses contre une paire d'espadrilles bleu ciel achetées au marché pour une bouchée de pain et attaché mes cheveux frisés en queue-de-cheval qui pour l'instant ne donnait aucun signe de rébellion. Je ne me maquillais jamais et mes yeux verts étaient cernés — le manque de sommeil, même à vingt-six ans, se lit sur le visage. J'espérais secrètement que mes pommettes parsemées de taches de rousseur et ma bouche pulpeuse détourneraient l'attention de mon air fatigué.

J'ai soupiré avant de me détourner du rétroviseur, furieuse après moi-même. Je n'avais jamais accordé autant d'attention à mon apparence, surtout pas pour aller au marché.

J'ai ouvert la portière d'un geste décidé. Pas question de traîner en rêvassant alors qu'une longue journée m'attendait. J'ai laissé la pulvérisation pour Corto dans le coffre. J'allais commencer par faire les courses, et je terminerais par son stand.

Une demi-heure plus tard, le coffre du break était plein de légumes et de viande pour Mme André et pour moi, et de fruits pour mes confitures. Pêches, nectarines, abricots, fraises, melon, pastèque, framboises, et même des groseilles... Mais pas de figues. Vu la chaleur qui régnait sur le département depuis un mois, je m'attendais à ce que la récolte de figues batte déjà son plein. Mais pour une raison qui échappait à tout le monde, les figuiers avaient très peu donné cet été. Et il n'y avait aucune raison pour que ce soit différent en août.

— Non, j'ai pas de figues, cette année, avait confirmé Jules, le dernier récoltant à qui je m'étais adressée. J'en ai eu un tout petit peu début juillet, mais quoi, allez, deux kilos, pas de quoi casser trois pattes à un canard. Je les ai même pas vendues. Ma femme en a fait des confitures.

La chanceuse, avais-je songé, découragée.

Mon dernier espoir venait de s'envoler. Si je ne trouvais pas de figues sur place, je ne pourrais pas participer au concours. Adieu chaudière, toiture et travaux. Je me faisais l'effet d'être Perrette et le pot au lait version rousse échevelée. J'ai soupiré. Est-ce que j'allais être obligée d'aller chercher des figues en dehors du département ? L'idée d'aller jusqu'à Montauban, voire Toulouse ou Bordeaux, alors que la région possédait les plus beaux vergers de France me paraissait absurde. Je n'avais pas de temps à perdre. Sans compter la dépense en essence. Et je craignais que la voiture de papa ne tienne pas le choc : elle faisait de drôles de bruits et perdait de l'huile. Je faisais comme si je ne m'en apercevais pas. Je n'avais pas les moyens de la remettre en état. Tant qu'elle roulait, tout allait bien. Vu que je ne m'en servais que pour aller au marché tous les samedis et au supermarché tous les quinze jours, j'estimais que je ne risquais pas grand-chose de plus grave qu'une panne.

— Remarque, avait poursuivi Jules, le jardinier,

comment il s'appelle déjà, Corto, c'est ça, il en a peut-être des figues, lui... C'est de la noire de Caromb ses figues, ça a peut-être donné davantage que les nôtres.

J'avais levé la tête.

— Ah bon ? Tu crois ?

— Ben écoute, avait répondu Jules en se grattant la tête, les Barzac avaient deux figuiers. Ça m'étonnerait qu'il les ait coupés, vu qu'il a gardé les autres arbres. On l'a vu vendre des pommes, des châtaignes, des clémentines... Y a pas de raison qu'il se soit débarrassé des figuiers. Mais il a pas vendu de figues du tout cet été. Alors peut-être qu'il est comme nous, qu'il en a pas eu beaucoup. Mais on ne sait jamais. Et puis, la mère Barzac disait toujours que ses figuiers donnaient beaucoup.

Et elle avait raison. Je l'avais toujours connue trop vieille pour s'occuper de ses vergers toute seule mais elle faisait venir des saisonniers et des étudiants pour récolter les fruits, qu'elle cédait ensuite à la coopérative. Si mes souvenirs étaient bons, l'année dernière ses arbres avaient donné pas mal de fruits.

— Tu devrais aller lui demander, avait conclu Jules en posant un cageot de prunes devant moi.

J'ai fini de ranger les cageots dans le coffre, puis j'ai considéré le container en plastique contenant la pulvérisation pour Corto. *Allez, ma fille*, me suis-je encouragée. Le vin est tiré, il faut le boire. Bon, dans ce cas, un truc du genre « La pulvérisation est prête, il faut la livrer » aurait été plus approprié mais l'idée était la même.

J'ai attrapé le bidon, fermé le coffre et redressé les épaules. Puis je me suis dirigée d'un pas plus assuré que ce que je ressentais réellement vers son stand, qui était tout au fond de la halle.

Notre village, comme bien des villages de la région,

était une ancienne bastide. Il avait été fondé à la fin du XIIIe siècle par trois seigneurs de la région et avait conservé de son architecture d'origine, outre un plan de rues parfaitement géométriques, quelques magnifiques bâtisses en pierre, des « couverts » sur la place principale — une coursive avec des portiques que l'on ne voit que dans certaines villes du Sud-Ouest — et une halle ouverte typique, avec ses piliers, son toit en tuiles et son clocher dans lequel logeait jadis le pouvoir consulaire. Lorsque comme ce matin le soleil se reflétait sur les tuiles roses, on avait l'impression d'être projeté dans un village de carte postale.

L'étal de Corto se dressait tout au fond de la halle, entre le stand d'escargots de Suzanne et les rangées de pots de miel de Francis. Je me suis frayé un chemin jusqu'à lui en essayant d'arrêter de me prendre la tête sur la conversation qui se profilait. J'avais vingt-six ans à la fin, pas quatorze. Il était temps que je me comporte comme une adulte et pas comme une gamine. Pas question de me mettre de nouveau dans tous mes états en le voyant.

Toutes mes résolutions ont fondu comme neige au soleil quand je l'ai aperçu. Il était en train de peser des abricots sur une balance flambant neuve pour une cliente entre deux âges qui soupesait des melons. Il a fait glisser les abricots dans un sac en papier d'un geste assuré avant de refermer le sachet en le faisant tournoyer sur lui-même puis il s'est penché pour dire quelque chose à la cliente. Il a soupesé deux melons, les a tâtés et en a choisi un, qu'il a déposé dans le panier posé sur la balance. J'ai suivi ses gestes des yeux, hypnotisée par la façon dont ses tatouages roulaient sur sa peau bronzée, formant un entrelacs de dessins compliqués. Il a arraché d'un geste vif le ticket qui sortait de la balance, fait disparaître le billet de la cliente et lui a tendu ses sachets. Puis il a tourné la tête dans ma direction et nos regards se sont croisés.

Mon cœur a fait une embardée sous l'intensité de ses yeux gris. Comment un homme pouvait-il avoir un regard magnétique à ce point ? Même dans les films américains que Fanny me refilait avec régularité, ce n'était pas le cas. Il y avait dans les yeux de cet homme quelque chose d'hypnotisant, comme les prunelles en spirale du serpent dans le *Livre de la jungle*. Bon, d'accord, la comparaison était peut-être mal choisie. Mais avoir une fille qui avait regardé les dessins animés de Walt Disney jusqu'à l'overdose me donnait des excuses.

J'ai détourné les yeux, embarrassée, et franchi les derniers mètres qui me séparaient de son étal d'un pas vif.

— Bonjour, ai-je dit en contournant le stand pour ne pas avoir à faire passer le bidon par-dessus les fruits et les fleurs.

— Bonjour, Flore, a répondu Corto.

Il portait un T-shirt kaki tellement moulant que j'aurais pu compter ses muscles si j'en avais eu envie. Ce qui n'était évidemment pas le cas. J'ai empêché mes yeux de vivre leur vie tout seuls et je me suis forcée à rester concentrée sur son visage. Ce n'était pas forcément une meilleure idée. J'étais bien obligée de me rendre à l'évidence : il était aussi beau que lundi dernier.

J'ai baissé les yeux sur mon bidon en plastique.

— Voici votre pulvérisation. J'ai changé les proportions que vous m'avez données pour la concentrer davantage. Si ça ne marche pas, j'ai bien peur que vous soyez obligé d'acheter un insecticide plus puissant dans le commerce.

Oh mon Dieu. J'avais réussi à tenir un discours

cohérent et clair du premier coup. Le sortilège s'était-il définitivement dissipé ?

— J'aimerais autant pas. On verra bien, a rétorqué Corto en me prenant le bidon des mains. Merci infiniment en tout cas. Combien je vous dois ?

— Euh, voyons, je... bon, disons que le pyrèthre, que j'ai broyé, plus l'huile de sésame comme synergiste, plus la main-d'œuvre, euh, je... (Voilà que je me remettais à bafouiller. Pourquoi n'avais-je pas pensé à ça plus tôt ? J'aurais dû faire mes comptes avant histoire de pouvoir lui répondre sans avoir besoin de réfléchir.) Disons dix euros, ai-je fini par répondre.

Il m'a dévisagée un instant et a semblé sur le point de dire quelque chose avant de se raviser. Il a plongé la main dans la poche arrière de son jean et en a tiré un billet de dix, qu'il m'a tendu.

— Merci, ai-je dit en m'emparant de l'argent.

Cette fois-ci, j'ai fait bien attention à ne pas l'effleurer. Pas question de reproduire ce qui s'était passé le lundi précédent dans ma cuisine.

— Euh, dites-moi..., ai-je commencé, histoire de ne pas laisser flancher ma résolution.

— Oui ?

Il a plongé son regard gris dans le mien et j'ai dégluti en essayant de ne pas rougir.

— Voilà. (J'ai pris une profonde inspiration et débité mon discours d'un coup.) Mes amis m'ont inscrite au concours mondial de confitures et le fruit imposé c'est la figue et personne n'en a et je suis très embêtée et Jules m'a dit que vous en aviez peut-être vu que les Barzac à qui appartenait votre maison avaient deux figuiers dans leur verger et je me disais peut-être que vous pourriez m'en vendre il me faudrait trois kilos pas davantage voire deux si vous n'en avez pas plus.

Je me suis interrompue, à bout de souffle.

Il a haussé un sourcil et esquissé un sourire, ce qui a eu pour effet de creuser une fossette dans sa joue gauche, fossette que sa barbe bien taillée ne dissimulait pas.

— Je ne suis pas certain d'avoir tout bien compris. J'ai cru saisir figue et concours de confitures. Vous avez besoin de figues pour participer à un concours de confitures et personne n'en a à vous vendre, c'est ça ?

— Oui, ai-je répondu, soulagée qu'il ait réussi à saisir l'essentiel de mon discours pour le moins embrouillé. C'est un concours mondial, qui n'a lieu que tous les deux ans. Et c'est super important pour moi.

— Ah oui ? Eh bien, figurez-vous que j'ai des figues, oui.

Je me suis illuminée, soulagée. Je n'allais pas avoir besoin de courir dans toute la région, finalement.

— Mais qu'elles ne sont pas à vendre, a achevé Corto.

Quoi ? Est-ce qu'il plaisantait ? Il n'en avait pas l'air. Il ne souriait plus et son expression était redevenue tout à fait sérieuse.

— Ah bon ? Mais pourquoi ?

Je ne voulais pas faire preuve d'une curiosité discourtoise mais sa réponse pour le moins étonnante m'avait prise par surprise.

— Mes raisons ne regardent que moi.

— Oh ! oui, pardon. Je comprends très bien, me suis-je rattrapée précipitamment. Mais j'ai vraiment besoin de ces figues, ai-je poursuivi sur un ton que j'espérais neutre. (J'aurais détesté avoir l'air de quémander.) Vous êtes sûr que vous ne pouvez pas m'en vendre un peu ?

Si vos figuiers ont bien donné, deux kilos ce n'est pas grand-chose et…

J'ai été interrompue par une cliente qui a interpellé Corto depuis l'autre côté de l'étal.

— Dites, jeune homme, elles sont à combien vos nectarines ?

— Deux euros cinquante, a répondu Corto avant de reporter son attention sur moi. Ecoutez, Flore, je n'ai pas le temps de discuter avec vous maintenant. Mes figues ne sont pas à vendre, point.

— Mais…

— Ce n'est pas négociable, a-t-il asséné sur un ton ferme. Encore merci pour la pulvérisation.

Sur ces paroles, il a reporté son attention vers la cliente qui voulait des nectarines et m'a plantée là. J'ai tourné les talons, interloquée. Pourquoi diable refusait-il de vendre ses figues ? Et pourquoi m'avoir dit qu'il en avait si c'était pour me les refuser ensuite ? N'aurait-il pas été plus simple de me mentir ?

J'ai regagné ma voiture, furieuse après lui. Et très déçue. Ce concours s'annonçait plus compliqué que prévu. Il allait falloir que j'aille chercher des figues ailleurs. Peut-être que Fanny accepterait de me prêter sa voiture pour que je me rende à Montauban. Inutile d'aller à Agen : c'était les mêmes agriculteurs qui tenaient les stands au marché. Quelle poisse quand même que les figuiers décident de ne pas donner de fruits justement cette année ! Et pourquoi les organisateurs du concours avaient-ils choisi la figue ? La fraise aurait été nettement plus simple ! Je venais de mettre la clé dans le contact lorsque mon téléphone a sonné. J'ai pêché mon portable au fond de mon sac en toile et décroché sans regarder qui m'appelait.

— Allô ? ai-je répondu plus sèchement que je l'aurais voulu.

Une voix masculine familière a résonné à mes oreilles.

— Ecoutez, j'ai changé d'avis. Si vous voulez vraiment des figues, passez chez moi ce soir en début de soirée et on parlera de tout ça calmement. Vous pourrez m'expliquer pourquoi ce concours est si important pour vous et je verrai si je décide de vous vendre quelques kilos de figues.

— Ce soir ? Chez vous ? ai-je répété, stupéfaite.

Et il « décidera » de me vendre ou pas des figues ? Mais pourquoi ? Il allait falloir que je passe une sorte de test ? A cette idée, mon rythme cardiaque s'est accéléré. Que comptait-il faire de moi ?

— Oui. Ce sera beaucoup plus simple que dans ce marché bondé où on s'entendait à peine. Si vous connaissiez les Barzac, vous savez où j'habite.

— Oui. Au nord du village, sur la départementale, après l'arbre tordu qui ressemble à un chien couché.

— C'est ça. A ce soir, a-t-il conclu avant de raccrocher.

J'ai considéré mon téléphone, abasourdie.

J'avais déjà eu du mal à envoyer un texto à ce mec : comment allais-je pouvoir me rendre chez lui ?

Il fallait que je mette au point un plan d'attaque. Pas question que la nervosité que j'éprouvais en présence de cet homme tatoué se mette en travers de mon chemin. J'avais besoin de ces figues pour participer au concours de confitures et j'étais bien décidée à les obtenir coûte que coûte.

Chapitre 10

De manière prévisible, plus la journée a avancé, plus ma résolution a faibli.

L'énergie conquérante qui m'animait en quittant le marché a fait place à une appréhension qui a fini par se muer en inquiétude. Lorsque Fanny est passée en coup de vent en milieu d'après-midi, elle m'a trouvée en train de repasser dans la buanderie. C'était la seule façon que j'avais trouvée pour mettre à distance mes craintes. Les tâches ménagères me permettaient toujours de me distraire de mes préoccupations, comme si mon cerveau arrêtait sa course folle sous l'effet des gestes familiers et machinaux.

— Tu repasses ? s'est étonnée Fanny quand elle a fini par me trouver après m'avoir cherchée successivement dans la cuisine, le cellier et le jardin.

Elle m'avait hélée jusqu'à ce que ma voix la guide dans la buanderie, une pièce encore plus délabrée que le reste de la fermette. Le sol était en ciment et la fenêtre dont le bois avait gonflé sous l'effet de l'humidité ne jointait plus depuis des années. Outre la planche à repasser, elle contenait une machine à laver, une table bancale, un immense étendage et un ancien évier en pierre à mi-chemin entre le lavoir et le lavabo commun des anciens pensionnats. Il était plutôt joli mais il ne fonctionnait plus.

— C'est si stupéfiant que ça ? ai-je répliqué en achevant de plier un T-shirt rose appartenant à Clélia.

— Etant donné qu'il doit faire presque trente-cinq degrés à l'ombre et que tu te livres si peu souvent à cette activité que je pensais même que tu ignorais posséder un fer à repasser, disons que c'est assez sidérant, oui. Qu'est-ce qui t'arrive ? Tu es malade ?

— Je trouve ta remarque désobligeante, ai-je répliqué sur un ton faussement offensé. Sache que non, je ne suis pas malade. Mais comme je n'avais pour une fois rien à faire dans la cuisine, j'ai décidé de migrer dans ma deuxième pièce préférée, la buanderie.

— Tu t'entraînes pour le concours de la parfaite ménagère des années 1950, c'est ça ? Tu espères gagner un mari qui fume le cigare en lisant le journal en rentrant du boulot pendant que tu lui sers un verre de whisky ?

— Mais oui. Je finis ça et je passe à la couture : j'ai commencé un tablier en vichy rose tout à fait sexy.

J'ai attrapé une robe à volants roses et mauves dans la panière en soupirant intérieurement. Je détestais vraiment repasser, et surtout les vêtements à frous-frous de ma fille : je préférais encore la voir porter des habits froissés plutôt que de m'échiner à éviter les faux plis sur des volants. Qui avait inventé des trucs pareils ? Ça ressemblait à une mauvaise blague destinée à faire rager des générations de femmes.

Fanny m'a jeté un regard qui disait clairement qu'elle n'était pas dupe et que ma blague ne la faisait pas rire.

— Bon, je n'ai pas beaucoup de temps devant moi, mais je veux tout savoir de ton entrevue avec Corto ce matin.

— Tu es radio cancans, ma parole, ai-je répliqué en m'escrimant sur un faux pli. Tu crois que tu vas lâcher l'affaire un jour ?

— Non.

Fanny a regardé autour d'elle et repéré une chaise qui disparaissait sous une pile de serviettes de toilette fraîchement pliées. Elle a déplacé le tas sur la table et s'est installée confortablement sur le siège ainsi dégagé.

— Et d'ailleurs pourquoi tu n'as pas beaucoup de temps devant toi ? ai-je demandé en passant au deuxième volant.

Le premier était mal repassé mais je ne pouvais pas faire mieux. Pourquoi est-ce que je m'échinais ainsi ? Surtout pour une robe qui serait froissée/maculée d'herbe/déchirée — rayez la mention inutile — en deux temps trois mouvements par Clélia.

— J'ai un rendez-vous à Montauban. Avec un mec rencontré sur Internet. Un avocat. Spécialisé dans les divorces.

— Tu vas aller jusqu'à Montauban ? Eh ben, j'espère pour toi qu'il en vaut la peine.

Soixante-dix kilomètres nous séparaient de la préfecture du Tarn-et-Garonne. Heureusement que la plus grande partie de la route pouvait se faire par autoroute.

— J'espère surtout qu'on va passer la nuit ensemble. Me taper toute la route de nuit m'emballe autant que la perspective de voir un film d'art et essai croate sous-titré en moldave.

— Je ne comprends pas pourquoi tu t'infliges ça.

— Ça quoi ? Les films d'art et essai croates ?

— Non. Ces rencontres, ces rendez-vous pourris et ces trajets de malade. C'est beaucoup de tracas et de dépense de temps et d'énergie pour rien.

Fanny a soupiré et croisé les bras.

— Parce que j'en ai marre d'être seule. Toi tu ne te rends pas compte, tu vis avec ta fille et ton père, tu as une vraie famille. Moi je n'ai personne. Personne ne m'aime, personne ne compte sur moi. Je voudrais exister dans le regard de quelqu'un et que cette personne ait *besoin* de moi. De me voir. De me parler. Je voudrais être importante dans la vie de quelqu'un. Etre la dernière personne à qui on a envie de parler le soir et la première le matin. Etre celle qu'on appelle quand on a une bonne nouvelle ou quand on a vu un nuage en forme de nounours. Je voudrais qu'un homme ait envie de me masser les pieds quand je rentre crevée le soir, qu'il accepte de regarder le dernier épisode de *The Walking Dead* avec moi, même si les histoires de zombies ne l'intéressent pas, qu'il pense à acheter mon thé préféré, celui au gingembre, qu'il me prenne dans ses bras quand j'ai mal au ventre et qu'il me caresse les cheveux quand il pleut tout en me jurant que tout ira toujours bien.

J'ai levé le nez de la robe que j'étais en train de massacrer. Le ton de Fanny m'a serré le cœur. C'était la première fois que je l'entendais parler comme ça.

— Je suis désolée, ai-je dit. Sincèrement. Je ne pensais pas que tu te sentais aussi seule. Ça ne va pas te consoler mais tu es importante dans ma vie. Très importante, même. C'est toi que j'appelle quand j'ai une bonne nouvelle. Une mauvaise aussi, d'ailleurs. Et aussi quand je vois un nuage en forme de nounours. Même si ça n'arrive jamais. En revanche, je ne peux pas regarder *The Walking Dead* avec toi, j'aurais trop peur.

— Je sais, a répondu Fanny en souriant. Je sais tout ça, tu sais. Et je ne me sens pas seule tout le temps, va, ne t'inquiète pas. Et cette histoire avec Corto me fascine parce que je vois chez toi quelque chose de tout nouveau. C'est la première fois que tu t'intéresses à un mec depuis Gauthier. C'est pour ça que tu dois tout me raconter par le menu.

Une lueur espiègle brillait dans son regard sombre. C'était typique de Fanny, cette façon de désamorcer la gravité et de changer de sujet. Mais je ne voyais pas l'intérêt d'insister.

— Tsss, ai-je répondu en entrant dans son jeu. Alors, un, il n'y a pas « d'histoire » avec Corto. Deux, il ne m'intéresse pas du tout. Trois, on ne t'a jamais dit que ce n'était pas beau d'utiliser le chantage affectif sur sa meilleure amie ?

Mon ton était faussement réprobateur et je savais qu'elle comprenait très bien que je n'en pensais pas un mot.

— Je ne vois pas de quoi tu parles, a-t-elle répliqué. Le mot « chantage » ne fait pas partie de mon dictionnaire. Alors ? Tu as livré cette pulvérisation ?

— Cette quoi ? Le mot « pulvérisation » ne fait pas partie de mon dictionnaire.

Je pouvais bien la faire mariner un peu quand même. Et puis je ne savais pas comment lui expliquer ce qui s'était passé ce matin sans me mettre à rougir. Une fois que je lui aurais tout raconté, le trac que je tenais plus ou moins à distance s'abattrait de nouveau sur moi et je serais obligée d'écouter ses commentaires.

— Mademoiselle Deschamps, vous êtes insupportable. Si vous continuez, je ne garderai plus votre adorable fille et vous vous débrouillerez toute seule avec votre supérette et vos confitures.

— Tiens, je croyais que le chantage t'était inconnu ?

— Je viens subitement d'en retrouver le sens. Tu as fini de me faire lanterner, ça y est ?

— Bon, OK, j'arrête. Oui, j'ai bien livré la pulvérisation à Corto, ai-je avoué en soupirant.

— Et ? a demandé Fanny. Pourquoi ce soupir ? Qu'est-ce qui s'est passé ?

— Il s'est passé que… Oh ! Fanny, c'est affreux, il m'a demandé de passer chez lui ce soir en début de soirée, me suis-je lamentée sans lever les yeux de la robe de Clélia.

J'en étais aux bretelles. La robe était presque plus froissée après être passée sous mon fer que lorsque je l'avais décrochée de l'étendage.

— Hein ? Quoi ? Pourquoi ? Il a exigé un paiement en nature, c'est ça ? s'est exclamée Fanny en se levant à demi de sa chaise, en proie à une agitation soudaine.

— Mais c'est pas vrai, c'est une obsession chez toi ! Non, c'est à cause des figues.

— Des figues ? Quelles figues ?

J'ai raconté à Fanny par le menu ce qui s'était passé au marché le matin même. Elle m'a écoutée sans m'interrompre, ce qui était pour le moins inhabituel de sa part.

— Je comprends mieux pourquoi tu repasses, a-t-elle dit lorsque j'ai achevé mon récit. Je serais toi, j'irais même demander à Gina si elle ne veut pas que tu t'occupes de son linge. Tu n'auras pas assez de ta panière pour calmer ton trac.

— Tu as fini d'être sarcastique ? J'ai vraiment besoin de ces figues, tu sais. Mais je suis une très mauvaise négociatrice, comme le prouvent mes comptes. Et ce mec me tétanise. Littéralement. Quand il me parle, je ne peux plus bouger un cil. C'est pas possible, ça doit être Méduse qu'il a tatouée sur le bras, je ne l'explique pas autrement.

— Ecoute, ma chérie, inutile de te mettre la rate au court-bouillon. Si Mister Sexy ne te vend pas ses figues, tu iras en acheter ailleurs. J'irai pour toi, s'il le faut. Je n'ai rien à faire de mes journées et j'aime conduire. Je peux aller jusqu'à Bordeaux sans problème, tu sais. J'en profiterai pour déjeuner avec ma copine Elo et je te rapporterai des cannelés.

J'ai regardé mon amie, le fer à repasser en l'air.

— Fanny, tu es… tu es… les mots me manquent pour te dire à quel point tu es merveilleuse.

— Oh là là, pas la peine de t'emballer ! a-t-elle répondu en riant. Je suis comme ça, moi, ultra-sympa, tu le sais bien. Ne te mets pas la pression pour ce soir. Sois naturelle. Tu es une nana charmante, la preuve, tout le monde t'aime au village. Ce Corto, pour mal embouché qu'il soit, va tomber sous ton charme lui aussi, j'en suis certaine. Mon petit doigt me dit même que c'est déjà fait.

— Il n'est pas vraiment mal embouché. Avec moi il est même aimable. Non, le problème, ce n'est pas lui, c'est moi. Dès que je le vois, je me mets à bafouiller comme une idiote au point de devenir complètement ridicule.

— C'est parce qu'il te plaît, c'est tout. Je suis sincère tu sais quand je dis que c'est le premier mec auquel tu t'intéresses depuis Gauthier.

J'ai ouvert la bouche pour répondre mais je me suis ravisée. Elle avait raison. C'était la première fois depuis des années qu'un homme me faisait de l'effet. Que je pensais à lui quand je préparais ma pâte à croissants. Que je rougissais en sa présence. Ce Mister Sexy me plaisait. Beaucoup. Et le savoir ne me facilitait pas la tâche.

— Peut-être, ai-je concédé en soupirant. Qu'est-ce que tu crois qu'il va se passer ce soir ?

— Rien de bien méchant.

— Tu dis ça pour me rassurer, c'est ça ?

J'ai levé le fer et l'ai regardée bien en face.

— Non, Flore, je dis ça parce que je le pense vraiment. Tu trouves ce type intimidant, mais c'est parce qu'il te plaît. Et je suis certaine que c'est réciproque, sinon il ne t'aurait pas proposé de passer chez lui ce soir. Tout dépend de toi. Si tu veux vraiment ces figues, dis-le-lui. Et s'il ne te les donne pas, c'est pas grave. Comme je te le disais, je t'en trouverai. (Elle a jeté un coup d'œil sur sa montre.) Sur ce, je vais me préparer pour mon *date*. En espérant que ça se passera mieux que le dernier. Tu ne devrais pas être à la supérette, au fait, à cette heure-ci ?

— Pourquoi, il est quelle heure ? ai-je demandé, affolée.

— 16 h 05. Non, 16 h 07.

— Merde. J'y cours.

J'ai débranché le fer et suis sortie de la maison en même temps que Fanny. Au moins, pendant que je vendais des crèmes au chocolat et des pâtes, je ne risquais pas de gamberger.

Chapitre 11

Lorsque j'ai quitté la supérette de Raymond un peu après 20 h 15, après une journée bien remplie, je me sentais aussi sûre de moi qu'un agneau qui va à l'abattoir.

J'ai hésité à me changer avant d'aller chez Corto, mais j'ai finalement décidé que ce n'était pas la peine. Je ne voulais pas avoir l'air de transformer ce qui n'était qu'un rendez-vous d'affaires en rendez-vous galant. Pas la peine donc de faire un effort vestimentaire. J'ai pris les clés du break accrochées dans la boîte à clés fixée au mur à côté de la porte dans le hall d'entrée puis j'ai gagné l'atelier de mon père.

J'ai frappé avant d'entrebâiller la porte. Papa me tournait le dos, assis devant son établi, la tête enfouie dans les mains.

— Papa ? ai-je demandé en faisant un pas en avant.

Il a sursauté et s'est agité un peu avant de pivoter pour me faire face. Malgré le faible éclairage, j'ai remarqué ses yeux rougis. J'ai baissé les yeux sur l'établi derrière lui : il avait fait disparaître à la hâte ce qui était posé devant lui quand j'étais entrée.

— Tout va bien ? ai-je demandé en fronçant les sourcils, inquiète.

— Oui, oui, très bien, a-t-il répondu en s'éclaircissant la voix. J'étais juste en train de réfléchir à un truc.

J'avais envie de lui poser davantage de questions, mais je savais qu'il n'y répondrait pas. Je n'ai pas insisté.

— Je voulais juste te dire que je sortais faire une course. Je prends la voiture. Clélia dort chez Gina. Si tu as faim, il y a des restes dans le frigo.

— Ah. Euh. D'accord. Oui.

— Ne veille pas trop tard, ai-je ajouté pour la forme.

Les horaires de mon père étaient pour le moins chaotiques depuis qu'il avait pris sa retraite. Tant qu'il enseignait, il avait gardé une certaine hygiène de vie, même s'il était insomniaque depuis la mort de maman. Mais depuis qu'il n'était plus obligé de se lever pour aller au lycée, il menait une vie complètement déréglée, veillant parfois toute la nuit. Il se nourrissait aussi par à-coups, et il m'arrivait d'être obligée d'insister comme auprès d'un enfant pour qu'il ne saute pas trop de repas.

Prise d'une impulsion subite, je me suis penchée vers lui et j'ai déposé un baiser sur sa joue mal rasée.

— Je t'aime, papa, tu sais.

Il m'a lancé un regard stupéfait. Les effusions n'étaient pas vraiment notre genre. Je n'avais pas souvenir de lui avoir dit une chose pareille depuis très très longtemps. A bien y réfléchir, peut-être même depuis la mort de maman.

J'ai tourné les talons et quitté son atelier avant qu'il ait le temps de répondre.

Il m'a fallu une dizaine de minutes pour atteindre l'ancienne ferme des Barzac. Le crépuscule commençait à tomber, parant les champs environnants de pourpre et d'or. J'avais beau être née et avoir grandi dans cet endroit, j'avais l'impression que je ne me lasserais jamais de la façon dont le soleil jouait avec le paysage. Il n'y avait à mon sens rien de plus beau qu'un lever de soleil sur les toits de tuiles roses du village. A bien y réfléchir, si, un coucher de soleil sur les champs de maïs. Je savais bien que venant de la part d'une fille qui n'avait jamais voyagé plus loin que Bordeaux, cette remarque était à la fois naïve et présomptueuse, mais comme chaque fois que le ciel s'empourprait, annonçant un lendemain radieux, je sentais mon cœur se gonfler : la beauté de la nature m'emplissait d'un sentiment indescriptible, empreint d'admiration et de paix. Mais ce soir, ce sentiment passait au second plan. Il me fallait absolument ces figues, et j'étais prête à beaucoup de choses pour les obtenir. Tout en conduisant, j'ai essayé de mettre au point un plan de bataille. Je devais absolument prouver à Corto qu'il était vital qu'il me vende ses figues. De manière tout à fait étonnante, maintenant que je voulais obtenir quelque chose de lui, je le trouvais moins intimidant. Il possédait quelque chose dont j'avais grand besoin et refusait de me le vendre. Pas question de laisser tomber sans avoir tout essayé.

Ou presque.

Je me suis garée devant l'ancienne ferme des Barzac : le portail était ouvert mais j'ai préféré laisser la voiture sur la partie gravillonnée du bas-côté. Je répugnais un peu à l'idée d'entrer chez Corto : et s'il fermait le portail derrière moi et me séquestrait comme un ogre de conte de fées ? J'ai chassé cette pensée ridicule de mon esprit. J'avais manifestement lu trop d'histoires à Clélia. Il fallait que je perde cette manie de laisser vagabonder mon esprit en roue libre comme ça. Si je sombrais dans la paranoïa, ça n'arrangerait pas mes affaires.

J'ai remonté l'allée qui menait à la bâtisse principale.

Malgré le crépuscule, j'ai remarqué tout de suite que les abords de la petite ferme avaient été nettoyés et plantés. Finis les outils qui rouillaient à ciel ouvert et les vieux pneus entassés n'importe comment. A la place, une allée en gravier propre et des plates-bandes de fleurs que je distinguais mal. Des taches de couleur se détachaient çà et là en fonction de la luminosité changeante, ainsi que des galets. Deux arbres se découpaient contre le ciel de plus en plus sombre.

L'ancienne habitation des Barzac se composait d'un petit corps de ferme et de deux dépendances, une grange ouverte et une étable dont ils se servaient comme débarras. Les dimensions du bâtiment principal étaient modestes pour la région et les Barzac avaient arrêté d'entretenir leurs biens bien longtemps avant leur décès, ce qui expliquait pourquoi leur fils avait vendu le tout pour une bouchée de pain. Il y avait de gros travaux de rénovation à faire, à l'intérieur comme à l'extérieur.

Du peu que je voyais, Corto les avait faits. Du moins dehors.

Le perron était brillamment éclairé, ce qui me permettait de constater que la façade avait été entièrement retapée : les pierres et galets de Garonne avaient été nettoyés et pour certains remplacés. La dernière fois que j'étais passée devant la ferme, la façade tombait plus ou moins en ruine, ce qui n'était plus le cas. Je me suis approchée de la porte d'entrée. L'ancienne porte qui jointait mal avait été remplacée par une porte magnifique en bois sombre. Et, comble du luxe, il y avait une sonnette. J'ai posé le doigt dessus en essayant de contenir les battements de mon cœur. Pas question de me laisser distraire par Corto, son regard intense et ses tatouages. J'étais là pour du business. J'ai pris une profonde inspiration, redressé les épaules et enfoncé les mains dans les poches de mon short en jean.

La porte s'est ouverte sans bruit et l'imposante silhouette de Corto s'est découpée dans l'encadrement. Il m'a dévisagée sans sourire et l'image de Barbe-Bleue a refait surface dans mon esprit. Je me sentais toute petite face à lui et j'ai dû faire appel à toute ma volonté pour ne pas me mettre à rougir comme une collégienne à son premier rencard.

— Bonsoir, Flore.

— Euh. Bonsoir.

— Entrez, a-t-il dit en s'effaçant pour me laisser passer.

Je me suis glissée à l'intérieur en prenant bien garde de me tenir le plus loin possible de lui. Pas question de l'effleurer par mégarde. J'ai fait quelques pas dans l'entrée et me suis immobilisée, stupéfaite.

— Ouah !

L'exclamation a franchi mes lèvres sans que j'aie pu songer à la retenir. J'ai fait un tour sur moi-même, sidérée.

— Ouah, ai-je répété. C'est incroyable ce que vous avez fait de cet endroit !

J'ai achevé mon tour et me suis retrouvée face à face avec Corto qui me dévisageait, l'air sérieux.

— Vous aimez ?

— Si j'aime ? C'est juste fabuleux ! Quand je pense à ce que c'était avant !

— Vous connaissiez bien les anciens propriétaires ?

— Pas vraiment. J'ai bossé dans leur verger deux étés de suite quand j'étais au lycée. Ils embauchaient des saisonniers et des étudiants pour ramasser les fruits. Mme Barzac était gentille, mais sourde comme un pot. Son mari était une espèce d'ours bourru. Je crois bien ne l'avoir jamais entendu prononcer une phrase complète.

Ils étaient très âgés. J'ai toujours pensé qu'ils avaient genre mille ans à eux deux. Deux petits vieux ridés et courbés par l'âge comme on n'en voit plus beaucoup dans les fermes des environs. Ils meurent ou ils partent en maison de retraite, ce qui, je suppose, revient au même. (Je me suis soudain rendu compte que je jacassais comme une pie. J'étais vraiment incorrigible. Il y avait fort à parier que Corto n'avait pas envie de m'entendre bavarder comme ça.) Vous avez fait de sacrés travaux, ai-je poursuivi en revenant à sa question de départ. La maison est méconnaissable.

— Merci, s'est contenté de répondre Corto. Venez, je vous offre un verre.

Il m'a précédée vers la cuisine ouverte qui se tenait sur la droite. Je lui ai emboîté le pas, encore abasourdie par les changements opérés. Ce n'est qu'au bout de quelques pas que je me suis rendu compte que si Corto ne faisait aucun bruit en se déplaçant, c'est parce qu'il était pieds nus. Il avait des pieds fermes et déliés, comme ceux d'un coureur. J'ai détourné les yeux. Contempler la pièce était moins dangereux que regarder ses pieds. Telle que je me connaissais, j'allais encore me mettre à rêvasser, puis à rougir, et enfin à bégayer.

Corto avait métamorphosé le rez-de-chaussée de la ferme en abattant les cloisons et en en faisant un seul espace qui servait de pièce à vivre et de cuisine. Du côté du salon, il avait mis la charpente à nu, et les poutres apparentes donnaient un charme fou à la pièce. Il avait rénové la cheminée rustique, dont la présence imposante dominait toute la pièce et restauré le sol composé de tomettes magnifiques. Il avait aussi fait sauter le plâtre qui recouvrait les murs et mis à nu les pierres jaunes typiques de la région. Le résultat était magnifique.

— Ça a l'air de vous plaire.

Sa voix m'a ramenée à la réalité.

— Plutôt, oui. Je suis abasourdie par le changement, je dois bien l'avouer. C'est vous qui avez fait les travaux ?

— En grande partie, oui. Je me suis fait aider pour le gros œuvre. Il y avait tout à faire. Rien n'était aux normes et tout tombait en ruine.

— Ça a dû vous prendre un temps fou.

Il a hoché la tête.

— Je suis en travaux depuis que j'ai les clés. Ça va faire onze mois. Et je n'ai pas tout à fait terminé. Il y a encore des finitions à faire à l'étage.

Il a fait un geste du menton en direction du plafond. Je n'étais jamais montée à l'étage du vivant des Barzac, et je ne savais donc pas à quoi il ressemblait avant.

— C'est courageux de votre part d'avoir acheté une maison aussi délabrée.

— J'avais besoin d'espace. Et d'un projet. Quant au travail manuel, ça ne me fait pas peur. Au contraire.

Je n'ai pas posé davantage de questions, me contentant de me laisser bercer par l'atmosphère de la pièce. Les meubles qu'il avait choisis se fondaient parfaitement dans le décor : des canapés et des fauteuils en toile claire, quelques tables, un buffet bas sans doute chiné dans une brocante… pas de tableaux, pas de bibelots. Un décor épuré et apaisant. J'aurais pu contempler cette pièce pendant des heures.

— Je vous sers un verre de vin ?

Sa voix grave m'a ramenée à la réalité. Ce n'était peut-être pas très sage d'accepter de boire un verre avec cet homme, mais je ne voyais pas de bonne raison de refuser.

— Euh. Oui, pourquoi pas ?

— Rouge, blanc, rosé ?

J'ai levé les yeux vers lui. Il tenait un bar ou bien ?

— Euh. Je ne sais pas. Ce que vous prenez.

— Non. Dites-moi ce que vous préférez. J'ai une cave très fournie.

— Je préfère le rouge, ai-je avoué.

— D'accord. Quel cépage ?

Je l'ai dévisagé, interdite. En général, quand les gens vous proposaient du rouge, c'est parce qu'ils avaient une bouteille sous le coude, voire deux, mais pas suffisamment de choix pour vous demander quel était votre vin préféré.

— J'aime le bergerac.

Un vin bien de chez nous et dont j'aimais l'âpreté.

— Ça tombe bien, j'en ai. Une année de prédilection ?

J'allais de surprise en surprise.

— Euh. Non. Je ne suis pas suffisamment connaisseuse pour ça.

— D'accord.

Il a ouvert la porte à côté du réfrigérateur. Elle se fondait tellement bien dans le décor que je ne l'avais pas remarquée. Il a disparu dans la pièce, dans laquelle j'ai deviné des étagères sur lesquelles reposaient des bouteilles. Une cave. Je me suis légèrement déplacée pour avoir une vue plus claire : les bouteilles couvraient les murs de la petite pièce du sol au plafond.

Corto avait allumé le plafonnier et me tournait le dos. Les muscles de ses épaules tendaient son T-shirt noir et lorsqu'il a attrapé une bouteille, les tatouages ont semblé prendre vie sur son bras. J'ai senti une bouffée de chaleur me brûler les joues : l'étonnement que j'avais ressenti en entrant s'était estompé et je songeais soudain que j'étais chez lui. Avec lui. Toute seule. Cette idée était un peu terrifiante. Et excitante, aussi, il fallait bien l'avouer.

Il a pivoté pour regagner la cuisine, une bouteille à la main et j'ai détourné le regard, gênée à l'idée qu'il m'ait surprise en train de le reluquer comme une adolescente. S'il a deviné que je venais de passer les dernières secondes à contempler son dos avec fascination, il n'en a rien montré.

— Château Belles Filles, 2014. Il est bon.

Je me suis contentée d'opiner en silence. Toute la scène avait quelque chose de surréaliste. J'étais dans la cuisine du mec le plus sexy et le plus mystérieux du coin, qui ouvrait une bouteille de vin comme si c'était la chose la plus naturelle du monde. Si Fanny me voyait, elle en tomberait de sa chaise.

Corto a fait glisser un verre rempli du liquide sombre devant moi. Je m'en suis emparée et l'ai levé.

— Aux hommes en kilt ! me suis-je exclamée sans réfléchir.

Corto m'a regardée, l'air étonné, et j'ai posé la main sur ma bouche, confuse.

— Je suis désolée, j'ai l'habitude de trinquer comme ça avec ma meilleure amie.

— Vous voulez dire que c'est votre toast habituel ? Les hommes en kilt ?

Une flamme étrange brillait au fond de ses yeux gris. Etait-il amusé ? Surpris ? Un peu agacé ?

— Non, non. Enfin, si, ai-je bafouillé. Enfin, je veux dire que… On change à chaque fois. On aime bien trinquer à des choses bizarres.

Il s'est approché de moi et je me suis immobilisée, le verre à mi-chemin de la bouche.

Ses prunelles couleur d'acier étaient fermement plantées dans les miennes et sous l'intensité de son regard, je me suis sentie rougir de la tête aux pieds. Mon Dieu, ai-je prié mentalement, que quelque chose, quelqu'un me vienne en aide et me rende l'usage de la parole.

— Je…, ai-je commencé avant de m'interrompre toute seule comme une grande.

Le dieu de la repartie, qui ne s'était déjà pas penché sur mon berceau, s'était à l'évidence mis aux abonnés absents ce soir. Ma vie était décidément une succession de moments embarrassants.

Corto avait apparemment décidé de ne rien faire pour me faciliter la tâche. Il me dévisageait en silence, impassible, mais au fond de ses yeux je croyais voir briller une lueur moqueuse. Je me suis ressaisie. J'en avais assez qu'on se moque de moi et que tout le monde considère que j'étais la nana un peu maladroite mais sympa.

J'ai redressé les épaules et inspiré profondément.

— Bon, et alors, ces figues ? ai-je demandé d'une voix plus assurée que prévu.

Ce n'était pas la repartie du siècle, mais elle a eu l'effet escompté.

— Ah. Oui. Ces figues, a répété lentement Corto en sirotant une gorgée de vin.

Je l'ai imité pour me donner une contenance. Le goût légèrement âpre du bergerac a explosé sur mon palais. Il avait raison, c'était une bonne année.

— Le vin vous plaît ? a demandé Corto comme s'il avait lu dans mes pensées.

— Oui. Il est très bon, ai-je commencé, très… Mais là n'est pas la question, me suis-je reprise. Ne détournez pas la conversation.

J'ai failli ajouter « s'il vous plaît », mais je me suis retenue à temps. J'étais là pour affaires. Je devais être ferme, même si ce n'était pas dans ma nature. Mais je voulais à tout prix participer à ce concours. J'avais besoin de ces cinq mille euros. Vraiment besoin.

— Bon. Est-ce que vous avez des figues, oui ou non ? ai-je demandé sur un ton dont la fermeté a résonné étrangement à mes propres oreilles.

— Oui.

— Et est-ce que vous pouvez m'en vendre trois kilos ?

— Non. Enfin, Je ne sais pas encore, a-t-il répliqué sans me quitter des yeux.

La déception m'a serré le cœur. Ainsi que l'incompréhension. Pourquoi m'avait-il fait venir jusque chez lui si c'était pour ensuite me refuser trois malheureux kilos de figues ?

Il m'a dévisagée encore un instant en silence et son expression s'est modifiée subtilement, comme s'il prenait une décision qu'il avait repoussée jusqu'à présent.

— J'ai quelque chose à vous montrer. Venez.

Il s'est levé et j'ai hésité avant de lui emboîter le pas. J'avais l'impression qu'il jouait au chat et à la souris avec moi, ce qui était à la fois déstabilisant, troublant et excitant. Une partie de moi, la moins téméraire, avait envie de jeter l'éponge et de rentrer me coucher. Tant pis pour les figues. Mais une autre partie, celle qui était pugnace et me poussait à ne jamais renoncer à rien, se disait que je n'avais pas fait ce chemin pour repartir les mains vides. Et après tout, au point où j'en étais, je n'avais pas grand-chose à perdre. Je pouvais donc bien attendre de voir ce qu'il avait en tête. A condition que ce quelque chose n'implique pas de me retrouver trop près de lui.

Corto m'a précédée vers une porte juste à côté de l'entrée. Cette dernière s'ouvrait sur un escalier qui menait au sous-sol et dans lequel il s'est engagé après avoir allumé le plafonnier.

Des images de films d'horreur regardés avec Fanny quand on était adolescentes, blotties sous le plaid de ma mère, me sont revenues en mémoire tout d'un coup. Il se passait toujours des choses affreuses dans les sous-sols dans lesquels les héroïnes semblaient prendre un malin plaisir à descendre alors que tout leur criait de ne pas le faire. J'ai hésité, toujours en haut des marches. L'ampoule qui pendait du plafond n'éclairait que l'escalier et le sous-sol était plongé dans l'obscurité, ce qui n'était pas fait pour me rassurer.

Corto, qui était à mi-chemin de l'escalier, s'est tourné vers moi.

— Ne craignez rien. Je ne suis pas Barbe-Bleue. Je n'ai pas de corps de femmes cachés dans mon cellier. Et puis je suppose que vous avez dit à vos proches où vous alliez.

J'ai acquiescé tout en songeant que ça ne l'empêcherait pas de me découper en morceaux si l'envie l'en prenait avant de faire disparaître mon corps dans de la chaux ou de l'enterrer au pied d'un de ses figuiers. *Bon, ma fille, arrête de te faire des films : maintenant que tu es là, descends.* J'ai obéi à ma petite voix intérieure et rejoint Corto en bas. Il a tendu la main vers un interrupteur et une chaude lumière jaune s'est répandue dans le sous-sol. J'ai laissé mon regard errer : le sous-sol était vaste et vide, à l'exception… d'une étrange machine, assez imposante, qui trônait au fond de la salle, installée sur une grande table. L'agréable éclairage des divers plafonniers faisait briller le cuivre et les tuyaux de la bête.

— Est-ce que c'est… ? ai-je demandé, même si j'avais déjà la réponse.

— Un alambic, a répondu Corto.

Je possédais un alambic miniature acheté d'occasion pour distiller mes huiles essentielles. Celui de Corto était beaucoup plus grand et flambant neuf. Il rutilait dans la lumière chaleureuse. Il avait dû lui coûter une fortune. Les points du dessin se sont reliés dans ma tête.

— C'est donc ça que vous faites avec vos figues.

Il fabriquait de l'alcool dans sa cave. En toute illégalité, évidemment. Ça expliquait pourquoi il ne vendait pas ses figues. Et ça me donnait aussi une bonne idée du rapport qu'il entretenait avec la loi.

— Pourquoi me montrer ça ? Il suffisait de me dire que vous refusiez de me vendre vos figues.

— Parce que je voulais que vous compreniez quelle était la raison de mon refus. Ce n'est pas un caprice de ma part. Et puis je n'ai jamais pensé vous les vendre, ces figues. En revanche, je vais peut-être vous les donner.

Mon cœur a manqué un battement.

— Vous me donneriez des figues ? Mais pourquoi ? ai-je demandé en le dévisageant, perplexe.

— Je ne suis pas encore décidé. Donnez-moi une bonne raison.

Mon cerveau s'est mis à fonctionner à toute allure.

— J'ai vraiment besoin de participer à ce concours.

— Mmm. Pourquoi ? a-t-il demandé, son regard métallique rivé au mien.

Il s'était approché de moi et, comme la première fois dans ma cuisine, je le trouvais trop près. Beaucoup trop près. Il avait posé sa question sur un ton plus bas et sa voix grave a fait naître un frisson le long de mon dos.

— Parce que...

Je répugnais un peu à lui dire que j'avais besoin d'argent. Ma fierté m'en empêchait.

— Dites-moi la vérité, a-t-il ordonné.

Son ton était autoritaire et exigeant et ses yeux ne m'avaient pas lâchée une seconde. Avait-il même cillé ?

— Eh bien, je...

Je me suis interrompue, le souffle un peu court. Corto était tout près de moi, si près que je sentais la chaleur qui irradiait de son corps bronzé. Son regard magnétique me maintenait prisonnière et je me suis soudain rendu compte que je le dévisageais ouvertement. Qu'allait-il penser de moi ?

Il s'est penché pour me murmurer à l'oreille :

— Alors ?

Son souffle a effleuré ma peau et mon cœur s'est mis à tambouriner si fort que j'étais certaine qu'il pouvait l'entendre. Ma peau me picotait étrangement, et j'ai soudain compris que je mourais d'envie qu'il me touche, qu'il m'embrasse.

— Flore, a-t-il chuchoté. Vous aurez vos figues...

J'ai arrêté de respirer. Sa voix envoûtante se frayait un chemin dans mon oreille et se répandait comme une traînée de lave dans tout mon corps.

— Si...

Une chaleur intense s'est répandue dans tous mes membres, chaleur qui a même gagné mes orteils.

— Et seulement si...

Comment un homme pouvait-il me faire autant d'effet juste en me parlant ? Sans me toucher ? Sans même m'effleurer ?

— Vous me dites pourquoi...

J'ai essayé de reprendre le contrôle de ma respiration. Peine perdue.

— Vous voulez...

J'ai fermé les yeux pour tenter d'échapper à son

emprise. Il fallait que je me concentre sur autre chose que sa voix ensorcelante.

— Participer à ce concours...

Voyons voir. A quoi pouvais-je bien penser ? Les factures. La chaudière. La fissure dans le salon. La voix de Corto. Non ! Pas la voix de Corto ! Le parfum de Corto. Non plus !

— Avec autant...

Les impôts. Le boulot. La chaleur de Corto. Rhaaaaa ! Mais c'était pas possible à la fin !

— D'acharnement.

Il s'est enfin tu et j'ai pris une profonde inspiration avant de rouvrir lentement les yeux. Il me dévisageait, une lueur énigmatique dans le regard. Il était si près de moi qu'il n'aurait eu qu'à se pencher un peu pour m'embrasser.

— Vous avez des yeux magnifiques, a-t-il murmuré comme pour lui-même.

Avait-il bien dit ce que je croyais avoir entendu ? C'était impossible. Comment un homme aussi sexy et troublant que Corto pouvait-il trouver que j'avais de beaux yeux ? J'avais certainement été victime d'une hallucination auditive provoquée par les vapeurs d'alcool qui s'élevaient de l'alambic. Il fallait que je parte d'ici au plus vite si je ne voulais pas devenir complètement folle. J'ai toussoté et détourné le regard de ses lèvres bien dessinées.

Ressaisis-toi, ressaisis-toi, pense aux factures.

— Eh bien, je... J'ai besoin d'argent, ai-je avoué en plantant mes yeux dans les siens.

Il a haussé un sourcil et reculé un peu, rompant le sortilège qui me retenait prisonnière de son charme.

— Il y a combien à gagner ? a-t-il demandé sur un ton neutre, comme s'il parlait du temps qu'il faisait.

Etait-ce le même homme qui m'avait embrasée en me murmurant une simple phrase à l'oreille quelques secondes plus tôt ? Il avait l'air soudain froid et distant. Il a croisé les bras sans me quitter des yeux.

— Cinq mille euros, ai-je répondu, un peu déstabilisée.

— Qu'est-ce que vous ferez de cette somme, si vous gagnez ?

La conversation avait soudain pris le tour d'un entretien d'embauche.

— Je changerai la chaudière. (A présent que j'avais commencé, je pouvais tout lui dire.) Et peut-être quelques radiateurs, si j'ai assez d'argent pour ça.

Il a gardé le silence un moment sans me quitter des yeux. J'ai soutenu son regard du mieux possible, le menton levé. Même s'il n'en connaissait pas l'ampleur, il savait maintenant que j'avais des problèmes financiers et ma fierté en avait pris un coup. Autant assumer. Les secondes se sont étirées comme des minutes. J'aurais donné cher pour savoir à quoi il pensait : son regard restait énigmatique. Il a soudain tourné les talons et s'est dirigé vers l'alambic. Je l'ai vu gagner l'une des extrémités de la table sur laquelle reposait la machine et se pencher pour attraper quelque chose. Il en est revenu avec une cagette pleine de figues dans les bras.

— Trois kilos de figues, a-t-il annoncé en arrivant à ma hauteur. De la noire de Caromb. C'est tout ce qui me reste de la récolte de juillet. Ne la gâchez pas. Les arbres donneront encore un peu mais pas avant quinze jours, voire trois semaines.

Je l'ai regardé, interdite. Cet homme était décidément

un mystère. Pourquoi avait-il soudain décidé de me donner ces figues ?

— Merci, ai-je répondu. Merci infiniment. Combien je vous dois ?

— Rien. Ou plutôt si. Je veux un service en échange.

J'ai haussé les sourcils, surprise.

— Un service ? Lequel ?

— Je ne sais pas encore. Quand j'aurai besoin de vous, je vous ferai signe.

Cet homme était plein de surprises.

— Mais...

— Ne vous inquiétez pas, je ne vous demanderai rien d'illégal, ni de répréhensible. Une autre pulvérisation, peut-être.

— Ah. Oui. D'accord. Je...

Je me suis interrompue juste à temps : j'allais encore me mettre à bafouiller.

— Venez, je vous raccompagne, a dit Corto en se dirigeant vers l'escalier, le cageot toujours dans les bras.

Je l'ai suivi sans piper mot. Il m'a ensuite escortée jusqu'à ma voiture. Nous n'avons pas échangé un mot durant les quelques mètres qu'a duré le trajet. Ce n'est qu'une fois que nous fûmes parvenus à l'endroit où je m'étais garée qu'il m'a tendu la cagette de figues, que j'ai rangée dans le coffre du break.

— Bon, ben, merci encore, ai-je dit en ouvrant ma portière.

Il s'est contenté de hocher la tête. J'ai démarré.

Au bout d'une dizaine de mètres, je n'ai pas pu m'empêcher de jeter un regard dans le rétroviseur intérieur : Corto n'avait pas bougé. Sa silhouette a fini par disparaître de mon champ de vision, avalée par la distance et l'obscurité.

Chapitre 12

J'ai passé une très mauvaise nuit.

Je me suis tournée et retournée dans mon lit, incapable de trouver le sommeil, en proie à une agitation incompréhensible. Qu'est-ce qui s'était passé dans le sous-sol de Corto ? Pourquoi avait-il fini par me donner ces trois kilos de figues ? Pourquoi avait-il refusé que je le paye ? Avait-il vraiment dit que j'avais de beaux yeux ? Mais au fond, les réponses à ces questions m'intéressaient moins que ce qui s'était passé avant et que je ne pouvais m'empêcher de revivre en boucle dans mes souvenirs : son corps musclé trop près du mien, son souffle tiède qui embrasait ma peau, sa voix basse et chaude qui me faisait frémir… Sa présence prenait toute la place et envahissait mon esprit tandis que je m'agitais, allongée sur mon lit. Il faisait une chaleur étouffante : à en croire la météo, la canicule avait encore de beaux jours devant elle, et la nuit, la température ne redescendait pas beaucoup. Je n'avais pas besoin de regarder le thermomètre fixé sur le mur devant la cuisine pour savoir qu'il faisait au moins 25 °C. J'avais laissé la fenêtre et les volets ouverts et repoussé le drap, mais pas un souffle d'air n'agitait les arbres du jardin. Malgré mon pyjama minimaliste, je mourais de chaud. J'ai posé les yeux sur Staline, qui dormait, roulé en boule sur l'oreiller à côté du mien.

Comment se faisait-il que malgré leur fourrure les chats ne souffrent pas de la chaleur ? Je n'étais cependant pas certaine que la chaleur et l'agitation soient à mettre uniquement sur le compte de la météo. J'étais une fille du Sud-Ouest, une pure et dure — *born and raised*, comme aurait dit Fanny — et la canicule ne m'avait jamais empêchée de dormir, surtout vu l'état de fatigue qui était le mien. Il était inutile de me voiler la face : le responsable de mon insomnie n'était autre que Corto.

Il fallait absolument que je le chasse de mon esprit. Quand je pensais à lui, à son regard ensorcelant, à sa voix grave, à son corps puissant, je sentais une vague de chaleur se répandre dans mon corps et converger en un point spécifique de mon anatomie dont j'avais fini par oublier l'existence. A vingt-six ans, après six ans d'abstinence sexuelle, je redécouvrais quelque chose qui avait complètement disparu de ma vie : le désir.

Comme beaucoup de femmes de ma génération, j'avais vu *Sex & the City* et j'avais lu quelques romans dans lesquels les femmes utilisaient des *sextoys* et parlaient des joies et des vertus de la masturbation féminine. Mais je n'étais pas particulièrement délurée et je n'avais jamais franchi le pas, soit que je n'aie pas osé, soit que je n'en aie pas éprouvé le besoin. Mon éducation sexuelle laissait beaucoup à désirer : ce que je savais, je l'avais appris plus ou moins sur le tas, avec Gauthier. Mais nous étions tous les deux inexpérimentés : avec lui, le sexe c'était pas mal, mais on était bien loin de l'extase dont parlaient les romans. J'étais certaine que Fanny aurait pu m'apprendre bien des choses, mais je n'avais jamais eu de véritable conversation avec elle sur ce sujet. Elle évoquait librement ses amants et leurs pratiques, mais je ne posais jamais de questions. Je ne savais pas si c'était par pruderie ou par indifférence. Peut-être m'étais-je faite à l'idée plus ou moins inconsciente que pour moi ce genre de chose était terminé. Mais l'irruption de Corto dans ma vie remettait soudain tout ça en question. Je n'étais pas certaine de lui plaire, mais il provoquait en moi quelque chose d'indéniablement nouveau, et de très excitant.

J'ai soupiré et posé les yeux sur les aiguilles phosphorescentes du vieux réveil jaune posé sur ma table de nuit. 1 h 10. A ce rythme-là, je finirais par m'endormir quand il serait temps de me lever. J'ai décidé de me lever. Je ne gagnais rien à me tourner et me retourner comme ça. Autant rentabiliser d'une manière ou d'une autre ce temps passé à gamberger. Je pouvais par exemple commencer à réfléchir sérieusement aux deux pots de confiture que j'allais présenter au concours. Si la recette classique ne présentait guère de difficultés autres que techniques, puisqu'il s'agissait de faire une « simple » confiture de figues, la recette revisitée allait me demander une certaine inventivité. J'avais envie de créer une recette sans fioritures mais suffisamment originale pour séduire le jury.

J'ai quitté mon lit et gagné le palier, pieds nus, sans allumer la lumière et en faisant le moins de bruit possible. Clélia n'était pas là, mais mon père avait peut-être regagné sa chambre juste en face de la mienne. Pas question de le réveiller. J'ai descendu l'escalier dans la pénombre et sur la pointe des pieds en évitant machinalement les marches qui grinçaient : la troisième contre le mur, la septième au milieu, la neuvième sur le côté gauche, près de la rampe… Je connaissais les secrets de cette vieille bâtisse par cœur et j'aurais pu trouver mon chemin dans ses nombreuses pièces les yeux fermés. Une fois parvenue sur le carrelage frais du hall d'entrée, j'ai tourné à gauche et poussé la porte de la cuisine. J'ai remarqué tout de suite que la porte-fenêtre qui donnait sur le jardin était ouverte. Je n'ai pas eu le temps de me demander si c'était moi qui avais oublié de la fermer : la silhouette de mon père se découpait contre le clair de lune, assise sur une chaise près de l'encadrement.

— Papa ? ai-je demandé en m'approchant.

Pas question d'allumer la lumière, qui aurait attiré tous les moustiques des environs.

Il a tourné la tête vers moi. Dans la lueur argentée, je distinguais mal ses traits.

— Ah. Te voilà, a-t-il répondu, comme s'il m'attendait.

J'ai déplacé une chaise à mon tour et me suis installée à côté de lui. J'ai soudain remarqué que Lénine, le deuxième chat de la maisonnée, était étalé sous la chaise de papa. Pour une raison qui m'échappait, avec mon père ce chat se comportait comme un chien. Il avait tendance à le suivre partout et passait de longues heures dans son atelier, roulé en boule dans un coin de l'établi encombré. Pour l'heure, le matou tigré dormait, les pattes tendues et le ventre exposé. Je me suis installée le plus confortablement possible sur le siège au dossier un peu raide et un silence confortable a régné pendant quelques minutes. Malgré le sol carrelé, il ne faisait pas plus frais dans la cuisine que dans ma chambre, mais j'ai senti un certain calme me gagner et ma température corporelle a baissé un peu.

— J'aime la lueur de la lune, a soudain dit mon père, rompant le silence agréable qui s'était installé entre nous. Cette clarté blanche.

J'ai levé le nez vers le ciel sombre. Les étoiles brillaient, se découpant presque violemment sur le velours de la nuit.

— Moi aussi. Les choses prennent un contour différent. Presque mystérieux. La nuit permettait de changer de perspective, de voir le monde autrement.

— J'aimerais bien aller observer les étoiles en Patagonie, a poursuivi papa. Elles y sont plus nombreuses et plus brillantes que n'importe où ailleurs. Il paraît que c'est magnifique.

J'ai tourné le visage vers lui. Je n'avais jamais vraiment compris ce qu'il trafiquait dans son atelier laboratoire, mais je n'aurais jamais imaginé qu'il puisse s'intéresser à l'astronomie.

— C'était un des rêves de ta mère. Elle était fascinée par l'espace, tu sais.

Je me suis un peu raidie sur mon siège. On ne parlait jamais de maman. On n'évoquait même jamais son nom. Depuis sa mort, quinze ans plus tôt, je n'avais jamais mis les pieds au cimetière et n'étais jamais allée sur sa tombe, rongée par une espèce de culpabilité inexplicable vis-à-vis de mon père, comme si le silence qu'il avait toujours pratiqué à son égard était une interdiction à la pleurer ouvertement ou à matérialiser d'une manière ou d'une autre l'existence du gouffre béant que sa mort avait laissé en moi.

— Non, je ne savais pas, ai-je répondu sur un ton aussi neutre que possible.

J'avais très envie qu'il continue à parler d'elle mais je craignais qu'il ne se referme comme une huître si je le pressais de questions.

— Quand elle était enfant, elle avait caressé le rêve d'être astronaute, a continué mon père. Et une fois adulte, elle n'a jamais perdu ce goût pour les étoiles. Elle lisait tous les articles qui lui tombaient sous la main sur la conquête spatiale. Et elle m'a obligé à regarder

L'Etoffe des héros au moins cinq ou six fois. Même si je l'ai toujours soupçonnée d'aimer ce film surtout à cause de la présence d'Ed Harris.

Il a émis un petit bruit qui ressemblait étrangement à un gloussement. Mon père ? Glousser ? Comment était-ce possible ?

— Je pense qu'elle le trouvait séduisant.

Il n'avait pas tenu un aussi long discours depuis une éternité. Des centaines de questions se bousculaient dans ma tête. Ma mère était tombée malade quand j'avais huit ans et ça avait duré tellement longtemps que la maladie avait envahi tous les souvenirs que j'avais d'elle. Je ne savais quasiment rien de la personne qu'elle avait été avant le cancer, avant les chimiothérapies épuisantes, avant les rayons et les cheveux ras, avant de devenir cette ombre qui s'épuisait à faire comme si elle allait bien, comme si tout ça n'était que passager, comme si elle allait guérir et redevenir celle qu'elle était avant. Sauf que je ne savais pas qui elle était, avant. Et les photos que je gardais précieusement dans une boîte sur mon bureau ne me renseignaient guère. Elles me disaient que c'était une femme chic qui avait une prédilection pour les tailleurs-pantalons et les couleurs sobres, qu'elle avait un sourire lumineux et des yeux aussi verts que les miens, mais elles ne me renseignaient pas sur l'essentiel : ce qui la faisait rire, sa couleur préférée, les rêves qu'elle faisait, si elle était plutôt fromage ou dessert, si elle aimait danser, si elle aimait la pluie, si elle avait des manies et des bizarreries... Elles ne pouvaient pas non plus se substituer à ma mémoire défaillante : j'avais oublié la voix de ma mère et son rire. J'avais oublié ses gestes et sa démarche. J'avais oublié tout ce qui faisait son unicité. Ces photos étaient muettes. Et leur silence était aussi douloureux que celui de mon père.

Le silence s'est de nouveau installé entre nous. Des dizaines de questions se pressaient sur mes lèvres, mais je n'étais pas assez courageuse pour oser les poser. J'avais trop peur de faire du chagrin à mon père.

— Tu vas le faire, ce concours ? a-t-il soudain demandé.

Sa question m'a prise de court. Il était présent le jour où j'avais reçu le courrier me confirmant mon inscription, mais il avait semblé si loin, plongé dans les équations qu'il griffonnait sur son carnet, que j'avais cru qu'il n'avait pas écouté ma conversation avec Fanny. Apparemment, je m'étais trompée.

— Oui.

Je n'ai rien ajouté. Je n'avais pas envie de lui expliquer quelles étaient mes motivations. Je ne voulais pas avoir l'air de l'accabler ou de me plaindre.

Il a détourné le visage du ciel étoilé et plongé ses yeux dans les miens. Dans la pâle lueur de la lune, son regard était indéchiffrable.

— Tu devrais mettre des roses dans ta confiture, a-t-il dit soudain. Ta mère adorait les roses. Surtout les 'First Kiss'.

Je n'avais pas la main verte, mais j'étais arrivée à conserver les nombreux rosiers que maman avait plantés lorsque mes parents avaient acheté la fermette. Elle en avait mis partout, tous différents. Et elle avait planté au pied de chacun un petit bâton sur lequel était fixé un écriteau avec le nom de la variété du rosier. Les 'First Kiss' poussaient en arbuste et étaient rose vif, avec des pétales très odorants.

— Je ne savais pas que c'était ses roses préférées.

Il y avait tellement de choses que je ne savais pas sur

elle. Et ces creux, ces manques étaient autant de minuscules aiguilles douloureuses plantées dans mon cœur.

— Celles-là et les 'Love Potion', a expliqué mon père en hochant la tête. Je pense que le nom n'y était pas étranger. Ta mère aimait les roses aux noms évocateurs. Et les histoires d'amour.

Je me rappelais vaguement qu'elle lisait des romances de temps en temps. Mon père s'était débarrassé de ses livres, qui avaient disparu du jour au lendemain quelques semaines après sa mort. Il avait aussi donné ses vêtements. La seule chose qu'il me restait de ma mère, en dehors de la poignée de photos, c'était le plaid en patchwork que je conservais comme un trésor. Quant au rosier 'Love Potion', il poussait contre le mur de la cuisine. Ses fleurs étaient d'un rose satiné. C'était le rosier préféré de Clélia. Quand il était en pleine floraison, elle me demandait souvent de lui en composer un petit bouquet qu'elle mettait dans sa chambre.

— Je pense que ça lui aurait fait plaisir que ses roses préférées se retrouvent dans un pot de confiture, a conclu papa. Elle aurait aimé ça, j'en suis sûr.

J'ai acquiescé en silence. Des roses dans de la confiture de figues, c'était une bonne idée. Papa s'est levé. Comme relié à lui par un fil invisible, Lénine est sorti de son sommeil en sursaut et s'est aussitôt mis sur pied. Papa m'a regardée un instant, un peu embarrassé.

— Bon, ben, bonne nuit, ma fille.

— Bonne nuit, papa.

Il a hoché la tête puis a tourné les talons et traversé la cuisine en traînant les pieds dans ses espadrilles usées, le chat sur les talons. Je me suis soudain rendu compte qu'il n'était pas en pyjama. Combien de temps avait-il passé assis sur cette chaise à contempler les étoiles ? Imaginait-il que maman était à ses côtés ? Lui parlait-il en silence ? J'ai reporté mon attention sur le jardin, qui bruissait de toute une vie nocturne sous la lueur argentée de la lune. L'absence de ma mère était une compagne fidèle et cruelle. Elle m'accompagnait quotidiennement : il n'y avait pas une journée où je ne pensais pas à elle. On aurait pu croire qu'avec le temps la douleur aurait fini par s'estomper mais il n'en était rien. Au contraire. Chaque fois qu'il m'arrivait quelque chose d'important, je regrettais qu'elle ne soit pas à mes côtés pour m'accompagner. Et chaque fois qu'il m'arrivait quelque chose d'insignifiant, je regrettais qu'elle ne soit pas à mes côtés pour partager mon rire ou mon agacement. Mais j'avais fini par m'y faire. Je trimballais son absence comme un sac vide accroché en bandoulière et qui battait contre mon flanc. Mais cette nuit-là, par la grâce des roses et des mots de mon père, le vide qu'elle avait laissé me paraissait soudain moins douloureux. J'ai contemplé le jardin désordonné. Nous n'y avions jamais touché, papa et moi. Je me contentais de passer la tondeuse et de faire en sorte que les rosiers ne meurent pas. Par un coup de bol extraordinaire, ils résistaient à tout depuis quinze ans, comme si de là où elle était, ma mère veillait sur eux. Les silhouettes des arbustes et des arbres se découpaient dans le clair de lune, fantômes familiers et rassurants. Ma mère avait eu un coup de foudre pour cette ferme et ce jardin dans lequel elle avait passé beaucoup de temps jusqu'à sa disparition. Quelques jours avant d'être admise à l'hôpital où elle allait s'éteindre, même si évidemment je ne le savais pas, elle avait demandé à papa de l'installer sur une chaise longue, emmitouflée dans un immense gilet gris et sous son plaid en patchwork et elle avait passé l'après-midi à contempler le jardin. J'étais restée à côté d'elle, plongée dans un livre. Dans mes souvenirs d'enfant — peut-être magnifiés, peut-être faussés, sans aucun doute imparfaits —, maman était sereine. Savait-elle qu'elle allait mourir ? Avait-elle accepté l'inéluctable issue de sa maladie ? Nous avions peu parlé cet après-midi-là. Si c'était à refaire, je lui aurais tenu la main et je lui aurais dit que je l'aimais de toutes mes forces et de tout mon cœur. Mais l'enfant que j'étais ne pouvait pas savoir que la semaine suivante, elle serait orpheline.

Face au jardin plongé dans la pénombre de la nuit étouffante j'ai eu pour une fois l'impression de sentir non plus son absence, mais sa présence.

Je me suis brièvement demandé ce qu'elle penserait de Corto, de ses tatouages et de son regard dur comme l'acier. Si elle était vraiment là, assise sur la chaise à côté de la mienne, que me conseillerait-elle ? D'arrêter de me faire des films ou au contraire de profiter pleinement de ces sensations nouvelles et délicieuses que cet homme faisait naître au creux de mon ventre ?

J'ai souri. Je mettrais des pétales de rose dans ma recette de confiture de figues revisitée. Et des souvenirs. Même parcellaires, même fragmentaires. Cette confiture serait pour elle.

Lorsque je suis retournée me coucher une heure plus tard, je me sentais apaisée.

Liste #4

Les odeurs que je préfère

✓ ***la terre mouillée par une averse un soir d'été***

✓ *les croissants en train de cuire le matin quand le village est absolument silencieux*

✓ *le cuir*

✓ *le pelage de Long John Silver quand il a dormi au soleil une bonne partie de l'après-midi*

✓ *les parfums poudrés*

✓ *les cheveux de ma fille*

✓ *les nouveau-nés*

✓ *le savon de Marseille*

✓ *l'herbe fraîchement tondue*

✓ *les livres, neufs ou vieux*

Chapitre 13

Autant dire qu'après la courte nuit que j'avais passée, je n'étais pas vraiment très fraîche le dimanche matin. La chaudière avait décidé de se livrer à un énième arrêt cardiaque dans la nuit et malgré de multiples tentatives de réanimation, je n'ai pas réussi à la rallumer. J'ai eu la flemme de faire chauffer de l'eau dans une marmite, aussi me suis-je douchée à l'eau froide. Malgré la température extérieure, j'ai trouvé comme d'habitude l'expérience désagréable, mais il faisait tellement chaud que le temps que je trouve un short propre et un débardeur blanc, j'étais déjà sèche. Je suis ensuite descendue dans la cuisine et j'ai profité de l'absence de Clélia pour zapper la case petit déjeuner. En règle générale, le dimanche matin, je faisais des pancakes, histoire de compenser l'overdose de viennoiseries de la semaine : lorsque le dimanche matin arrivait, j'étais ravie de faire cuire autre chose que de la pâte à croissants. Comme Clélia était chez Gina, je me suis contentée d'une tasse de café, que j'ai sirotée adossée à l'encadrement de la porte-fenêtre en contemplant le jardin qui s'étirait paresseusement sous le soleil levant.

J'ai humé l'air. J'aurais pu être privée de la vue que j'aurais su, grâce à l'odeur et à la qualité de l'air, en quelle saison, voire en quel mois nous étions. J'adorais ces instants de silence et de paix que je dérobais en secret à ma vie bien remplie. Staline a pénétré dans la cuisine de son pas lent et hiératique et s'est frotté contre mes mollets en miaulant, réclamant sa pitance. Je me suis penchée pour lui grattouiller le sommet du crâne, puis j'ai fini mon café. Il était temps de m'en tenir à mon planning si je voulais faire tout ce que j'avais prévu. Une longue journée m'attendait.

Je me suis emparée du carnet sur lequel je tenais scrupuleusement le compte de l'état de mes réserves afin de vérifier ce que je devais cueillir de manière urgente. Du millepertuis, surtout, qui poussait dans un champ laissé en jachère non loin de chez moi. Pour la lavande, j'en avais planté au fond de mon jardin — elle attirait les abeilles, c'est pour ça que je l'avais éloignée de la maison — et je n'avais donc pas à aller bien loin. Quant au rhododendron, il fallait que je m'adresse à Francis, qui habitait à deux kilomètres, tout au bout du chemin de terre qui serpentait à travers champs. Une belle balade.

J'ai troqué mes sempiternelles tongs contre une paire de baskets, enfilé un chapeau en paille un peu défraîchi, pris le panier plat compartimenté qui me servait toujours pour mes cueillettes et suis sortie par la porte en bois du fond du jardin qui donnait sur un chemin étroit et un peu caillouteux qui était encore à l'ombre, ce qui le rendait agréable malgré la chaleur. De toute façon, j'avais arrêté de regarder la météo : la canicule prendrait fin quand bon lui semblerait, inutile de me fatiguer à attendre la pluie.

J'ai emprunté le sentier en inspirant profondément. La campagne s'éveillait sous le soleil : sur ma gauche, légèrement en contrebas, un vaste champ en jachère dans lequel poussaient des herbes folles en désordre et le millepertuis, que je cueillerais en rentrant. Sur ma droite, une succession de maisons et de jardins plus ou moins bien entretenus. Je connaissais tous mes voisins et leurs habitudes. Chaque portail évoquait quelque chose : Kristin et John, les Anglais qui avaient pris leur retraite dans notre village et qui recevaient beaucoup, les Gérard, qui consacraient un temps fou à leur jardin, qui était si beau qu'il aurait pu sans problème figurer dans un magazine, la maison vide des Jarnac, partis finir leurs jours dans une maison de retraite à Agen et que leurs enfants ne pouvaient se résoudre à vendre même s'ils n'y venaient qu'une semaine en été, et ainsi de suite. Remonter le chemin, c'était comme parcourir des fragments de vie qui croisaient la mienne.

J'avais décidé de commencer par me rendre chez Francis, dont la vaste demeure se dressait tout au bout du chemin. Il était apiculteur et me laissait cueillir des fleurs de rhododendron quand j'en avais besoin. Il faisait un miel délicieux dont mon père raffolait, et j'avais créé pour lui une recette de confiture de fraises au miel et au gingembre qui avait rencontré un certain succès. Je me suis mise en marche d'un bon pas : le paysage environnant m'emplissait toujours d'une énergie revigorante. J'ai franchi les deux kilomètres qui me séparaient des fleurs de Francis assez rapidement, tout en chantonnant un vieil air de Michel Berger où il était question d'un pianiste et de sa groupie. Son portail était ouvert, comme d'habitude. Je ne voulais pas le déranger un dimanche matin et je savais qu'il ne m'en voudrait pas si je cueillais quelques fleurs sans lui en parler avant. J'ai fait ma cueillette et rebroussé chemin. J'avais fait quelques centaines de mètres lorsque je me suis rendu compte que des mûres avaient poussé dans le roncier qui avait envahi le talus à ma gauche. Je me suis arrêtée. Les mûres étaient nombreuses et d'une belle couleur sombre. Elles feraient une délicieuse gelée. J'ai posé mon panier et commencé à cueillir les baies rouge foncé. J'ai rapidement ramassé toutes celles qui étaient à ma portée et je me suis retrouvée à devoir lever le bras et m'étirer de plus en plus pour attraper celles qui étaient en hauteur. Pour rendre ma tâche encore plus difficile, certaines étaient cachées dans les ronces. J'aurais pu abandonner mais je trouvais ma cueillette trop peu abondante et tous les fruits que je ne cueillais pas allaient finir dans le bec des oiseaux. Non pas que j'aie quoi que ce soit contre eux mais je pensais que ces mûres auraient été mieux dans ma bassine à confiture avec un peu de citron et quelques groseilles.

Je me suis mise sur la pointe des pieds et étirée de mon mieux. *Encore un effort, ma fille, allez, tu n'es pas loin.* Mais en fait, si, j'étais encore un peu loin, la faute au mètre soixante dont m'avait doté Mère Nature. Pourquoi est-ce que je ne mesurais pas dix centimètres de plus, comme la plupart des femmes de ma génération ? Je me suis approchée le plus près possible du talus en prenant garde de ne pas mettre le pied dans l'espèce de trou qui s'était creusé à son pied. J'ai tendu le bras le plus haut possible, je me suis étirée sur la pointe des pieds, j'y étais presque, ce n'étaient pas quelques mûres qui allaient me tenir en échec, j'allais les avoir, elles finiraient dans ma marmite, je...

— Flore ? Vous avez besoin d'aide ?

Surprise, j'ai sursauté en entendant cette voix masculine familière. Ce faisant, j'ai dérapé et me suis étalée bien à plat dans le buisson de ronces. Les milliers de petites épines ont piqué ma peau partout où elle était découverte, ce qui, vu que je portais mon habituel combo short-T-shirt, représentait environ 70 % de mon corps.

— Aïe !

J'ai commencé à me débattre pour me redresser, mais le talus était trop incliné et mes mains, prises dans les épines, ne m'étaient pas d'une grande utilité : plus je poussais dessus, plus je sentais les épines me rentrer dans la chair.

— Restez tranquille ! Ne bougez pas ! a ordonné Corto.

Car bien sûr, c'était lui. Qui d'autre pouvait me surprendre au point de me faire basculer tête la première dans un roncier ? A croire que cet homme était entré dans ma vie pour me faire subir une succession de moments embarrassants et d'humiliations... sauf que, bien sûr, il n'y était objectivement pour rien. Il ne m'avait pas poussée dans le buisson épineux. J'y étais tombée toute seule comme une grande.

Je n'ai pas répondu. Comment espérait-il que je puisse rester tranquille alors que j'avais l'impression d'être transpercée par des milliers d'épingles ? Facile à dire. J'ai continué à m'agiter, mais une main ferme s'est posée sur mon épaule.

— Stop, a-t-il dit, et j'ai compris en entendant sa voix tout près de mon oreille qu'il s'était penché sur moi.

J'ai arrêté de gigoter comme un ver au bout de son hameçon et j'ai retenu mon souffle. Comme j'étais tombée à plat, j'avais la moitié du visage enfouie dans les mûres : le visage de Corto est soudain apparu dans mon champ de vision, beaucoup trop près pour mon bien.

— Je vais vous tirer de là.

Il a de nouveau disparu et quelques secondes plus tard, il a posé les mains sur ma taille et m'a soulevée comme si je ne pesais guère plus lourd qu'un fétu de paille. Je me suis laissé faire. Le problème, c'est que, libérés du chapeau de paille qui était tombé dans ma chute, mes cheveux frisés s'étaient pris dans les épines et refusaient de les lâcher.

— Aïe ! ai-je dit en sentant les mèches prisonnières tirer sur la peau de mon crâne.

— Ne bougez pas, a répété la voix grave de Corto.

J'ai senti ses mains s'agiter autour de ma tête. Quelques secondes plus tard, j'étais libérée et remise sur pied par des bras musclés.

— Ça va ?

Si on mettait de côté mon orgueil amoché et les brûlures causées par les ronces, j'étais en pleine forme.

J'ai baissé les yeux sur mes bras et mes jambes : j'étais couverte de griffures, qui pour certaines laissaient perler un peu de sang. Mon T-shirt était maculé de terre et j'étais certaine qu'un examen plus approfondi révélerait des petits trous causés par les épines. Une pensée aussi soudaine qu'affreuse a surgi dans mon esprit : à quoi devait ressembler ma tête, entre les griffures que je devinais sur ma joue et les cheveux échevelés ?

J'ai porté la main à ma joue gauche, qui me cuisait un peu.

— Je n'y toucherais pas si j'étais vous, a dit Corto. Il faut désinfecter tout ça.

J'ai levé les yeux vers lui. Il me dominait de toute sa taille et, à côté de ses épaules larges, je me sentais encore plus petite et plus menue que d'habitude. Il contemplait mon visage, sourcils froncés.

— C'est si affreux que ça ? ai-je demandé en posant la main sur la joue qui me picotait.

— Je vous ai dit de ne pas y toucher, a-t-il rétorqué

en m'attrapant le poignet et en écartant la main de mon visage.

Son geste m'a prise de court. Il avait réagi avec une rapidité inattendue et sa poigne ferme maintenait ma main à quelques centimètres de mon visage. La sienne était chaude et le contact de son épiderme sur ma peau a fait naître un délicieux frisson au creux de mes reins.

J'ai senti mon souffle s'accélérer malgré moi. J'aurais voulu détourner les yeux, mais, comme la première fois dans la cuisine, j'en étais incapable. C'est lui qui a rompu le lien invisible qui nous reliait en baissant les paupières à demi : ses prunelles grises n'étaient plus plongées dans les miennes mais elles regardaient ma bouche. A quoi pensait-il ? Ce n'était déjà pas un homme facile à déchiffrer en temps normal, mais si je ne voyais plus ses yeux, j'en étais réduite à faire des suppositions. Avait-il envie de m'emb...

Il s'est penché davantage vers moi et cette pensée est restée à jamais informulée dans mon esprit. Ses lèvres se sont posées sur les miennes et j'ai arrêté de respirer. J'ai fermé les yeux, sidérée. Ce n'était pas possible. Comment cet homme, ce Mister Sexy, pouvait-il avoir eu envie de m'embrasser, là, sur ce sentier caillouteux, alors qu'il venait juste de me sauver d'un buisson de ronces et d'une situation pour le moins humiliante ? Je n'ai pas réussi à réfléchir davantage à l'absurdité de la situation. Sa main n'avait pas quitté mon poignet et il a ramené mon bras vers l'arrière, le coinçant au bas de mon dos. Il a placé en même temps son autre main sur ma nuque et m'a attirée à lui. Toute pensée cohérente m'a définitivement désertée. Pressée contre son corps musclé et dur, ses lèvres sur les miennes, j'ai tout oublié, le chemin, les griffures du roncier, ma tête à faire peur, mes problèmes divers, j'ai oublié jusqu'à mon nom. Je pense même que la terre s'est arrêtée de tourner sous la pression de sa bouche ferme. J'avais oublié à quel point un baiser était un effleurement délicieux, une requête excitante. Je me suis coulée plus près de lui et c'est moi qui ai entrouvert la bouche. Il a glissé lentement la langue contre la mienne et nos souffles se sont mêlés dans un ballet vieux comme le monde et pourtant tout nouveau. Il n'avait toujours pas ôté sa main de mon poignet gauche et je me suis cramponnée à son T-shirt de ma main libre. Ses bras m'étreignaient avec une douceur mêlée de fermeté, comme si j'étais une petite chose fragile et importante. Son baiser était tendre et passionné et je me suis sentie fondre sous l'intensité de l'instant.

On a rompu le baiser en même temps, à court d'oxygène. J'ai rouvert les yeux et découvert qu'il me dévisageait, l'air plus énigmatique que jamais.

— J'espère que vous n'envisagez plus de toucher à votre visage.

Ses paroles m'ont fait l'effet d'une douche froide. M'avait-il embrassée uniquement pour faire diversion et m'empêcher de porter la main aux nombreuses griffures que je devinais sur ma joue ? Je me suis soudain rendu compte qu'il n'avait pas complètement relâché son étreinte. Ses doigts étaient restés glissés sous mes cheveux. Il m'a de nouveau attirée à lui, mais cette fois-ci, il a enfoui mon visage contre son torse et a posé le menton sur ma tête. Puis il m'a relâchée presque immédiatement. Cette curieuse étreinte a été si brève que j'ai cru un instant l'avoir rêvée.

— Je vous laisse rentrer vous nettoyer.

Sans un mot de plus, il a tourné les talons et s'est éloigné en petites foulées dans la direction du champ en jachère. Etait-ce de là qu'il venait quand il m'avait surprise en train de cueillir des mûres ? Pourquoi courait-il dans ce coin ? Certes, le village était petit et tous les chemins menaient chez moi, puisque ma maison occupait une place relativement centrale, mais comment se faisait-il que je ne l'avais jamais vu avant ? Je l'ai suivi des yeux : il portait un pantalon de jogging large qui ressemblait davantage à un pantalon de yoga et un T-shirt moulant. Il courait avec l'aisance de celui pour qui c'est une habitude. En même temps, pour avoir un corps pareil, il devait faire du sport. Beaucoup de sport. Et certainement pas que de la course à pied.

Il a rapidement disparu dans les arbres qui bordaient le champ. J'ai porté la main à mes lèvres, qui portaient encore la trace de son baiser. Mon cœur battait à tout rompre et mon émotion était teintée de stupéfaction.

Que venait-il de se passer exactement ?

Chapitre 14

— Il t'a quoi ? a répété Fanny, les yeux écarquillés.

Elle a reposé la tasse de café qu'elle s'apprêtait à porter à ses lèvres. Face à elle, je devais présenter l'image de la plus parfaite agitation : j'étais échevelée, les vêtements maculés de terre et je n'avais pas pris le temps de désinfecter les diverses griffures causées par les ronces. Après le départ de Corto, j'étais rentrée chez moi dans un état d'excitation extrême. J'en avais même oublié le panier plein de mûres et de rhododendrons et, après avoir parcouru une bonne centaine de mètres, j'avais dû revenir sur mes pas pour le chercher. Une fois rentrée chez moi, je m'étais précipitée sur le vieux téléphone mural pour demander à Fanny si je pouvais passer chez elle : il fallait absolument que je débriefe avec quelqu'un. Cinq minutes plus tard, je sonnais à la porte de son petit appartement. Elle m'avait ouvert en pyjama, une tasse de café fumant à la main.

— Embrassée, ai-je répété en faisant les cent pas dans sa minuscule cuisine. Em-bra-ssée. Tu te rends compte ? Moi ? Mais pourquoi ? Qu'est-ce que j'ai bien pu faire ?

— Tu présentes ça comme si c'était une punition, a constaté Fanny en se dirigeant vers le placard qui contenait sa vaisselle. Tu vas commencer par t'asseoir et te calmer.

J'ai regardé autour de moi comme si je découvrais la pièce pour la première fois.

— Là, a-t-elle ordonné en désignant le canapé.

Sa petite cuisine américaine s'ouvrait sur une pièce à vivre spacieuse et lumineuse dans laquelle trônait un joli radassier provençal chiné chez un antiquaire. Cette banquette méridionale en vannerie pour le moins originale était le point d'orgue de sa décoration : Fanny avait un goût prononcé pour les meubles anciens et son appartement ressemblait à une bonbonnière. Moi qui vivais dans une maison meublée de bric et de broc, j'avais toujours un choc en pénétrant chez Fanny, où le moindre détail de décoration était soigneusement pesé et pensé.

Je me suis installée sur la banquette sans piper mot pour me relever aussitôt et faire les cent pas dans le salon. Fanny m'a suivie des yeux sans commenter. Elle a sorti une tasse du placard avant de se raviser.

— Ne va pas croire que le sens de l'hospitalité me fasse soudain défaut mais je pense que vu ton état, te donner de la caféine n'est pas l'idée du siècle.

Elle a rangé la tasse et l'a remplacée par un verre qu'elle a rempli d'eau au robinet de l'évier.

— Bon, a-t-elle dit en me le tendant. On va tout reprendre depuis le début. J'allais dire « calmement » mais je pense que ce n'est pas une option pour l'instant. Donc, tu vas tout m'expliquer avec fébrilité.

J'étais trop énervée pour sourire ou même relever l'ironie. Je me suis emparée du verre et l'ai porté à mes lèvres avant de m'interrompre.

— J'étais en train de cueillir des mûres enfin d'essayer plutôt il a surgi de nulle part comme un diable sort de sa boîte j'ai eu peur je me suis étalée dans les ronces il m'a ramassée je...

— Stop ! Respire. Bois un peu.

J'ai obéi. Inspiré profondément. Porté le verre à mes lèvres sans boire.

— Je ne sais pas comment t'expliquer, ai-je bredouillé, je ne sais pas ce qui m'arrive.

— Un beau mec dans ta vie, voilà ce qui t'arrive. Enfin ! Ça fait des années que j'attends ça, Flo, que quelqu'un fasse enfin irruption dans ta vie trop remplie.

— Je...

Je me suis laissée tomber sur les coussins qui ornaient l'assise du radassier, j'ai posé le verre sur la table basse et j'ai enfoui la tête dans les mains. J'ai grimacé en touchant ma joue gauche : avec tout ça, j'en avais oublié les dégâts causés par les ronces.

— Je vais chercher de quoi te désinfecter, a annoncé Fanny. Ça te laisse le temps de rassembler tes esprits.

J'ai expiré lentement. La situation a repris des contours nets : pourquoi me mettais-je dans tous mes états pour un simple baiser ? On était au XXIe siècle. Ce n'était pas le premier homme qui m'embrassait. Bon, d'accord, ce n'était que le deuxième, à moins qu'on compte Paul, le camarade de CM1 qui m'avait fait un smack dans les toilettes de l'école et Gabriel, qui m'avait roulé une pelle — non, deux — pendant le voyage scolaire en Espagne quand j'étais en troisième. Fanny avait peut-être raison : je me mettais dans tous mes états parce que c'était un bouleversement de taille dans ma vie. Depuis six ans, pas un homme ne m'avait approchée. Les avances de Benoît étaient restées discrètes et nul ne m'avait embrassée, caressée, touchée autrement que pour me faire la bise. Je finissais par comprendre que malgré tous mes beaux discours, je m'étais résignée à cet état de fait et que j'avais inconsciemment intégré l'idée que plus aucun homme ne ferait partie de ma vie. Je me disais que la présence de Clélia et de mon père les mettait à distance, ce qui n'était peut-être pas totalement faux, mais pas totalement vrai non plus. J'avais bâti sans m'en rendre compte un rempart autour de moi que personne n'osait franchir. Ou que personne n'avait envie de franchir. Quoi qu'il en soit, ce n'était peut-être pas pour rien que j'étais seule depuis six ans. Je travaillais tout le temps et je ne franchissais que rarement les limites du village. Et j'avais soigneusement tenu à distance le seul homme qui s'était intéressé à moi. Deux questions se posaient donc : pourquoi Corto m'avait-il embrassée ? Et, surtout, pourquoi l'avais-je laissé faire ?

J'ai été interrompue dans le cours de mes pensées par le retour de Fanny.

— Ça va mieux ? a-t-elle demandé en prenant place sur le coussin chamarré à côté de moi.

J'ai acquiescé en silence.

— Et donc, du coup, tu as perdu ta langue ? Soit tu parles tellement vite que je ne comprends pas un mot, soit tu ne parles plus, c'est ça ? Ça ne va pas être simple.

Elle a souri en déposant du désinfectant sur un coton puis a commencé à tamponner délicatement ma joue gauche.

— Tu ne t'es pas ratée, dis donc. Tu es tombée dans les ronces, c'est ça ?

— Oui.

Ah ben voilà, j'avais retrouvé l'usage de ma voix.

— J'essayais de cueillir des mûres quand Corto est arrivé.

Une phrase complète, ponctuée et cohérente. Je faisais des progrès.

— Sa présence m'a surprise et du coup, je me suis étalée dans les ronces.

Une deuxième. Ouf.

— Il m'a aidée à me relever et… aïe !

Fanny en avait fini avec mon visage et elle était passée à mon bras, sur lequel s'étalait une longue estafilade de sang séché.

— Désolée, a-t-elle répondu en tamponnant la blessure. Celle-là est plus profonde. Tu es bien vaccinée contre le tétanos ?

— Le tétanos ne s'attrape pas comme ça. Et, oui, je suis bien vaccinée.

Elle avait une tendance à l'hypocondrie que je ne voulais pas alimenter.

— Et donc ? a-t-elle repris. Il t'a aidée à te relever, et ?

— Et il m'a embrassée.

J'ai poussé un petit soupir, ravie d'avoir réussi à lui raconter ce qui s'était passé. Vu la façon dont j'avais démarré, ce n'était pas gagné.

— Vu la crise d'hystérie qui a suivi, ça devait être un sacré baiser, a-t-elle dit tout en me tamponnant la cuisse droite.

J'ai baissé les yeux sur mes jambes pâles, couvertes de griffures et d'estafilades. Délicieux.

— Oui, me suis-je contentée de répondre. C'était un sacré baiser.

Elle m'a jeté un coup d'œil mais n'a rien ajouté. Je lui en ai su gré. Je n'avais aucune envie de détailler, de décrire ou d'analyser quoi que ce soit. Je voulais garder ce souvenir pour moi toute seule.

— Ce que je ne comprends pas, en revanche, c'est le pourquoi de ce baiser.

— Il faut un pourquoi ? a rétorqué Fanny en rebouchant la bouteille d'antiseptique.

Je l'ai dévisagée comme s'il venait de lui pousser un troisième œil.

— Evidemment ! On n'embrasse pas une inconnue comme ça, pour le plaisir !

— Alors, un, tu n'es pas une inconnue, et deux, bien sûr que si, le but du baiser est bien le plaisir.

— Tu joues sur les mots. Tu as très bien compris ce que je voulais dire. De toute façon, je ne comprends pas cet homme. Déjà, hier soir, le coup des figues...

— Avec tout ça, j'ai oublié hier soir ! s'est-elle exclamée en se frappant le front du plat de la main. Qu'est-ce qui s'est passé, alors ? Je veux tout savoir sans avoir besoin de t'arracher les mots de la bouche comme si j'étais dentiste.

— Pas grand-chose, ai-je répondu en haussant les épaules. Il m'a expliqué pourquoi il ne vendait pas ses figues. Je te le dis mais je compte sur toi pour garder le secret.

— Croix de bois, croix de fer, a répondu Fanny en se traçant une croix sur le cœur.

Elle avait été scoute et en avait gardé des séquelles.

— Il en fait de la liqueur. Il possède un alambic dernier cri, un truc qui doit valoir une fortune.

— Un alambic dernier cri juste pour faire de la liqueur de figue ? s'est étonnée Fanny. Il doit distiller autre chose.

— Possible. J'avoue que je ne lui ai pas posé de questions. En revanche, lui m'a demandé pourquoi je voulais à tout prix participer au concours. Je lui ai expliqué que j'avais besoin d'argent et il m'a donné trois kilos de figues. D'ailleurs, il faut que je commence mes essais de confiture aujourd'hui.

— Comment ça, donné ? Donné, genre, donné ? Il ne t'a pas fait payer ?

— Non. Il...

Je me suis interrompue. A la lueur du jour et après ce qui s'était passé sur le sentier caillouteux, sa requête prenait un tout autre sens.

— Il quoi ? Crache le morceau, ma chérie, a ordonné Fanny.

— Il m'a dit qu'il me demanderait un service en échange.

— Tu déconnes ? Cet homme est décidément plein de surprises ! J'aime bien tout ça. Mais je me demande quel genre de service il va te demander. Voyons voir. Ça pourrait être...

— Stop ! ai-je dit en levant la main. Je ne veux pas t'entendre encore supputer sur des trucs sexuels.

— Pffff. T'es pas marrante. Bon, puisque tu ne veux pas parler de ce qui est intéressant, dis-moi comment c'est chez lui. Qu'est-ce qu'il a fait de la ruine des Barzac ?

— Il a tout retapé. C'est splendide.

— Mmm. Il a un alambic flambant neuf et il a refait la ferme. Il est riche. CQFD ! a affirmé Fanny en levant l'index.

— Ah. Peut-être.

J'étais beaucoup plus préoccupée par le souvenir de ses lèvres fermes sur les miennes que par la présence d'un alambic dans son sous-sol ou par l'état de son compte en banque.

— Récapitulons, a repris Fanny sur un ton docte qui devait ressembler à celui qu'elle utilisait pour expliquer quelque chose à ses élèves. (Elle a commencé à compter sur ses doigts tout en parlant.) Il est arrivé il y a presque un an. Personne ne sait d'où il vient. Il n'a pas d'accent. Il est riche.

Elle a froncé les sourcils, la main levée, le regard dans le vague, en proie à une intense réflexion.

— Il a un secret, c'est sûr, a-t-elle fini par dire, comme si c'était la conclusion logique du raisonnement qui s'était déroulé en silence dans son esprit.

— Ah bon ? Tu crois ? (Pour moi c'était tout sauf logique.) Il n'a peut-être juste pas envie de raconter sa vie à tout le monde, c'est tout.

— Non, je le sens, a répondu Fanny en tapotant l'aile de son nez du bout de son index.

— Tu te prends pour Mme Irma, maintenant ? Si tu es si forte, alors tu peux répondre à ma question initiale : pourquoi est-ce qu'il m'a embrassée ?

— Ça, ma chérie, c'est facile. Entre les figues d'hier soir et les mûres de ce matin, je peux affirmer sans crainte de me tromper que tu lui plais. C'est aussi simple que ça. Et ça corrobore ce que je pensais déjà.

J'ai ouvert la bouche pour rétorquer mais l'ai refermée aussitôt.

— Inutile de faire le poisson rouge. Tu lui plais, point. Et avant que tu fasses une remarque débile du genre « mais pourquoi moi ? je suis tellement banale, gna gna gna », je te répondrai que tu n'es absolument pas banale et que tu es jolie comme un cœur avec tes boucles rousses, tes yeux verts et ta taille de poupée. Si j'étais un mec, je te croquerais toute crue.

J'ai de nouveau ouvert la bouche sans qu'aucun son n'en sorte.

— Non, la vraie question qui se pose, a-t-elle poursuivi sans prêter attention à ma pantomime de carpe, c'est ce qu'il va faire ensuite.

— Comment ça ?

— Quel va être son prochain *move* ? Est-ce qu'il va te téléphoner, t'inviter à dîner ou surgir dans ta cuisine aux petites heures de la nuit comme Batman ?

— Je ne savais pas que Batman passait du temps dans les cuisines des confiturières. Je n'ai aucune idée de ce qu'il va faire ensuite, mais pour tout te dire, j'espère que ça va s'arrêter là, parce que c'est déjà beaucoup d'émotion pour un simple baiser.

— Quelle menteuse tu fais ! Tu espères qu'il va débarquer sur son destrier pour t'enlever, oui, avoue.

— N'importe quoi ! Je…

J'ai été interrompue par la sonnerie de mon téléphone portable m'annonçant que j'avais un texto. Je l'ai sorti de la poche arrière de mon short en jean et baissé les yeux sur l'écran. Une enveloppe clignotait sous le numéro de téléphone de… Corto.

— C'est lui ? a demandé Fanny en se penchant sur mon vieux Nokia.

— Oui.

Une soudaine bouffée de chaleur m'était montée aux joues, qui me cuisaient.

— Lis-le au lieu de regarder l'écran comme s'il allait t'agresser.

— Je ne sais pas. Et s'il m'écrivait pour me dire qu'il regrettait de m'avoir embrassée ?

Fanny m'a regardée comme si je m'étais mise à parler en moldave.

— On voit bien que tu n'es plus sur le marché depuis une éternité, ma chérie. Sache qu'aucun homme, je dis bien, aucun, ne prend jamais la peine de t'envoyer un texto pour te dire ce genre de choses. Non, s'il regrette, il ne te contacte plus et basta.

— Ah. Bon.

J'ai pris mon courage à deux mains et appuyé sur l'enveloppe.

Le message a envahi le petit écran.

Vous êtes bien rentrée ? Vous vous êtes soignée ? C.

— Ah, très fort ! a commenté Fanny. Il te pose deux questions, ce qui t'oblige à répondre, ne te parle pas du baiser, ce qui aurait été maladroit, mais te demande des nouvelles de ta santé, ce qui prouve qu'il s'intéresse à toi. Et en plus, il te vouvoie, ce qui est *so* sexy. Je suis presque jalouse, a-t-elle achevé dans un soupir.

— Qu'est-ce que je réponds ?

— La vérité.

J'ai tapé sans réfléchir, histoire de ne pas gamberger ou me raviser.

Oui et oui. Merci de m'avoir ramassée. F.

— Très bien, a dit Fanny, qui lisait par-dessus mon épaule. Tu apprends vite. Tant mieux : quand vous en arriverez à l'échange de sextos, tu n'auras plus besoin de moi ! J'ai beau être pédagogue, il y a des limites à ce que je veux bien t'apprendre.

J'ai éclaté de rire.

— Bon, maintenant que tu es calmée, on se le boit ce café ? a-t-elle proposé. Il faut que je te raconte la soirée d'hier.

— Echelle de la *lose* ? ai-je demandé.

— Un bon 9. Il portait des chaussettes blanches.

— Je ne voudrais pas avoir l'air de jouer les psys de comptoir à mon tour, mais je finis par me demander si tu n'y mets pas de la mauvaise volonté. Des chaussettes blanches, c'est si grave que ça ? ai-je demandé en acceptant la tasse de café fumant qu'elle me tendait.

— Avec des mocassins.

— Ah.

— Et un bermuda en madras.

— Un bermuda en madras ? Ça existe encore ce genre de choses ?

— Faut croire. Ou alors il a surgi d'une faille spatio-temporelle juste pour me laisser payer l'addition.

Je me suis étouffée dans mon café.

— Ah ouais, quand même. Tout ça mérite un 10, non, voire un 11 ?

— Non. Malgré tout ça, il était vraiment beau comme un dieu, ça m'a permis de passer la soirée à le contempler histoire de ne pas l'écouter. Je crois que je vais faire une pause dans les rendez-vous, là. A moins d'écrire un roman sur mes histoires pathétiques, ce qui pourrait peut-être faire rire une ou deux personnes, je dois bien me ranger à ton opinion. Je ne vois plus trop l'intérêt de perdre mon temps. Et puis si ça roule avec Corto, tu auras besoin de quelqu'un pour te garder Clélia le soir.

Je l'ai dévisagée, interdite.

— Comment tu peux passer d'un simple baiser à « tu vas le voir tous les soirs » ? ai-je demandé. C'est toi qui te fais des films.

— Non, ma chérie, c'est toi qui ne t'en fais pas assez. Je te parie un dîner qu'il te fera des avances sérieuses avant la fin de la semaine.

— Comment ça, tu me paries un dîner ? Tu ne cuisines pas.

— Je t'inviterai à déjeuner à La Bastide.

La Bastide était un restaurant gastronomique niché

dans un magnifique domaine avec château, piscine et tout le tralala à une quinzaine de kilomètres de chez nous.

— Tu n'as pas les moyens de m'inviter là. Ça coûte un bras. On pourrait juste payer pour un quart d'entrée et un verre d'eau.

— Exactement, a répliqué Fanny. C'est dire à quel point je suis sûre de gagner.

Je me suis sentie rougir. Parce que j'avais beau m'en défendre, une partie de moi espérait follement que le baiser de Corto n'était que le premier d'une longue série.

Chapitre 15

Clélia a fait irruption dans la cuisine vers 17 heures, Long John Silver et Tom dans son sillage.

— Maman, maman ! Est-ce qu'on peut fabriquer une cabane dans l'arbre du fond du jardin ?

— Bonjour, ma chérie. Bonjour, Tom, ai-je répondu en levant le nez de la bassine dans laquelle je faisais réduire mon deuxième essai de confiture de figues de la journée.

Le premier s'était révélé trop sucré et l'équilibre entre la figue et la rhubarbe ne me satisfaisait pas. J'avais revu les proportions et refait une petite quantité de confiture. Je travaillais avec des quantités minuscules par rapport à d'habitude. Il n'était pas question de gâcher une seule figue.

— Bonjour, Flore, a répondu Tom de ce ton sérieux dont il ne se départait jamais.

— Alors, maman ? a insisté Clélia.

— C'est lequel, l'arbre au fond du jardin ? ai-je demandé sans cesser de remuer l'épais mélange sombre.

— Viens voir, a répondu ma fille en me tirant par l'ourlet de mon T-shirt.

J'ai baissé le feu sous la marmite et l'ai suivie jusqu'à la porte-fenêtre ouverte sur le jardin.

— Celui-là ! a-t-elle dit en désignant du doigt le vieux

platane dont les premières branches s'élevaient à un peu plus d'un mètre cinquante du sol.

Mon père avait jadis fixé une balançoire pour moi sur l'une des branches de cet arbre, balançoire qui avait fini par pourrir et par tomber. Je savais que c'était un arbre robuste, mais la perspective de voir ma fille construire une cabane en hauteur ne m'enchantait guère, d'autant que je ne pourrais pas l'aider. J'espérais bien que l'exploit que j'avais réalisé en grimpant à l'échelle pour secourir mon père ne se reproduirait pas.

— Hum. Et si vous construisiez une cabane sur le sol, plutôt ?

Clélia m'a regardée comme si ma proposition était complètement à côté de la plaque.

— On a déjà une cabane sur le sol chez Tom.

— Ah, oui, c'est vrai.

Comme les enfants étaient tout le temps fourrés l'un chez l'autre, ils avaient tendance à considérer que ce qui était à l'un appartenait à l'autre, et vice versa.

J'avais beau avoir le vertige depuis toujours, je savais que grimper aux arbres était l'un des grands plaisirs de l'enfance. Je ne me voyais pas priver ma fille, qui par ailleurs était une grimpeuse émérite, de cabane, sous prétexte que j'avais la nausée rien que de contempler les frondaisons.

— Bon, d'accord, ai-je capitulé, ce qui m'a valu une salve de cris de joie enfantins. Mais vous la placez sur les branches les plus basses, d'accord ?

Ils ont opiné avec enthousiasme.

— Vous allez la construire avec quoi ?

— Mon père m'a permis d'utiliser du bois stocké dans notre garage, a répondu Tom. Et j'ai cherché des tutos sur Internet. Je sais très exactement comment faire.

J'avais quelques doutes quant à ce qu'un enfant de huit ans pouvait faire en regardant une vidéo sur Internet mais je me suis bien gardée de les formuler à haute voix.

— Et peut-être que Poune pourra nous aider, est intervenue Clélia. Il fait plein d'expériences dans son atelier. Il doit forcément savoir construire une cabane.

S'il y avait à mon avis quelque chose que mon père ne savait pas faire, c'était bien construire quoi que ce soit, mais je n'avais aucune envie de décevoir ma fille ou de critiquer mon père.

— Il faudra le lui demander, me suis-je contentée de répondre, prudente. Il est…

J'ai été interrompue par la sonnerie stridente du téléphone.

— Ah, attendez, je reviens, ai-je dit aux enfants en me dirigeant vers le gros téléphone blanc fixé au mur de la cuisine à côté de la porte qui donnait sur le hall.

— Allô ?

— Salut, a répondu une voix masculine familière.

Gauthier.

— Je viens prendre des nouvelles de Flore, a-t-il poursuivi sans me laisser le temps de le saluer à mon tour.

— Je te la passe. Clélia ! ai-je dit. C'est ton père.

Elle s'est précipitée vers moi et a saisi le vieux combiné, radieuse.

Je suis retournée à ma confiture. J'avais beau m'en défendre, l'attitude distante, voire froide de Gauthier me blessait. Pour une raison qui m'échappait, il semblait de plus en plus agressif à mon égard, comme si les années l'éloignaient du souvenir du couple que nous avions formé. Il était en train de se transformer en étranger.

Tom s'est installé à la table de la cuisine et a sorti une feuille et un stylo de la poche de son bermuda. Il a commencé à griffonner ce qui ressemblait fort à un plan de cabane pendant que Clélia bavardait avec son père.

J'étais en train de noter ce qu'il fallait modifier dans ma recette lorsque ma fille m'a interpellée.

— Maman! papa veut te parler, a-t-elle dit en me tendant le combiné.

Aïe. Ce n'était jamais bon signe. Je préférais encore l'indifférence froide de Gauthier à ses reproches.

J'ai coincé le téléphone sous mon oreille et continué à remuer ma confiture. Même si elle ne me satisfaisait pas pleinement, pas question de ne pas la terminer. Le pot serait pour nous.

— Oui ? ai-je demandé, circonspecte.

— Comment se fait-il que tu n'aies pas dit à Clélia que les vacances à Arcachon étaient annulées ?

Merde. Entre mon nouveau job à la supérette, le concours de confitures et Corto, j'avais complètement zappé.

— Je suis désolée. J'ai...

— Ça ne m'étonne pas de toi, m'a interrompue Gauthier. On ne peut pas compter sur toi. Comme d'habitude.

J'ai dégluti, blessée. Je me démenais pour élever Clélia du mieux possible et Gauthier me faisait sans arrêt des reproches. La partie rationnelle de mon cerveau, coachée par les discussions avec Fanny, savait très bien que Gauthier était dans son tort, qu'il n'était pas très investi et que ses remarques désagréables étaient sans fondement. Mais la partie irrationnelle de mon cerveau, celle qui me murmurait souvent que je n'étais pas une mère à la hauteur, avait peur que Gauthier ait raison. Et en général, le temps que les deux parties se mettent d'accord, Gauthier avait eu le temps de déverser son fiel et je ne savais plus quoi répondre. Mais cette fois-ci, la partie rationnelle était manifestement plus en forme que d'habitude, parce que j'ai senti monter de la colère à son égard. J'en avais ras le bol qu'il me traite comme une gamine incompétente. J'ai ouvert la bouche pour me défendre mais il ne m'a pas laissé le temps d'en placer une.

— Tâche de le lui dire rapidement. Ciao.

Et il a raccroché sans attendre de réponse de ma part.

Je suis restée coite un instant, le combiné dans une main, la spatule dans l'autre.

— Maman ? Ça va ?

La voix de Clélia m'a ramenée à la réalité.

— Oui, ma chérie, ai-je répondu en raccrochant.

— Il voulait te dire quoi, papa ?

Je me suis forcée à sourire et j'ai posé le regard sur son petit visage. Clélia ne me ressemblait pas vraiment. Elle avait hérité la peau mate et les cheveux sombres de son père et elle avait les yeux bleus de son grand-père, yeux qui pour l'heure me dévisageaient avec sérieux.

— Eh bien…, ai-je commencé.

Comment le lui dire ? Comment lui annoncer que les vacances dont elle se faisait une fête depuis des mois étaient annulées sans explication valable ? Car je ne croyais pas un instant que Gauthier ait été contraint de déplacer ses dates de congé à cause de son patron. Il les avait modifiées pour des raisons qui lui étaient propres et dont il ne me ferait jamais part.

Clélia attendait la suite. Long John Silver, qui était allé faire un tour dans le jardin, est entré dans la cuisine et s'est frotté contre elle en jappant.

— Attends, Silver, a-t-elle dit en lui caressant le sommet du crâne. Je parle avec maman.

J'ai pris une profonde inspiration.

— Ton père ne peut pas t'emmener à Arcachon.

J'ai vu la déception se peindre sur son visage.

— Mais pourquoi ? Il avait dit qu'on irait voir papi et mamie et qu'on ferait du bateau !

— Je sais, ma chérie, je sais. Mais il a été obligé par son chef de changer ses dates de vacances. Ce n'est pas sa faute, ai-je ajouté même si tout mon être me criait le contraire. Mais tu pourras peut-être aller passer un week-end chez lui au mois d'août quand même. Et aller à la piscine. Comme ça, tu pourras revoir Jeanne.

Elle a acquiescé en silence mais je voyais bien qu'elle était au bord des larmes. J'ai senti mon cœur se serrer devant son chagrin et ma propre défaillance. Je ne pouvais pas l'emmener en vacances. Je n'avais pas un sou de côté.

Je me suis accroupie pour être à sa hauteur et je l'ai serrée très fort contre ma poitrine. Elle a passé ses petits bras autour de mon cou et s'est blottie contre moi. Long John Silver, qui ne perdait jamais une occasion de quémander une caresse, a faufilé son museau poilu entre nous tout en agitant la queue.

— Je t'aime très fort, ma chérie, ai-je murmuré dans ses boucles sombres.

— Moi aussi, maman. Je t'aime jusqu'à la lune.

— Moi, je t'aime jusqu'à la lune et retour. Et même si tu ne pars pas à Arcachon, on fera des trucs sympas, je te le promets. On ira pique-niquer un dimanche, par exemple, d'accord ?

— D'accord.

Elle a hoché la tête et je lui ai caressé les cheveux.

— C'est pas grave si tu ne pars pas, a dit Tom, qui n'avait apparemment pas perdu une miette de la conversation. Comme ça, on aura plus de temps pour construire notre cabane.

— C'est vrai ! s'est exclamée Clélia.

Un sourire rayonnant a éclairé son visage. Elle était encore trop jeune pour éprouver des déceptions durables. Mais un jour viendrait où elle remettrait en question le comportement et les choix de son père. J'avais comme dans l'idée que lorsque ça arriverait, Gauthier me le ferait payer d'une manière ou d'une autre.

Mais ce temps-là n'était pas encore arrivé. Il fallait profiter des instants de calme que la vie m'offrait, histoire d'être mieux armée pour affronter les tempêtes qui ne manqueraient pas de s'abattre sur moi.

Liste #5

Les petites choses qui me rendent heureuse

✓ ***le soleil qui se lève sur le jardin***

✓ ***chanter en faisant de la pâtisserie***

✓ ***la pluie d'été***

✓ ***le rire de Clélia***

✓ ***le bruit de la fontaine sur la place***

✓ ***décorer le sapin de Noël avec Clélia***

✓ ***cuisiner avec Fanny***

✓ ***avoir le temps de lire***

✓ ***écouter de la musique des années 1980-1990 (comme « Dessins de femme » de Michel Sardou ou « Le Coup de soleil » de Richard Cocciante)***

Chapitre 16

Le lundi matin, le bar-tabac-supérette de Raymond bruissait d'une activité inhabituelle pour la saison. Lorsque j'ai pris mon poste avec seulement huit minutes de retard sur mon horaire habituel, j'ai eu la surprise de découvrir que la partie bar était pleine de monde. Entre ceux qui étaient accoudés au comptoir, ceux qui étaient attablés et ceux qui étaient restés debout faute de place, il y avait une bonne vingtaine de clients.

J'ai reconnu parmi eux la tête d'oiseau de proie du Dr Benassis, la silhouette replète de Mme Hervé, la maire du village/directrice d'école, et quelques agriculteurs. Benoît était là aussi, en uniforme, le képi glissé sous le bras.

— Y a une réunion syndicale ou quoi ? ai-je demandé en pénétrant dans la salle.

Le bruit des conversations était assourdissant.

Benoît a tourné la tête en m'entendant et un sourire franc a éclairé ses traits.

— Ah, tiens, bonjour Flore. On a fini en fait. C'était la dernière réunion concernant le Love & Country Festival.

Ah. J'avais été tellement occupée ces derniers temps que j'en avais oublié le festival de musique country, dont c'était la huitième édition. C'était une création du précédent maire, qui avait rencontré un succès grandissant d'année en année au point de faire désormais partie du folklore local, même si la musique country était à mille lieues de la culture lot-et-garonnaise. Le festival durait trois jours. La mairie installait des stands de nourriture et d'artisanat, arbitrait un concours de danses folkloriques et de chansons, et organisait un grand repas commun le deuxième soir et un bal un peu particulier, où les cavaliers payaient pour inviter une cavalière, le dernier soir. Ce festival attirait de plus en plus de monde, que ce soit des musiciens soucieux de se produire en public ou des amateurs de hot-dogs et de madison. On voyait fleurir les santiags, les stetsons et les gilets à franges dans une atmosphère bon enfant. Ce festival, qui avait toujours lieu fin juillet, était l'apogée de la saison estivale. Il permettait de renflouer les caisses des rares commerces qui restaient et de dynamiser le village.

— On t'a réservé un stand, comme chaque année, a poursuivi Benoît.

— C'est gentil, merci.

J'en profitais pour écouler des confitures et vendre des gâteaux. Cette année, ça allait représenter un surcroît de travail, mais je ne pouvais pas refuser une rentrée d'argent, même si elle était minime. En revanche, j'allais devoir jongler entre la supérette et le stand, ce qui s'annonçait d'ores et déjà acrobatique. Peut-être que Fanny accepterait de tenir le stand de temps en temps. J'avais vraiment l'impression de la mettre à contribution tout le temps et ça me contrariait de lui demander de me rendre service aussi souvent. J'avais l'impression de lui voler ses vacances. Sans compter qu'il allait falloir que quelqu'un s'occupe de Clélia.

— Tu vas arriver à tout faire ? a demandé Benoît comme s'il lisait dans mes pensées.

— Je me débrouillerai.

Benoît m'a dévisagée de plus près, les yeux plissés.

— Qu'est-ce que tu as sur la joue ?

J'ai porté la main à mon visage par réflexe. La veille, Fanny m'avait prêté un tube de BB crème afin que je puisse dissimuler un peu les griffures des ronces. J'en avais mis ce matin — ce qui était pour moi très inhabituel —, mais la crème n'était pas très couvrante. Je savais que j'allais devoir expliquer toute la journée ce qui m'était arrivé la veille.

— Oh ! ce n'est rien du tout. Je suis tombée dans les ronces en cueillant des mûres.

J'avais bien pris soin de mettre un pantalon ce matin. Tant pis pour la chaleur étouffante, mais je n'avais pas envie d'exposer à la vue de tous mes jambes couronnées d'estafilades comme celles d'une enfant maladroite.

Benoît s'est contenté de hocher la tête.

J'étais manifestement arrivée en fin de réunion : les participants ont quitté les lieux un à un, non sans saluer Raymond, qui trônait derrière son comptoir sculpté comme à son habitude et avait un petit mot pour chacun. Certains se sont arrêtés pour me faire la bise et prendre des nouvelles de mon père et de Clélia. Une fois le passage dégagé, j'ai esquissé un mouvement vers la partie supérette.

— Bon, on se voit mercredi, a dit Benoît en me faisant la bise avant de mettre son képi.

— Absolument. Mercredi, 20 h 30.

Benoît s'est dirigé vers la porte, qui s'est ouverte à ce moment-là, poussée par un homme que j'aurais reconnu entre mille et qui était bien le dernier que je m'attendais à voir là…

Corto.

J'ai réprimé un petit cri de surprise. Je ne l'avais jamais vu chez Raymond — ou plutôt Chez Michel. Depuis la veille, j'avais essayé de ne pas trop penser au baiser que nous avions échangé et je n'y avais ma foi pas trop mal réussi. Bon, d'accord, il fallait faire abstraction du fait que c'était la dernière chose à laquelle j'avais songé en m'endormant, la première en me réveillant, que le souvenir de son étreinte musclée m'avait accompagnée sous la douche ce matin — douche froide, comme de bien entendu —, que la douceur de sa barbe avait resurgi de manière tout à fait inopportune alors que je donnais un premier tour à ma pâte à croissants à l'aube et que le souvenir de sa langue contre la mienne avait provoqué un frisson très agréable lorsque j'avais enfourné mes croissants et mes chocolatines. Bon, d'accord, c'était un ratage complet. Mon cerveau semblait incapable de ne pas rejouer en boucle ce qui s'était passé sur le sentier, malgré l'ardeur que j'avais mise à me distraire. J'avais passé la soirée à faire les comptes et le ménage : le réfrigérateur et le piano de cuisine n'avaient jamais été aussi étincelants. Je m'étais même agenouillée pour nettoyer sous les placards, à la grande surprise de mon père, qui m'avait trouvée à quatre pattes, serpillière et brosse en main, en train de frotter le carrelage abîmé de la cuisine. S'il avait éprouvé la moindre surprise, il n'en avait rien dit, se contentant de toussoter, un peu embarrassé, avant de tourner les talons.

Et voilà que l'objet de toutes mes pensées et de tous mes fantasmes — parce que j'avais eu un mal fou à m'endormir, me demandant, à la fois curieuse et un peu craintive, ce que Corto pourrait bien faire de cette bouche ferme et de cette langue habile dans d'autres circonstances — faisait son entrée dans le bar comme si de rien n'était.

En même temps, pourquoi le fait qu'il m'ait embrassée l'empêcherait-il de venir prendre un verre ou acheter une boîte de raviolis ?

Benoît l'a croisé en sortant et Corto lui a tenu la porte. Les deux hommes ont échangé un regard froid et un signe de tête.

J'aurais bien aimé me dissimuler dans un trou de souris, mais hélas, il n'y en avait pas à ma taille chez Raymond. Difficile aussi de faire comme si je ne l'avais pas vu, étant donné que je me trouvais pile-poil dans son champ de vision. J'ai donc inspiré profondément et redressé un peu les épaules, histoire de me donner une contenance.

— Bonjour, Flore, a dit Corto en plongeant son regard dans le mien.

J'avais beau être habituée à présent à l'entendre me saluer de cette manière, en prononçant mon prénom de sa voix grave tout en me regardant bien en face, j'ai quand même senti un frisson parcourir mon échine. C'était fou l'effet qu'il me faisait. D'autant plus que maintenant, quand je posais les yeux sur lui, je me souvenais de la douceur de ses lèvres et de la fermeté de ses mains.

— Bonjour, Corto.

Je pouvais moi aussi jouer à ce petit jeu-là avec lui, après tout. Sauf que ma voix était plus proche du couinement de la souris rougissante que de la femme fatale. Zut.

Je me suis obligée à me détourner et à gagner la partie épicerie. Maintenant que nous nous étions salués, je pouvais reprendre une activité normale en faisant semblant d'ignorer sa présence. J'ai gagné le rayon des conserves, histoire de vérifier que tout était en ordre et que les clients n'avaient pas mélangé les carottes et les haricots verts comme ça arrivait souvent.

— Comment vas-tu, ce matin ?

J'ai sursauté. Alors comme ça, il me tutoyait maintenant ? M'avoir ramassée dans les ronces avait changé notre relation. Bon, OK, c'était peut-être surtout parce qu'il m'avait embrassée. Et je devais bien avouer que dans sa bouche le tutoiement était très sexy.

Je n'ai pas eu le temps de réfléchir plus longtemps à ce que ce changement impliquait. Corto m'avait suivie et se tenait tout près de moi. Il me dominait de toute sa taille et j'ai commencé à sentir la tête me tourner sous l'effet de sa proximité et de son parfum. Il sentait bon, un mélange de gel douche et de parfum, quelque chose de boisé. J'ai reculé un peu mais mon dos a heurté les étagères sur lesquelles s'entassaient les conserves de légumes et de plats préparés. J'étais prise au piège.

— Euh, je vais très bien, merci, ai-je répondu sans le regarder.

J'ai senti le rouge me monter aux joues.

— Tant mieux. J'espérais bien que tu serais remise de... l'incident.

Il a accentué le dernier mot et j'ai senti la rougeur de mes joues gagner le reste de mon corps. Comment voulait-il que je me remette de l'incident, comme il disait, alors que un, personne ne m'avait embrassée depuis six ans ; deux, c'était un sacré baiser, qui avait réveillé en moi un minuscule brasier qui, j'en avais le pressentiment, ne demandait qu'à grandir ; trois, il était là pour me le rappeler ?

J'ai dégluti et levé lentement les yeux vers lui. Ses prunelles grises me fixaient, énigmatiques. Quelque chose avait changé chez lui, ai-je soudain constaté. Il était différent ce matin. J'ai laissé mon regard errer sur son visage, sourcils froncés.

— Que se passe-t-il ? a demandé Corto en constatant ma perplexité.

— Vous… Tu as quelque chose de différent, aujourd'hui.

— Ah oui ? Quoi donc ?

J'ai pris ça pour une permission de l'observer plus attentivement, et je ne m'en suis pas privée. Le front large, les sourcils droits, dont l'un coupé en deux par une cicatrice, les grands yeux gris pâle ourlés de cils très longs, presque féminins, les pommettes saillantes, le nez droit et fin, la bouche mince et bien dessinée au milieu d'une barbe bien taillée, le tatouage qui serpentait sur le côté de son cou, ses cheveux châtains un peu trop longs… Tout ça était bien là hier. Avec autre chose. Mais quoi ?

— Le piercing ! me suis-je soudain écriée. Tu as enlevé l'anneau que tu avais à l'arcade.

— Bravo.

Et pour la première fois, je l'ai vu sourire, comme s'il n'avait pas pu s'en empêcher. Oh mon Dieu. Il était encore plus sexy quand il souriait, si c'était possible. J'ai senti mon cœur s'emballer.

— Pourquoi l'avoir enlevé ? ai-je demandé, histoire de me concentrer sur autre chose que la fossette que son sourire avait fait naître.

— J'en avais marre. Il correspondait à un autre moi, une autre vie.

Sur ces paroles sibyllines, il s'est penché vers moi.

L'air m'a soudain manqué et je me suis raidie. Allait-il m'embrasser de nouveau, là, en public, au rayon des petits pois ?

Son visage a frôlé le mien, il a tendu le bras et attrapé une boîte de raviolis cuisinés.

— Tu es magnifique, Flore, a-t-il murmuré au creux de mon oreille, si bas que j'ai dû tendre l'oreille pour distinguer le sens de sa phrase.

Puis il s'est redressé et a reculé, la boîte en main. Il a ensuite tourné les talons et s'est dirigé vers la caisse. J'ai contemplé son dos musclé qui tendait le tissu de son T-shirt noir et ses fesses rondes qui épousaient son jean, paralysée. J'avais pris racine au rayon légumes, comme une courge. Ce n'est que lorsqu'il a atteint la caisse que je me suis souvenue que j'étais censée me trouver derrière. J'ai secoué la tête pour reprendre mes esprits et j'ai gagné la caisse à mon tour. Je me suis coulée derrière le petit comptoir et j'ai rentré le prix de son achat sur l'antiquité de Raymond. Si Corto a remarqué que mes mains tremblaient un peu, il n'en a rien montré.

— La supérette, les pulvérisations, le concours de confitures... Tu es une femme très occupée, a-t-il dit en me tendant un billet de cinq euros.

Je m'en suis emparée en prenant bien garde de ne pas lui effleurer la main.

— Oui, me suis-je contentée de répondre en piochant la monnaie dans le tiroir-caisse.

— D'ailleurs, en parlant de pulvérisation, elle semble plutôt bien fonctionner.

J'ai levé les yeux vers lui tout en lui tendant la monnaie. Il avait retrouvé son air indéchiffrable. Il a mis sa main en creux sous la mienne et j'y ai laissé tomber les pièces.

— Ah bon ? Tant mieux. C'est la première fois que j'en fais une, et j'avais peur de me rater.

— Tu peux ajouter ça à la liste de tes nombreux

talents, a conclu Corto en glissant la monnaie dans la poche de son jean.

Il s'est emparé de sa boîte de raviolis et a plongé une dernière fois son regard métallique dans le mien.

— Merci, Flore.

— Euh… De rien, ai-je bafouillé.

J'avais beau être naïve, j'avais comme l'impression que ses remerciements ne concernaient pas que la pulvérisation. Il m'a dévisagée un instant en silence, puis s'est éloigné en direction de la porte. Au moment de la franchir, il a tourné la tête vers moi et nos regards se sont croisés une fraction de seconde. Il a hoché imperceptiblement la tête et a quitté le bar, me laissant seule avec mes interrogations et mon cœur palpitant.

Chapitre 17

Lorsque Benoît a sonné à la porte un peu après 20 h 30, cela faisait exactement cinquante-sept heures et dix-huit minutes que je n'avais pas eu de nouvelles de Corto. Et sur ces cinquante-sept heures et dix-huit minutes, j'avais passé environ trente-neuf heures à penser à lui. C'est-à-dire tout le temps où j'étais éveillée. Et encore : j'avais au moins rêvé de lui dans la nuit de lundi à mardi.

J'avais terminé les éclairs pour le stand du Love & Country Festival, donné un troisième tour à la pâte à croissants commencée le matin même, fait tourner deux machines de linge et rendu visite à Mme André, qui m'avait réclamé un compte rendu détaillé de mes essais de confitures. Ce concours la passionnait apparemment plus que moi et je lui avais donné les deux pots de confiture de figues que je n'estimais pas présentables au concours. J'ai levé les yeux vers la vieille pendule au-dessus du piano de cuisine. Benoît était à l'heure, comme d'habitude. Et comme d'habitude, il s'obstinait à sonner à la porte de la maison et à attendre que je vienne lui ouvrir au lieu d'entrer directement, voire de passer par la porte-fenêtre qui donnait dans la cuisine, comme tout le monde.

— Fanny, tu ne veux pas aller lui ouvrir, s'il te plaît ? ai-je demandé.

J'étais en train de peler des carottes tandis que mon amie achevait de placer le couvert.

— Si, bien sûr.

Elle a posé le dernier couteau sur la table et s'est dirigée vers le hall. Des bruits de voix me sont rapidement parvenus et Benoît a fait son apparition, une bouteille de vin blanc à la main. Il avait troqué son uniforme en polyester contre un jean et un T-shirt bleu sur lequel s'étalait le S de Superman. Il m'a fait la bise et tendu la bouteille.

— Tiens, il est frais, on peut l'ouvrir tout de suite.

Je lui ai tendu le tire-bouchon et je suis retournée à mes carottes.

— Clélia, ma puce, tu veux bien aller toquer à la porte de l'atelier de ton grand-père ? ai-je demandé en sortant la râpe du placard. Dis-lui qu'on mange tout de suite.

Ce n'était pas vrai, mais le temps qu'il sorte de son antre — si jamais il en sortait — on aurait certainement déjà commencé à dîner. Clélia a quitté la cuisine, où elle avait aidé Fanny à mettre la table, Long John Silver sur les talons.

Benoît a ouvert la bouteille avec dextérité et versé le breuvage jaune pâle dans nos verres.

— Quoi de neuf ? a demandé Fanny et je lui ai su gré de lancer la conversation.

Je n'étais pas mécontente de voir Benoît, mais depuis qu'il m'avait invitée à aller au cinéma la semaine précédente, j'étais un peu sur mes gardes. Je ne voulais surtout pas lui donner matière à se faire des idées. C'était d'ailleurs pour ça que j'avais invité Fanny à venir dîner avec nous, afin de ne pas me retrouver seule avec lui.

— La routine. Il ne se passe pas grand-chose en ce moment. Surtout en semaine. Le week-end, on est un peu sur les dents : on a toujours peur des accidents à la sortie des boîtes de nuit. Mais avec le festival qui commence demain, on risque d'avoir du pain sur la planche. On compte sur une affluence au moins aussi importante que l'année dernière et ça fait d'éventuels débordements à gérer. Entre l'alcool et les touristes...

J'ai fini de râper les carottes et préparé la vinaigrette tout en écoutant d'une oreille distraite Benoît détailler les mesures de sécurité qui avaient été prises pour le festival. Clélia a fait son retour dans la cuisine, suivie par le chien à trois pattes, mais pas par son grand-père.

— Poune n'est pas dans son atelier, a annoncé ma fille.

J'ai pivoté vers elle, la bouteille d'huile à la main.

— Tu en es sûre ?

Mon père sortait rarement de son repaire. Il lui arrivait d'aller faire une balade de temps en temps mais c'était tellement rare que son absence m'inquiétait immédiatement.

— Oui. J'ai frappé, et comme il a pas répondu, je suis entrée. J'ai vu personne. Et j'ai touché à rien ! a-t-elle affirmé, anticipant ma question.

Clélia avait ordre de ne jamais rien déranger dans le laboratoire de mon père : j'avais trop peur qu'elle se blesse ou qu'elle mette accidentellement le feu à l'atelier. Il avait toujours des préparations bizarres en train de chauffer sur le bec Bunsen.

— Je m'en occupe, a dit Fanny. Viens avec moi Clélia, on va chercher ton grand-père. Il a dû aller se promener sur le sentier.

C'était effectivement le plus probable. J'ai regardé Fanny disparaître par la porte-fenêtre : elle avait pris la petite main de Fanny dans la sienne et Long John Silver trottinait en boitant à leurs côtés. Ce chien était l'incarnation vivante de la fidélité. Il suivait Clélia jusque dans la salle de bains et bien évidemment, il dormait sur son lit. Si je l'avais permis, il l'aurait même accompagnée à l'école.

J'ai posé le saladier contenant les carottes râpées sur la table et j'ai ouvert le four pour vérifier la cuisson du tian de légumes. Benoît s'est adossé au plan de travail, les mains posées de part et d'autre de sa taille, et a penché les yeux vers moi.

— Qu'est-ce qu'il te voulait Corto, l'autre jour ? a-t-il demandé tout à trac.

Zut. La question m'embarrassait. Heureusement que j'étais agenouillée devant le four : mes cheveux dissimulaient en partie mon visage et la rougeur que je sentais se répandre sur mes joues pouvait sans problème être attribuée à la chaleur qui m'avait assaillie lorsque j'avais ouvert la porte.

— Comment ça ?

Qu'avait-il vu ? Dans mon souvenir, Benoît avait quitté la supérette au moment où Corto y entrait, mais une grande baie vitrée permettait de voir de l'extérieur ce qui se passait dans la partie épicerie. Avait-il aperçu Corto se pencher sur moi pour me murmurer quelque chose à l'oreille ? J'ai inspiré profondément pour me calmer. L'étagère contenant les conserves était au fond du magasin, dissimulée en partie par d'autres étagères. Benoît ne pouvait pas avoir vu grand-chose, et même si c'était le cas, où était le problème ? Il ne s'était rien passé.

— J'ai vu qu'il te parlait, a poursuivi Benoît, dont la voix me parvenait de très haut.

— Il voulait juste me remercier, ai-je dit en plantant un couteau dans une tranche d'aubergine.

Le couteau est entré sans problème dans le légume

tendre. C'était cuit. J'ai sorti le plat du four et l'ai posé sur le plan de travail, juste à côté de Benoît.

— Te remercier pour quoi ?

J'ai retenu un soupir. Pourquoi est-ce que tout le monde me posait toujours trois milliards de questions ? Et surtout, pourquoi est-ce que je me sentais toujours tenue de répondre ?

— Je lui ai fabriqué une pulvérisation pour ses rosiers, ai-je expliqué en levant enfin les yeux vers lui. Il avait des pucerons.

— Pourquoi il t'a demandé ça ? a rétorqué Benoît sur un ton soupçonneux. Le jardinage, c'est pas censé être sa partie ? Tu t'y connais, toi ?

— Il avait besoin d'un ingrédient qu'il n'arrivait pas à trouver. Et ce n'est pas parce que je ne m'y connais pas en jardinage que je ne peux pas faire une pulvérisation. Il suffit d'avoir les bons ingrédients et les bons dosages.

Je me serais donné des claques ! Etais-je vraiment obligée de me justifier comme ça auprès de lui ? J'aurais aimé posséder suffisamment d'assurance pour avoir le courage de dire aux gens que leur comportement à mon égard m'agaçait parfois.

— Je serais toi, je me méfierais de ce mec, a dit Benoît sans me quitter des yeux.

— Ah bon ? Pourquoi ?

— Je ne sais pas, mais je ne le sens pas. Il n'est pas net.

Si j'avais eu du cran, je lui aurais demandé si sa remarque était motivée par autre chose que de la jalousie. Fanny pouvait trouver toutes les qualités du monde à Benoît, il me paraissait bien fade et banal à côté de Corto. Quand ce dernier pénétrait quelque part, tous les regards convergeaient vers lui. Il dégageait quelque chose de magnétique, qui allait bien au-delà de son regard intense. Je n'aurais su dire si c'était à cause de sa stature puissante, de ses tatouages ou de sa façon de se déplacer comme un prédateur à l'affût... ou de tout cela à la fois... Et à mes yeux, tous les hommes pâlissaient en comparaison avec lui. Mais je ne voulais pas non plus me montrer injuste envers Benoît, qui avait toujours été gentil avec Clélia et avec moi.

— C'est ton intuition qui te souffle ça ou tu sais quelque chose ?

— C'est mon métier qui me le dit, a répondu Benoît en croisant les bras. J'en ai vu défiler des voyous, tu sais. Et je peux te dire que ce mec en est un. Je ne sais pas ce qu'il a fait mais je mettrais ma main à couper qu'il a trempé dans des trucs louches.

— Tu crois qu'il y trempe encore ? n'ai-je pas pu m'empêcher de demander.

Ce n'était pas parce que la simple évocation du nom de Corto faisait battre mon cœur plus fort que j'étais obligée d'avoir des œillères. Je pouvais avoir un énorme *crush* sur cet homme ET rester lucide et objective. Si ce type se livrait à des pratiques répréhensibles, voilà qui réglerait définitivement la question d'une éventuelle relation avec lui. Pas question de plonger dans les ennuis tête baissée. D'un autre côté, ce n'était pas parce que nous avions échangé un baiser que ça allait déboucher sur quoi que ce soit d'autre. Depuis lundi, c'était silence radio. Je n'avais eu aucune nouvelle de lui.

— Pas à ma connaissance. J'ai entré son nom dans notre base de données et ça n'a rien donné, a répondu Benoît et j'ai cru déceler une vague déception dans le ton de sa voix.

Je l'ai regardé, sidérée. Il avait utilisé ses prérogatives de gendarme pour faire des recherches sur un mec qui n'avait rien fait ? Je le voyais soudain sous un jour nouveau qui ne me plaisait pas vraiment.

— Mais je le tiens à l'œil, a-t-il poursuivi sans se rendre compte de ma réaction. Et si tu veux un conseil, ne t'approche pas de lui. Même si ce mec a un casier vierge — ce qui, je ne te le cache pas, m'étonne beaucoup —, c'est forcément le genre pas fiable.

— Ah oui ? Et pourquoi ça ?

Je sentais mon agacement monter devant le paternalisme condescendant dont Benoît faisait preuve à mon égard. J'avais vingt-six ans, une enfant, j'étais à la tête d'une affaire, certes minuscule mais quand même, je faisais tourner la maison de mon mieux, je m'occupais de mon père, de ma voisine, je me débrouillais toute seule comme une grande et il me traitait comme une gamine décérébrée prête à tomber dans les bras du premier séducteur de passage. Il faisait ça depuis toujours. Et je commençais à trouver son attitude insupportable.

— Ecoute, Flore, c'est évident, voyons. Il est tatoué comme un *biker* américain et il est trop beau pour être honnête.

— Tu ne serais pas en train de faire du délit de faciès ? Explique-moi ce que signifie « trop beau pour être honnête ». Brad Pitt est malhonnête, donc ? Et Tom Hiddleston ? Et Chris Hemsworth ? Et Jamie Dornan ? Et...

Je me suis arrêtée, à court d'exemples.

— Je ne sais pas qui sont ces types. Mais ce que je pense, c'est que ce mec cache quelque chose, c'est tout. On en a parlé plusieurs fois avec les collègues, et ils sont tous de mon avis. Un mec qui surgit de nulle part et qui ne fait aucun effort pour s'intégrer, ça pue.

— Et tu ne crois pas que s'il avait quelque chose à cacher, il ferait exactement l'inverse, au contraire ?

Benoît m'a lancé un regard pensif.

— Peut-être. Mais mon instinct me trompe rarement. Ecoute, Flore, je ne te dis pas ça pour t'emmerder, tu sais. Je tiens à toi et…

Aïe. Terrain miné. Voilà qu'il ramenait la conversation sur *le* sujet que je voulais éviter à tout prix. Je préférais encore parler de Corto.

— C'est très aimable à toi, Benoît, mais je pense que je suis assez grande pour me débrouiller toute seule. Corto n'est qu'un client. Tu ne t'es jamais préoccupé des autres clients, et pourtant j'ai toujours trouvé que le vieux Frayssac était louche, avec ses sabots de bois qu'il porte été comme hiver.

Ma tentative d'humour n'a pas eu l'effet escompté.

— Aucun rapport, a répondu Benoît sans sourire. Je te le dis tout net : Corto n'a pas intérêt à respirer de travers ou à te regarder de manière trop insistante. On l'attend au tournant.

Mon sang n'a fait qu'un tour. Si je comprenais bien, toute la gendarmerie s'était liguée contre lui alors qu'il n'avait strictement rien fait, tout ça parce que Benoît était… jaloux ? Incroyable.

Je me suis détournée pour cacher ma colère et j'ai gagné le réfrigérateur, d'où j'ai sorti le poulet que j'avais fait rôtir un peu plus tôt dans la journée, entre deux fournées d'éclairs. Le froid qui m'a assaillie quand j'ai ouvert la porte m'a fait soupirer d'aise et a diminué un peu mon énervement. A cause de mon travail, les deux fours fonctionnaient non-stop et j'avais l'impression de vivre dans une fournaise permanente. J'ai sorti le poulet et pivoté, tout en fermant le frigo du pied. J'ai alors constaté que Benoît s'était approché de moi. Il était tellement près que j'ai heurté sa poitrine avec mon poulet enveloppé dans du papier aluminium.

— Oh ! pardon ! me suis-je excusée.

— C'est pas grave.

Il n'a pas bougé et a plongé ses prunelles bleu foncé dans les miennes. J'ai eu l'impression qu'il allait m'embrasser, là, dans la cuisine, un poulet froid entre nous et je me suis mise à chercher une façon d'y échapper. Physiquement, Benoît ne m'avait jamais plu et après cette conversation désagréable, j'avais encore moins que jamais envie qu'il ne me touche. Il avait toujours eu tendance à vouloir se mêler de ma vie, mais là c'était le pompon !

J'étais sur le point de lui dire de se mêler de ce qui le regardait lorsqu'un bruit de voix en provenance du jardin m'a interrompue. Quelques secondes plus tard, Fanny, Clélia, mon père et Long John Silver ont fait leur entrée dans la cuisine.

Benoît a immédiatement reculé et j'ai posé le poulet sur le plan de travail, soulagée.

— On a trouvé Poune ! s'est exclamée Clélia.

— Tu étais allé te promener ? ai-je demandé à mon père.

Il avait le regard moins vague que d'habitude et un sourire a éclairé les traits de son visage.

— Oui, j'ai eu envie de prendre l'air. Je suis allé jusque chez l'apiculteur. Il a des rhododendrons magnifiques, dis donc. Je ne pensais pas qu'ils poussaient aussi bien dans la région. D'habitude, ils n'aiment pas le soleil. Est-ce que tu sais, a-t-il poursuivi en se tournant vers Clélia, que c'est une plante qui aime les sols acides ? C'est pour ça qu'elle pousse très bien en Bretagne.

J'ai regardé mon père, un peu estomaquée. Il avait

l'air en bien meilleure forme que depuis... depuis quinze ans. Voire davantage.

— Merci pour le dîner, Flore. C'était délicieux, comme d'habitude. A bientôt.

Quand, après le café, Benoît s'était levé pour prendre congé, je m'étais sentie obligée de le raccompagner à la porte. Le dîner avait finalement été moins pire que ce que j'avais craint — j'avais fait exprès de me placer le plus loin possible de lui pendant le dîner et j'avais laissé Fanny et Clélia faire les frais de la conversation avec l'aide aussi ponctuelle qu'inattendue de mon père.

— A bientôt, Benoît, ai-je répondu, quand même soulagée de le voir partir.

Il avait déjà tourné le dos quand il s'est ravisé, et, revenant vers moi, il a ajouté sur un ton sérieux :

— Et n'oublie pas de te tenir à l'écart de ce Corto.

Voilà qu'il remettait ça ! J'avais envie de lui dire que je faisais ce que je voulais de ma vie et que j'étais bien décidée à fréquenter qui je voulais, *biker* tatoué inclus, mais le dîner avait été assez pénible comme ça et je n'avais qu'une envie : le voir déguerpir au plus vite.

Il s'est penché vers moi et j'ai compris avec une fraction de seconde de retard qu'il n'avait pas l'intention de me faire la bise mais de m'embrasser. Je me suis détournée, mais trop tard : sa bouche a effleuré le coin de mes lèvres. Je me suis raidie involontairement et j'ai reculé.

— Bonsoir, Benoît, ai-je dit sur un ton étonnamment ferme.

Il m'a dévisagée un instant en silence et j'ai cru voir passer au fond de ses prunelles un éclair de colère. Il a cependant fait un pas en arrière sans rien dire et s'est éloigné dans le soleil couchant.

J'ai refermé la porte et je m'y suis adossée. Benoît s'était montré intrusif et désagréable mais je n'étais pas naïve au point de ne pas songer qu'il avait peut-être raison concernant Corto. Si Fanny tirait des mêmes faits — personne ne sait d'où il vient, il est mystérieux — des conclusions romanesques — il est riche —, Benoît avait peut-être une vision plus réaliste de la situation, même s'il m'en coûtait de le reconnaître. J'avais moi-même l'intuition depuis toujours que Corto était un homme dangereux, et pas seulement pour l'intégrité de ma petite culotte. Les doutes de Benoît, pour pénibles qu'ils soient parce que motivés par une jalousie évidente, faisaient en réalité écho aux miens.

J'ai soupiré. Avec Corto, les complications avaient fait irruption dans ma vie. Enfin, c'était vite dit puisqu'il semblait avoir disparu de ma vie aussi vite qu'il y était entré. J'ai regagné la cuisine. Fanny achevait la vaisselle, aidée de Clélia, tandis que mon père griffonnait sur son carnet en chantonnant. Je me suis immobilisée, interdite. Je n'avais pas le souvenir d'avoir jamais entendu mon père chanter.

Peut-être que le coup de baguette magique que j'appelais de mes vœux depuis toujours s'était réellement produit. Et si, au lieu de régler mes problèmes financiers, il redonnait le sourire à mon père, je n'allais pas me plaindre.

Liste #6

Le juke-box de mes rêves

✓ *« Les Accidents d'amour » de France Gall*

- ✓ « *Avec vingt ans de moins* » de *Gilbert Bécaud*
- ✓ « *L'Amour en wagon-lit* » de *Michel Delpech*
- ✓ « *La Défensive* » de *Michel Sardou*
- ✓ « *Dis, quand reviendras-tu ?* » de *Barbara*
- ✓ « *Ni reine, ni princesse* » de *Michel Berger*
- ✓ « *Dans les yeux d'Emilie* » de *Joe Dassin*
- ✓ « *Hors saison* » de *Francis Cabrel*

Chapitre 18

Après une nuit agitée à laquelle la conversation avec Benoît et le silence de Corto n'étaient pas étrangers, j'ai abordé la matinée du jeudi en proie à une légère angoisse. Comment allais-je gérer le Love & Country Festival ? J'avais beau être pleine d'énergie et ne pas compter mes heures, j'étais dépourvue du seul talent qui aurait été vraiment nécessaire pendant ces trois jours : le don d'ubiquité. J'avais préparé les éclairs, les cookies et les muffins que je comptais vendre pendant trois jours, mais j'étais dans l'incapacité physique de tenir le stand, du moins en continu. En prévision de la charge de travail supplémentaire, j'avais essayé de préparer le plus possible de croissants et de chocolatines que j'avais congelés crus, comme à mon habitude, mais il allait falloir que j'en refasse au moins une fois, ce qui me prenait une journée, certes de manière discontinue, mais quand même. J'étais en train de tourner le problème dans tous les sens pour lui trouver une solution, assise à la table de la cuisine, lorsque le téléphone a sonné. J'ai levé le nez vers la vieille pendule : 8 h 30.

J'ai décroché et suis retournée m'asseoir, le combiné coincé contre l'oreille.

— Flore ? C'est Gina.

Dans sa voix, j'entendais un mélange d'excitation et d'inquiétude.

— Grande nouvelle, a-t-elle poursuivi. J'ai appelé mes parents. Ils seront là avant midi. Ils prennent les jumeaux en vacances pendant quelques jours.

— C'est génial ! Tu vas pouvoir enfin te reposer.

— J'espère. Je suis tellement angoissée à l'idée que ça se passe mal que s'il le faut je ne vais pas fermer l'œil pendant une semaine.

— Gina, même si ça se passe mal, personne n'en mourra. Et tes parents en ont vu d'autres. Enfin, remarque, peut-être pas, ai-je conclu, ce qui a eu le mérite de faire rire Gina.

Un rire un peu nerveux, certes, mais c'était déjà ça.

— Et toi ? Prête pour le festival ? a-t-elle demandé.

— Oui. Non. Je vais être obligée de tenir le stand en pointillé, ce qui va être compliqué. Je pensais demander un coup de main à Fanny, mais comme elle s'occupe de Clélia, c'est galère. Clélia ne peut pas rester sur le stand tout l'après-midi et le début de soirée, elle va s'ennuyer à périr. Elle ne tiendra pas en place plus d'un quart d'heure. Et je ne peux pas abandonner Raymond, il va avoir besoin de moi encore plus que d'habitude.

Ce dernier m'avait expliqué que lors des trois jours que durait le festival, le bar ne désemplissait pas. Il m'avait demandé d'augmenter mes horaires de présence et appris à me servir de la machine à café et de la pompe à bière : d'après lui, j'allais passer plus de temps derrière le comptoir que derrière ma caisse. Il avait promis de me payer en conséquence. Pas question de refuser.

— Je vais m'occuper de Clélia, a proposé Gina. Elle n'aura qu'à dormir à la maison pendant trois jours, comme ça, tu auras les coudées franches et tu n'auras pas à te préoccuper de l'intendance.

Voilà qui m'ôterait une belle épine du pied et permettrait à Fanny de tenir le stand sous la halle à ma place. Je passerais la voir de temps en temps pour vérifier que tout se passait bien et je pourrais continuer à travailler au bar.

— Gina, je te dois une fière chandelle, ai-je répondu, soulagée.

— Tu ne me dois rien du tout. C'est normal de s'entraider. Je t'admire de travailler autant, tu sais.

— Je t'envoie Clélia dès qu'elle est prête, ai-je dit pour couper court.

Pour une raison que je ne comprenais pas, les compliments me mettaient toujours mal à l'aise.

J'ai appelé Fanny ensuite. Elle a accepté sans problème de tenir mon stand. « J'aurai l'impression de jouer à la marchande », a-t-elle dit, enthousiaste. J'avais vraiment les meilleures amies du monde et j'ai éprouvé une bouffée de gratitude envers la vie.

La matinée a passé à toute allure. J'ai chargé le coffre du vieux break de papa avec les éclairs dans leurs glacières, les cookies, les muffins et tous mes pots de confiture, puis j'ai gagné la halle. Les employés de mairie avaient déjà installé tous les étals et Hakim, qui servait aussi de placier les jours de marché, était en train de distribuer les stands. C'était un homme d'une cinquantaine d'années qui s'exprimait avec une lenteur apaisante. Il avait coutume de dire en riant qu'il aurait dû naître en Suisse, parce que pour lui, il n'y avait jamais le feu au lac. Sa femme, Hafida, était aussi vive et nerveuse qu'il était calme et lent, et elle le houspillait sans arrêt. Il se laissait faire avec bonhomie. D'ailleurs, elle était là aussi, et, à l'évidence, elle n'était pas contente.

— Hakim, viens m'aider à décharger la voiture ! Je ne peux pas tout faire toute seule, j'ai trop de gâteaux !

Elle vendait des gâteaux marocains absolument délicieux que tout le monde s'arrachait. Clélia raffolait de ses cornes de gazelle.

— Attends, je finis d'installer ces messieurs dames, a répondu son mari sans se départir de son calme habituel.

Un couple que je ne connaissais pas se tenait à ses côtés. Le Love & Country Festival attirait une foule de plus en plus nombreuse, et les gens venaient à présent de toute la région pour vendre leurs produits. Hakim leur a montré où se tenait leur stand puis est revenu vers moi.

— Bonjour, la petite pâtissière, a-t-il dit en me faisant la bise. (Les jours de marché ou de festival, il appelait systématiquement les gens par leur activité.) Alors, où on t'a mise, voyons voir…

Il a compulsé son plan, méticuleusement dessiné. A côté du croquis représentant les étals numérotés se dressait la liste des exposants, chacun accompagné du numéro correspondant.

— Eh, te voilà. Viens, je te montre.

Je lui ai emboîté le pas. On a traversé toute la halle : j'avais été installée sur l'un des côtés, dans la partie réservée aux stands de nourriture. Mon étal était petit mais fonctionnel, et cette année, la mairie n'avait pas oublié la vitrine réfrigérée. Parfait.

— Merci, Hakim, ai-je dit en déposant l'une des glacières que je transportais derrière le stand. Je vais m'installer.

— Si tu as besoin de quoi que ce soit, appelle-moi. Et si tu ne me trouves pas, c'est que j'aide ma femme, qui a un stand là-bas, a-t-il dit en tendant le bras vers l'extrémité de la rangée. A plus tard.

Sur ce, il a rejoint sa femme, qui lui faisait de grands signes de bras, sans se presser.

J'avais fini de décharger la voiture et j'étais en train de mettre en vitrine les gâteaux lorsque Fanny a fait son apparition, ravissante comme d'habitude dans une robe à pois et les cheveux relevés.

— Bonjour !

Elle s'est penchée pour me faire la bise.

— Je peux t'aider ?

— Il faut installer les pots de confiture sur la vitrine. Artistiquement, si possible.

— Holà, tu m'en demandes beaucoup. Si je fais des petites pyramides, ça ira ?

— Très bien, même. Encore merci de venir tenir ce stand. Ça m'ôte une énorme épine du pied.

— Bah, y a pas de quoi. Ça va être une expérience géniale pour moi.

Je me suis bien gardée de lui dire que « jouer à la marchande », comme elle disait, n'était pas aussi amusant que ce qu'elle pensait. Il y avait des périodes de creux où on s'ennuyait comme un rat mort et d'autres où on ne savait plus où donner de la tête, sans compter qu'être debout toute la journée était épuisant.

— J'ai apporté deux tabourets pliants, ai-je expliqué. Il y a un peu de monnaie dans la caisse, pas beaucoup, mais ça devrait suffire pour démarrer.

La caisse était une petite boîte métallique contenant des rangées pour chaque type de pièces. Le haut se soulevait pour dévoiler un petit espace où ranger les billets.

— Tu vois ce petit carnet ? (Fanny a hoché la tête comme une bonne élève.) Ce serait super que tu tiennes le compte de ce que tu vends, histoire que je puisse faire une projection pour les deux jours à venir. Ça me permettra de savoir si je dois préparer davantage de gâteaux. Il y a deux parfums de chaque gâteau, ai-je poursuivi. Des éclairs au chocolat et des éclairs au café (tout en parlant, je désignais les différentes pâtisseries), des cookies au chocolat blanc et des cookies aux pépites de chocolat et noix de pécan et enfin, des muffins à la framboise et au chocolat blanc et des muffins tout chocolat.

Fanny a hoché la tête.

— Les prix sont indiqués devant chaque catégorie. Deux euros l'éclair, un euro cinquante le muffin, un euro le cookie. Si les gens sont nombreux à te demander quelque chose, genre des muffins à l'abricot, note-le et dis-le-moi, je verrai ce que je peux faire pour demain.

— Pas de problème. J'ai tout compris.

— S'il y a quoi que ce soit, tu m'appelles. Je passerai te voir dès que j'ai fini chez Raymond, pour te relayer un peu.

— Ne te fais pas de souci. Je gère.

J'ai considéré un instant Fanny. Elle avait l'air sincèrement contente d'être là et je savais qu'elle était ultra-fiable. J'ai pris une profonde inspiration et, mue par une impulsion subite, je l'ai prise dans mes bras.

Fanny s'est raidie involontairement, surprise.

— Merci, ai-je murmuré. C'est un soulagement pour moi que tu puisses tenir ce stand.

— Oh ben de rien. Tu ne vas pas devenir sentimentale de si bon matin, hein ? a répondu Fanny en souriant. Va travailler. On se voit tout à l'heure.

J'ai acquiescé en refoulant les larmes qui m'étaient montées aux yeux.

— A toute, ai-je dit en tournant les talons.

J'ai regagné ma voiture et balayé cet accès d'émotion. Fanny avait raison, je n'avais pas le temps de verser dans la sentimentalité. J'avais trop de travail pour ça. En chemin, j'ai croisé Hakim, qui achevait d'installer une jeune femme qui vendait de l'artisanat, des trucs difficiles à identifier à base de cuir et de tissage.

— Tout va bien, petite pâtissière ? Tu es bien installée ?

— Oui, merci, Hakim. C'est mon amie Fanny qui tiendra le stand en partie.

— C'est noté.

— Dis-moi, ai-je soudain demandé, est-ce que Corto a pris un stand ?

— Corto ? Le jardinier paysagiste ?

— Oui.

— Je ne crois pas. Attends, je vérifie.

Il a parcouru sa liste du doigt en articulant silencieusement au fur et à mesure que les noms défilaient sous son index.

— Non. Il n'a pas demandé de stand pour le festival.

— OK. Merci, Hakim. A plus tard.

J'ai tourné les talons avant qu'il ait eu le temps de me demander pourquoi je voulais savoir ça. J'avais secrètement espéré qu'il prenne un étal, comme les jours de marché. Depuis l'étrange scène du lundi, je n'avais eu aucune nouvelle de lui et je ne l'avais aperçu nulle part. Ma raison me disait qu'il devait être en train de travailler loin du village, mais une petite voix, que je ne faisais taire qu'avec difficulté, me soufflait qu'il fallait que j'oublie ce qu'il s'était passé entre nous — son souffle brûlant dans son sous-sol, les figues qu'il m'avait données, le baiser sur le sentier, sa présence à la supérette le lendemain — que tout ça ne signifiait absolument rien. Mais mon cerveau avait beau m'interdire d'espérer quoi que ce soit, mon cœur, lui, battait un peu plus fort chaque fois que je pensais à lui.

Chapitre 19

Lorsque le samedi soir est arrivé, j'étais lessivée. Le festival avait rencontré un succès sans précédent et j'avais passé trois jours à travailler non-stop, entre la supérette, mes commandes habituelles et les gâteaux à faire pour le stand. J'avais eu tellement de boulot que Fanny était venue m'aider à pâtisser deux soirs d'affilée ; elle avait fait la petite main pour moi, mélangeant, remuant, surveillant la cuisson des cookies et des muffins. Les cinquante éclairs que j'avais préparés le mercredi s'étaient vendus dès le jeudi et je n'en avais pas refait. Entre la préparation de la crème pâtissière et de la pâte à choux, la cuisson puis le fourrage des éclairs, sans parler du glaçage, je n'avais matériellement pas le temps de refaire une fournée. J'ai compensé en préparant deux fois plus de croissants et de chocolatines, que Fanny a vendus. Quand est venu le moment de plier le stand le samedi soir un peu avant 19 heures et de faire les comptes, je me suis rendu compte qu'elle avait vendu, outre les cinquante éclairs, quatre cents cookies et deux cent cinquante muffins. J'avais donc gagné huit cent soixante-quinze euros, ce qui était inespéré. Malgré mon insistance, Fanny a refusé catégoriquement que je la paye pour les trois jours complets qu'elle avait passés sous la halle et j'ai fini par lâcher l'affaire. Une fois défalqué le coût

— minime — du stand et des matières premières, c'était huit cents euros net qui me revenaient. Un bout de la chaudière. Ou de quoi habiller Clélia pour l'hiver : elle allait avoir besoin, entre autres, de nouvelles chaussures et d'un nouveau manteau.

J'ai invité Fanny à dîner le samedi soir, histoire de la remercier comme ça, même si un dîner n'était pas à la hauteur du service qu'elle m'avait rendu.

— C'était génial ces trois jours, a-t-elle assuré en sirotant une gorgée de vin rouge. (C'était du bergerac, mais moins bon que celui que j'avais goûté chez Corto.) J'ai rencontré plein de monde, des gens venus de partout. Il y avait même des Parisiens !

Elle a dit ça comme elle aurait dit : « Il y avait même des Martiens ! » et je n'ai pas pu m'empêcher de la taquiner.

— Et alors ? Ils avaient deux yeux, un nez et une bouche, comme nous ?

— Pas tous, a-t-elle répondu en riant. Bon, on fait quoi ce soir ? On va au bal ?

— Je n'en ai aucune envie. Je suis épuisée, ai-je répondu en bâillant. Je n'ose même pas compter combien d'heures j'ai travaillé ces trois derniers jours.

— Allez, a repris Fanny. Fais un effort. Tu n'es pas obligée de rester longtemps. Et je voudrais assister aux ventes aux enchères au moins une fois dans ma vie.

Fanny n'était jamais là quand avait lieu le Love & Country Festival, occupée qu'elle était d'habitude à crapahuter dans un coin reculé du globe. C'était la première fois qu'elle avait l'occasion d'assister au festival, ce qui expliquait certainement son enthousiasme et pourquoi elle n'en avait pas perdu une miette : elle avait participé au grand dîner commun de la veille, avait demandé à faire partie du jury qui élisait le meilleur chanteur de country et avait suggéré à la maire, Mme Hervé, d'organiser l'année prochaine l'élection de Mister Cow-boy, suggestion qui avait soulevé un enthousiasme délirant chez la partie féminine du conseil municipal.

— Je trouve cette coutume sexiste et dégradante, ai-je répondu. Que les hommes payent pour pouvoir danser avec une femme, c'est rétrograde. Ce sont des pratiques d'un autre âge.

— Tu exagères. C'est juste pour une danse. Et puis c'est pour la bonne cause.

L'argent ainsi récolté allait directement dans les caisses de la mairie, qui s'en servait pour la commune. Cette année, Mme Hervé avait annoncé que les fonds financeraient la restauration du clocher de l'église qui en avait grand besoin.

— Je n'ai vraiment pas l'énergie de sortir, Fanny. J'ai juste envie de me rouler en boule dans mon lit et de dormir pendant deux jours d'affilée.

— Ne me laisse pas tomber, a supplié Fanny en joignant les mains. Je meurs d'envie d'y aller mais pas toute seule.

— Tu es déloyale. Tu sais très bien que je suis incapable de refuser un service.

— Oui, a-t-elle répondu franchement. Et puis, qui sait ? Corto sera peut-être là.

Je me suis sentie rougir. J'avais eu beau avoir été très occupée ces trois derniers jours, je n'avais pas pour autant réussi à chasser son image de mon esprit. La perspective de le voir peut-être ce soir faisait battre mon cœur plus fort.

Ma réaction n'a pas échappé à Fanny.

— Va prendre une douche et te changer, a-t-elle

ordonné. Je te donne un quart d'heure, le temps pour moi de faire la vaisselle et du café.

J'avais envie de protester, mais je savais que ce n'était que pour la forme. A l'idée que Corto serait peut-être au bal, ma fatigue s'était, non pas envolée, mais estompée.

— OK. Mais sache que c'est pour tes beaux yeux que je viens au bal, pas pour ceux de Corto. Je ne veux pas te laisser toute seule avec une horde d'admirateurs parisiens. Ces gens-là ne savent pas se tenir, il paraît. L'accent des belles brunes du Sud-Ouest leur fait perdre toute retenue.

— Je te remercie infiniment de vouloir me protéger, a répondu Fanny. Allez, dépêche-toi. Et pas de short ! a-t-elle crié alors que j'étais déjà dans l'escalier.

Dix minutes plus tard, Fanny et moi contemplions, perplexes, ma garde-robe. Je m'étais douchée et, enroulée dans une grande serviette de toilette à rayures, j'attendais le verdict.

— Flore, ma chérie, je sais que tu ne roules pas sur l'or, mais de là à avoir une garde-robe aussi peu fournie… Dis-moi la vérité. En fait, la mode, tu t'en fous comme de ta première chaussette, c'est ça ?

— A peu près, ai-je avoué. Je ne vois pas trop l'intérêt d'avoir des dizaines de jupes, de robes et de pantalons.

— Le problème, c'est que tu n'as même pas une jupe ou une robe. C'est pas une armoire, c'est le désert de Gobi.

— Je suis pas obligée de me mettre en jupe, ai-je protesté. Un short ou un pantalon feront très bien l'affaire.

— L'affaire pour quoi ?

Nous avons sursauté toutes les deux en même temps et pivoté à l'unisson en direction de la porte de ma chambre, que j'avais laissée ouverte. Mon père se tenait dans l'encadrement, Lénine assis à ses côtés.

— Ah, papa, tu m'as fait peur. Fanny voudrait que je l'accompagne au bal, mais…

— Elle n'a rien à se mettre, a complété cette dernière. Pas une jupe, pas une robe, rien.

— Ah.

Mon père m'a regardée un instant, l'air pensif.

— Tu pourrais mettre une robe de ta mère, a-t-il soudain proposé.

J'ai eu l'impression que tout se figeait autour de moi.

— Quoi ? Qu'est-ce que tu dis ? Une robe de maman ? Mais… mais, tu as donné toutes ses affaires, non ?

Mon père m'a jeté un regard intrigué.

— Non. Je n'ai rien jeté. Viens voir.

Il a disparu dans le couloir. Après un instant d'hésitation, Fanny et moi l'avons suivi. Il est entré dans sa chambre et sans nous concerter, nous sommes restées sur le seuil, un peu hésitantes. Nous l'avons regardé se diriger vers l'immense armoire qui occupait tout un pan de mur et que je n'ouvrais jamais. Je la pensais vide depuis toujours. Je n'entrais pas souvent dans la chambre de mon père, me contentant d'y faire la poussière et d'y passer l'aspirateur de temps en temps et je n'ouvrais jamais ni armoire ni commode : je déposais les piles de vêtements propres sur son lit. C'était une armoire à double porte et il a posé les mains sur les deux poignées. J'ai retenu mon souffle.

— J'ai tout gardé, a-t-il expliqué en ouvrant l'armoire.

Il s'est effacé et a fait un geste de la main en direction des vêtements qui remplissaient le meuble. L'armoire était divisée en deux parties égales : l'une servait de penderie et l'autre d'étagères. Et elle était pleine. Archi pleine même. De vêtements qui avaient appartenu à ma mère. J'ai senti une larme couler sur ma joue et je l'ai essuyée le plus vite possible. Je ne voulais pas pleurer devant mon père.

— Mais pourquoi... ? ai-je commencé.

Je me suis interrompue, incapable de poursuivre. Il m'a lancé un regard étonné, comme si ma question — ou plutôt mon embryon de question — était absurde.

— Pourquoi j'ai tout gardé ? Parce que je ne pouvais pas m'en débarrasser. Donner les vêtements de ta mère, ça aurait été la faire disparaître une deuxième fois, a-t-il répondu le regard un peu lointain, comme s'il était assailli par des souvenirs connus de lui seul.

— Non, pourquoi tu ne m'as rien dit ?

Papa a eu l'air sincèrement surpris.

— Je ne sais pas. Je pensais que tu le savais.

Comment l'aurais-je pu ? Il avait fait disparaître toutes les traces visibles d'elle : ses livres, ses mots croisés, ses lunettes... Je n'avais réussi qu'à sauver le plaid en patchwork, ma possession la plus chère. Et voilà que je découvrais après tout ce temps — après quinze ans ! — qu'il avait en fait gardé cachés, pour lui seul, ses vêtements. J'étais en proie à un maelström de sentiments contradictoires et violents : de la joie, de la colère, de la tristesse, de l'incompréhension...

— Ta mère faisait ta taille et ta corpulence, a déclaré mon père, inconscient de l'effet que sa révélation avait produit sur moi. Je pense que tu trouveras quelque chose à te mettre pour aller au bal.

J'avais envie de hurler. De lui dire qu'il n'avait pas le droit de me faire ça, de me tenir à l'écart des souvenirs de ma mère, de les garder jalousement pour lui tout seul, de ne jamais parler d'elle et de faire comme si elle n'avait jamais existé devant moi.

Fanny m'a sauvée en franchissant les quelques mètres qui la séparaient de l'armoire. Elle a fait courir les doigts sur les vêtements suspendus.

— Merci, Alain, a-t-elle dit en se tournant vers mon père. On va certainement trouver notre bonheur.

— Je te laisse choisir, a dit mon père. J'ai du travail.

Il a quitté la pièce, Lénine sur les talons, comme d'habitude. Pourquoi Clélia et lui étaient-ils en permanence accompagnés par un animal domestique, comme s'ils avaient besoin qu'on veille sur eux ? Et pourquoi n'était-ce pas mon cas ? J'ai balayé cette pensée absurde d'un revers de main imaginaire et me suis concentrée sur l'armoire.

— Ça va ? a demandé Fanny. Tu as l'air sous le choc.

— Parce que je le suis. Comment mon père a-t-il pu me faire ça ? ai-je explosé en serrant plus étroitement les pans de la serviette de toilette autour de moi. Quinze ans ! Quinze ans que je vis avec un souvenir de ma mère de plus en plus ténu ! Elle s'efface, tu comprends, Fanny, elle s'efface, parce que je n'ai rien de concret à quoi me raccrocher, aucun objet, aucun film, rien, rien d'autre que des photos qui ne servent à rien ! Et je découvre au bout de quinze ans que mon père a conservé l'intégralité de sa garde-robe et qu'il ne m'en a rien dit ! C'est horrible ! C'est...

Ma voix s'est brisée soudain et j'ai éclaté en sanglots. L'instant suivant, j'étais dans les bras de Fanny, qui s'est mise à me bercer doucement.

— Chut, là, chut, ça va aller, a-t-elle murmuré. Ça va aller.

J'ai pleuré contre son épaule pendant ce qui m'a semblé une éternité. Mes larmes ont fini par se tarir et j'ai reculé en reniflant.

— Ça va mieux ? a demandé Fanny.

J'ai hoché la tête.

— Je ne crois pas que ton père ait fait ça pour te faire du mal, tu sais, a-t-elle constaté. Il pensait peut-être sincèrement que tu savais ce que contenait cette armoire. Et il a un côté professeur Tournesol très prononcé : qu'il ait oublié de t'en parler tout en pensant l'avoir fait n'est pas à exclure.

Elle avait raison, bien sûr. Je savais bien que papa ne m'avait pas caché sciemment l'existence de cette garde-robe, de même qu'il ne me ferait jamais du mal volontairement. Mais j'étais quand même blessée.

J'ai séché mes dernières larmes avec un pan de la serviette.

— Bon, alors, on y va à ce bal ? a demandé Fanny.

Avec tout ça, il m'était complètement sorti de la tête. J'ai reniflé et je me suis rendu compte que j'avais envie d'y aller malgré tout. Dans une robe qui avait appartenu à ma mère.

— Tu crois que les vêtements ne sont pas trop poussiéreux ?

Fanny a plongé le nez dans l'armoire.

— Non. Ils sentent un mélange de lavande et de rose.

Quand elle a dit ça, un souvenir a resurgi dans mon esprit sans crier gare. Ma mère aimait les pots-pourris, qu'elle fabriquait elle-même et qu'elle répandait dans toute la maison.

— Elle avait bon goût, a dit Fanny en inspectant le contenu de la penderie. Elle portait de très jolis vêtements. Tiens, ça, ça t'irait bien.

Elle a sorti une robe vert émeraude qu'elle a tenue à bout de bras pour que je puisse l'examiner. Je n'avais pas souvenir d'avoir jamais vu ma mère dedans, mais vu que j'avais très peu de souvenirs d'elle, ce n'était guère étonnant. C'était une jolie robe d'été un peu habillée, avec de larges bretelles et un drapé sur la poitrine. Elle s'évasait en corolle à partir de la taille. Elle n'était pas du tout dans le thème country du festival mais ça n'avait aucune importance.

J'ai pris la robe des mains de Fanny et j'ai regagné ma chambre. Il ne m'a fallu que quelques secondes pour mettre des sous-vêtements et l'enfiler.

— Alors ? ai-je demandé à Fanny en regagnant la chambre de mon père, où cette dernière passait toujours en revue le contenu de l'armoire de maman.

— Oh ! Flore, tu es absolument ravissante, a répondu cette dernière. (J'ai cru voir de l'émotion mouiller ses grands yeux sombres.) Cette couleur te va super bien et met tes cheveux en valeur. Tu as des chaussures pour aller avec ?

— Euh…

— Je prends ça pour un non. Heureusement pour toi, ton père a aussi gardé les chaussures de ta mère et elle faisait la même pointure que toi. Tiens, a-t-elle conclu en me tendant une paire de Salomé noires.

Elles m'allaient à la perfection.

Fanny a refermé la porte de l'armoire et passé son bras sous le mien.

— Allons danser, ma chérie. Et assister à une pratique sexiste et rétrograde !

Je n'ai pas pu m'empêcher de sourire.

Liste #7

Les choses que je me rappelle sur ma mère

✓ *elle aimait les mots croisés*

✓ *elle fabriquait des pots-pourris*

✓ *elle portait des lunettes quand elle avait les yeux fatigués, des lunettes à monture rouge*

✓ *elle faisait très bien les lasagnes*

✓ *quand j'étais petite, elle me chantait une chanson tous les soirs pour m'endormir mais j'ai beau chercher, je ne me rappelle pas laquelle*

✓ *elle ne portait jamais de montre*

Chapitre 20

Les stands qui avaient accueilli les exposants pendant trois jours avaient été démontés et à leur place, les ouvriers de la mairie avaient installé une estrade sur l'un des côtés de la halle. Des guirlandes lumineuses et des fanions aux couleurs du drapeau américain couraient entre les piliers. Quand Fanny et moi sommes arrivées, un groupe de musique country jouait un morceau très entraînant que je ne connaissais pas. Nous nous sommes mêlées à la foule, très dense. La plupart des gens dansaient, d'autres buvaient en bavardant et les rires résonnaient sous le toit de la halle.

— Je vais chercher à boire au bar ! a crié Fanny pour se faire entendre par-dessus le brouhaha.

Je me suis contentée de hocher la tête tout en lui faisant signe que je ne bougeais pas de l'endroit où je me trouvais, histoire qu'elle puisse me retrouver facilement. De là où je me trouvais, j'avais une assez bonne vue sur la piste de danse où danseurs jeunes et vieux, expérimentés ou novices, se mêlaient dans une ambiance bon enfant. Il était près de 22 heures et le clou de la soirée, la vente aux enchères, n'allait pas tarder à commencer. La musique était joyeuse et je me suis surprise à taper du pied et à bouger la tête en cadence. Je sentais mon cœur s'alléger un peu sous l'effet de la mélodie. Fanny avait raison : ce n'était pas une mauvaise idée de venir là.

Une main s'est soudain posée sur mon coude et j'ai tourné la tête, persuadée que c'était Fanny, revenue avec deux verres.

Ce n'était pas elle.

Mais Corto.

Malgré l'éclairage tamisé, je distinguais parfaitement ses traits ciselés et son regard a plongé dans le mien, me tétanisant instantanément.

— Bonsoir, Flore.

Il était obligé de me parler à l'oreille pour se faire entendre et sa barbe a effleuré ma joue, ce qui a instantanément provoqué un frisson le long de mon dos.

— Bonsoir, ai-je répondu, la bouche sèche.

— Tu danses ?

Dans sa bouche, c'était moins une interrogation qu'une affirmation. Il a posé sa main au creux de mes reins et je me suis contentée de hocher la tête. Il m'a conduite vers la piste de danse, traçant notre chemin dans la foule sans effort apparent. Ce n'est qu'une fois que nous fûmes parvenus au milieu des autres danseurs que je me suis rendu compte qu'il avait troqué son éternel T-shirt contre une chemise en jean noir avec des franges et son jean bleu contre un jean noir. Il était très séduisant, encore plus que d'habitude.

— Tu es dans le thème, ai-je constaté sur un ton que j'espérais léger et suffisamment fort pour qu'il m'entende.

— Jusqu'au bout des pieds.

J'ai baissé les yeux : il portait une paire de santiags noires. Je n'ai pas pu m'empêcher de sourire.

— Tu es très en beauté ce soir, a-t-il dit en m'attirant à lui. Cette couleur te va particulièrement bien.

Il avait pris une de mes mains dans la sienne, tandis que l'autre n'avait pas quitté le creux de mes reins. Je me suis blottie contre lui sans protester. Il était grand, il était musclé, il sentait bon, et ses bras formaient un rempart contre le reste du monde et le chagrin que je tenais à distance depuis que j'avais découvert les vêtements de maman. Non. Que je tenais à distance depuis quinze ans.

— Mais tu as pleuré, a-t-il poursuivi en commençant à danser.

Sa bouche était tout près de mon oreille et son souffle se frayait un chemin en moi, faisant naître sur son passage une myriade d'émotions. J'ai senti se former au creux de mon ventre cette sensation qui m'était devenue familière depuis quelques jours, ce désir palpitant qui m'envahissait en sa présence ou lorsque je pensais à lui.

— Et tu trembles.

Il avait raison. Je tremblais sous l'intensité du brasier qui était en train de se déployer en moi. Je n'avais qu'une envie : qu'il m'embrasse, qu'il m'embrase, qu'il m'enlève comme un prince fougueux et que l'espace d'une nuit, il me fasse oublier mes soucis et mon chagrin.

Mais la musique s'est arrêtée brusquement, rompant la magie de l'instant. Je me suis forcée à me détacher un peu de lui, même si je n'avais qu'une envie, rester nichée au creux de son épaule. Sauf qu'un reste de bon sens me soufflait qu'il valait mieux éviter de donner du grain à moudre aux méchantes langues. Je ne voulais pas devenir l'objet des commérages qui agitaient sans arrêt le village.

Le chanteur du groupe a laissé le micro, sous les applaudissements nourris de la foule, à Mme Hervé.

— Chers amis, bonsoir ! a-t-elle dit sur un ton enjoué.

Elle avait fait elle aussi l'effort de s'habiller selon le thème et portait une jupe en daim et un gilet à franges qui ne flattaient pas sa silhouette un peu massive.

— Merci à vous d'avoir participé aussi nombreux au Love & Country Festival, dont c'était cette année la huitième édition. Notre commune est ravie d'accueillir chaque année de plus en plus d'amateurs de musique country et des groupes aussi talentueux que celui de ce soir !

Une deuxième salve d'applaudissements a résonné sous la halle, accompagnée de quelques sifflements. J'ai applaudi aussi, sensible au fait que Corto n'avait pas ôté la main de ma taille. Je sentais la chaleur de sa paume irradier dans tout mon corps.

— Et voici le moment que vous attendez tous, la vente aux enchères des cavalières, pardon, des cow-girls !

Les sifflements ont redoublé, aussitôt suivis par des vivats et des cris.

— Je vous rappelle que cette année, toutes les sommes iront à la réfection du clocher qui tombe en ruine, n'est-ce pas, mon père ?

Elle s'est tournée vers un homme qui se tenait non loin de l'estrade. J'ai reconnu le prêtre de la commune, le père Grasset, qui avait en charge de nombreuses paroisses de la région. Il a incliné sa tête chauve en souriant.

— Je rappelle les règles, a poursuivi la maire. Si vous voulez participer, levez la main et annoncez le montant que vous attribuez à votre cavalière. Personne ne vous empêche de renchérir sur une cavalière, mais dans le respect et la bonne humeur !

Quelqu'un a dit quelque chose que je n'ai pas compris, et la phrase a été suivie par des rires et des sifflets.

— Que les enchères commencent ! a clamé Mme Hervé.

Une main s'est levée aussitôt non loin de la scène.

— Cent euros pour Sophie ! a crié une voix masculine.

— Cent euros pour Sophie ! a répété Mme Hervé. Cent euros une fois, cent euros deux fois, cent euros trois fois, adjugé !

La foule a applaudi à tout rompre et un homme entre deux âges, stetson sur la tête, s'est approché de l'estrade. Il a tendu un billet à Hakim, que je n'avais pas remarqué jusqu'à présent, et qui a empoché l'argent non sans avoir noté le nom du donateur sur son calepin. A partir de là, les enchères se sont enchaînées sans discontinuer. Les sommes étaient très variables, allant de dix euros et vingt centimes — un adolescent timide et rougissant — à plusieurs centaines — un homme bedonnant qui fumait le cigare et avait acheté une danse avec sa femme. L'atmosphère était bon enfant et j'étais en train de me dire que ça avait beau être une pratique sexiste, ce n'était pas si terrible que ce que j'imaginais quand une voix a soudain proposé une jolie somme pour danser avec une certaine Fanny. J'ai pivoté, intriguée, en direction de la voix : c'était bien de ma Fanny qu'il s'agissait. Elle se tenait aux côtés d'un homme que j'avais aperçu plusieurs fois à la sortie de l'école et que je ne connaissais pas, et elle avait l'air aussi surprise que moi. L'homme a gagné la scène pour donner la somme promise à Hakim, Fanny dans son sillage. Alors que je pensais que les enchères touchaient à leur fin, j'ai eu la surprise d'entendre la voix de Corto s'élever tout près de moi, grave et nette malgré le bruit de fond ambiant.

— Mille euros pour Flore.

Un murmure de stupéfaction a parcouru l'assemblée, bientôt suivi par des applaudissements assourdissants, qui ne parvenaient pas à couvrir les interrogations qui couraient dans l'assemblée.

C'était la plus grosse enchère de la soirée. J'ai levé les yeux vers Corto, abasourdie.

— Que… ? ai-je commencé, mais je n'ai pas eu le temps d'ajouter quoi que ce soit.

Il m'a entraînée fermement vers l'estrade tandis que Mme Hervé disait quelque chose que je n'ai pas compris. Mon cerveau refusait de digérer l'information. Lorsque nous fûmes parvenus devant Hakim, Corto a sorti une liasse de billets de son portefeuille et la lui a tendue. Ce dernier a noté le nom de Corto sur une ligne, avec la somme en face.

J'ai soudain senti des picotements sur ma nuque, comme si quelqu'un m'observait. Etant donné que la plupart des regards avaient convergé vers nous, ce n'était guère étonnant, mais j'ai quand même tourné la tête. Benoît se tenait non loin, en marge de la foule. Il était en uniforme, képi vissé sur la tête, les bras croisés et je lisais sur son visage de la colère mêlée à de la jalousie. Ce n'était pas moi qu'il regardait ainsi mais Corto, qui serrait à présent la main d'Hakim, et j'ai tout de suite détourné les yeux, mal à l'aise.

Sur l'estrade, Mme Hervé était en train de clore les enchères, un grand sourire aux lèvres.

— Et c'est donc en beauté que s'achève cette huitième édition du Love & Country Festival ! Hakim, dites-nous combien nous avons récolté…

Elle s'était penchée en avant, une main sur le micro, et l'employé lui glissa un chiffre à l'oreille.

— Grâce à vous, déclara-t-elle dans le micro, la mairie repart avec la coquette somme de deux mille trois cent quarante euros et vingt centimes !

La foule a applaudi en sifflant. Mme Hervé a quitté la scène, un large sourire aux lèvres et le groupe a repris sa place et commencé à jouer un air langoureux. Corto m'a de nouveau attirée à lui.

— J'espère que tu n'es pas choquée, a-t-il dit en plongeant son regard gris dans le mien. Je fais d'une pierre deux coups : je participe à la réfection du clocher et j'ai le droit de danser avec la plus belle femme de la soirée.

Mon cœur déjà malmené a raté un battement de plus et je me suis sentie rougir encore davantage, même si je doutais que ce soit humainement possible. La chanson qu'avait entamée le groupe n'avait pas grand-chose à voir avec la musique country. J'ai supposé que c'était pour que tout le monde puisse danser collé-serré avec sa cavalière, histoire de profiter pleinement de cette danse chèrement acquise. Blottie dans les bras de Corto, j'ai songé que j'aurais donné cher pour être seule avec lui. J'avais envie que le monde autour de nous disparaisse comme par enchantement. J'avais envie de l'embrasser, de faire courir mes doigts sur sa peau nue, de découvrir enfin quels tatouages il dissimulait sous ses T-shirts moulants, de sentir sa bouche sur ma peau et ses mains sur mon corps.

J'ai frissonné, en proie à un désir si intense que j'avais peur qu'il me consume tout entière.

— Et si on allait danser ailleurs ? a-t-il murmuré au creux de mon oreille. A moins que tu ne sois attendue chez toi ?

J'ai levé les yeux vers lui. Fallait-il ajouter la télépathie à la liste des talents de cet homme ?

Sa proposition était alléchante. Et dangereuse. Je savais très bien que si je quittais la halle avec lui, il n'y aurait pas de marche arrière possible. J'avais déjà un énorme *crush* sur cet homme, *crush* qui, je le devinais, ne demandait qu'à grandir pour se transformer en sentiment amoureux. Et ma raison me disait qu'il y avait de fortes chances pour que ce sentiment ne soit pas payé de retour.

Tant pis.

Etait-ce la fatigue de ces dernières semaines ? L'intensité de l'émotion qui m'avait saisie en découvrant que mon père m'avait caché un pan de ma vie ? Je me sentais soudain animée par une urgence de vivre que je n'avais jamais ressentie auparavant. Et cette urgence de vivre se doublait de celle d'aimer. Je voulais aimer Corto, quelles qu'en soient les conséquences.

— Ce soir personne ne m'attend. Et, oui, j'ai très envie d'aller danser ailleurs.

Il m'a dévisagée un instant, ses énigmatiques prunelles grises rivées aux miennes, puis un fin sourire a étiré ses lèvres.

— Viens.

Il m'a entraînée et nous a frayé un chemin sans difficulté au milieu de la foule. Nous étions partis dans la direction opposée à celle où se tenait Benoît — si tant est qu'il n'ait pas bougé — et je lui en ai su gré, même si je doutais qu'il l'ait fait exprès. Une confrontation était la dernière chose au monde que je souhaitais. Une fois sortis du halo bruyant et lumineux de la halle, nous avons été avalés par la pénombre. Les lampadaires diffusaient une lueur bien moins vive et ils étaient disposés de telle manière qu'une partie de la rue demeurait dans l'ombre. Sans lâcher ma main, Corto m'a conduite dans une rue adjacente où j'ai supposé qu'il avait garé sa camionnette. Il s'est arrêté au bout de quelques mètres et s'est tourné vers moi.

— Tu es sûre que c'est ce que tu veux ? a-t-il demandé et, malgré l'obscurité qui nous environnait, j'ai deviné son regard sérieux.

Je n'avais aucune idée de ce que le « ce » recouvrait dans sa bouche. Mais ce soir, j'avais envie de lâcher prise. Je me suis soudain rendu compte que même si je trouvais qu'il y avait en lui quelque chose de dangereux, je lui faisais confiance. Et j'avais envie, pour une fois dans ma vie, de laisser les rênes à quelqu'un. De ne plus rien décider. De me laisser porter.

— Oui, ai-je répondu, un peu surprise moi-même par la fermeté de ma réponse.

Il a hoché la tête comme pour lui-même et levé la main vers mon visage. Il a effleuré mes lèvres avec son pouce et j'ai frémi au contact de sa peau. J'ai cru qu'il allait m'embrasser mais il a reculé soudain et m'a entraînée un peu plus loin avant de s'immobiliser. J'ai regardé autour de moi. Pas d'estafette portant son nom là où nous étions. Ni de voiture.

Mais une moto.

Je ne savais pas si je trouvais ça sexy ou dangereux.

Les deux, sans doute.

Il a soulevé la selle sans un mot et sorti deux casques du petit coffre.

— Tu n'as pas peur ?

J'ai secoué la tête. Je n'étais jamais montée sur un engin pareil, mais je n'avais pas peur. Pas avec lui.

Il m'a aidée à enfiler le casque et a réglé la jugulaire avant de faire pareil pour lui. Puis il a enfourché sa bécane, ôté le pied et s'est installé. Je l'ai imité. Il a saisi mes bras et les a enroulés d'autorité autour de son torse. Je me suis laissé faire, docile, et me suis coulée contre son dos.

— Quoi qu'il arrive, ne me lâche pas, a-t-il ordonné en se tournant vers moi.

J'ai acquiescé en silence. Il a démarré en souplesse et la moto s'est mise en mouvement. J'ai serré les jambes et assuré ma prise sur son torse. Les ruelles sombres et désertes se sont mises à défiler d'abord lentement puis de plus en plus vite et le vent a apaisé la chaleur qui s'était emparée de moi quand Corto avait surgi à mes côtés sous la halle et qui ne m'avait pas quittée depuis. Il ne lui a fallu que quelques minutes pour franchir les limites du village et nous avons été engloutis par les ténèbres que seul trouait le rayon lumineux du phare de sa moto. Je sentais son corps tiède et rassurant contre le mien, la dureté des muscles de son dos contre mes seins et de ses abdos sous mes mains. Malgré le bruit du vent et de l'engin, j'avais presque l'impression de l'entendre respirer. Je sentais naître au creux de mon ventre et monter en moi une anticipation joyeuse et une excitation grandissante. Collé ainsi contre lui, mon corps épousait parfaitement le sien et je devinais la forme de ses fesses contre mon intimité.

J'aurais voulu à la fois que ce trajet ne s'arrête jamais et qu'il cesse le plus vite possible.

Après un temps qui m'a paru à la fois très court et très lent, nous sommes parvenus devant le portail de sa maison, qui était resté ouvert. Il l'a franchi et s'est garé juste devant chez lui. Je suis descendue, un peu étourdie par l'arrêt soudain du mouvement et des trépidations de la moto. J'ai fait un geste pour ôter mon casque, mais je n'ai pas eu le temps de défaire la jugulaire. Corto, qui avait déjà enlevé le sien, s'est penché vers moi et me l'a ôté avec dextérité. Puis il a posé ses mains de part et d'autre de mon visage et m'a embrassée.

Ce n'était pas du tout le même baiser que celui que nous avions échangé sur le chemin derrière chez moi. Les lèvres de Corto ont pris possession des miennes comme si je lui donnais enfin la nourriture qu'il attendait depuis longtemps. C'était un baiser ardent et affamé, un baiser qui disait qu'il me réclamait comme sienne, un baiser exigeant et possessif. Je me suis cramponnée à sa taille pour me blottir davantage contre lui. Moi aussi j'étais affamée. J'avais été privée de tout contact charnel depuis trop longtemps et le désir qui avait pris naissance au creux de mes reins a flambé, consumant tout mon corps. Un gémissement a transpercé la nuit et je me suis rendu compte que c'était moi qui l'avais poussé. Corto a glissé les mains le long de mon dos, sur mes fesses, et sa main droite s'est frayé un chemin sous le tissu soyeux de ma robe. J'ai senti ses doigts caresser l'intérieur de ma cuisse et remonter jusqu'à ce qu'ils rencontrent l'élastique de ma culotte. Il a posé la main sur mon sexe sans franchir la barrière du coton et je me suis cambrée sous sa caresse. Je voulais plus. Sa bouche et ses mains faisaient resurgir des sensations que j'avais oubliées depuis longtemps. Il a glissé un doigt sous ma culotte et effleuré mes lèvres. Un gémissement appréciateur a franchi ses lèvres.

— Tu es trempée, a-t-il murmuré tout contre ma bouche.

Pour toute réponse, je me suis cambrée davantage, lui offrant un accès plus facile à mon intimité. Il a plongé son doigt en moi et j'ai gémi, cramponnée à ses épaules. Il a soudain retiré son doigt et rompu le baiser. J'ai protesté, déçue.

Il a émis un petit rire.

— Je ne veux pas te faire l'amour là, sur mon perron

obscur. Je veux te voir, je veux prendre le temps, je veux te goûter.

Il a sorti une clé de sa poche et ouvert la porte. Puis il m'a prise par la main et m'a fait franchir le seuil.

Je l'ai suivi.

Chapitre 21

Corto a allumé l'entrée et m'a entraînée vers l'escalier, que nous avons gravi à toute allure. Puis il a poussé une porte et m'a attirée à lui avant de reprendre possession de mes lèvres avec autorité. J'ai levé les mains vers son torse : je mourais d'envie de déboutonner sa chemise et de caresser sa peau nue mais je me sentais retenue par une étrange pudeur. Il y avait tellement longtemps que je n'avais pas touché le corps d'un homme que je me suis sentie soudain assaillie par une espèce d'anxiété. Et si je ne savais plus comment on faisait ? Et si je m'y prenais mal ? Et s'il me trouvait nulle ? Et si… ?

Corto a dû sentir mon changement d'humeur parce qu'il a cessé de m'embrasser et m'a attirée tout contre lui et, d'une pression sur ma nuque, a niché ma tête au creux de son épaule. Je me suis blottie tout contre lui.

— Là, là, mon petit oiseau effarouché, a-t-il chuchoté au creux de mon oreille.

Le contact de sa barbe sur ma joue était doux et excitant à la fois et je me suis cramponnée à sa chemise, frémissante.

— Corto, ai-je murmuré en levant les yeux vers lui.

— Chut. Tu n'es pas obligée de dire quoi que ce soit.

Le charme de ses prunelles grises a agi comme à l'accoutumée, me privant momentanément de l'usage de la parole et me maintenant prisonnière de leur puissant sortilège.

— La seule chose qui compte, a-t-il poursuivi à voix basse, c'est que tu en aies envie. Est-ce que c'est le cas ?

J'ai hoché la tête.

— Oui ! me suis-je exclamée pour appuyer mon geste.

Il a souri devant mon enthousiasme.

— Tu es une femme étonnante, a-t-il murmuré, avant de poser de nouveau ses lèvres sur les miennes.

Comme s'il avait lu dans mon esprit et senti mes doutes et mes interrogations, il m'a embrassée, cette fois-ci avec lenteur, et je me suis sentie fondre de nouveau. Nos langues se sont mêlées dans un ballet qui semblait ne jamais vouloir prendre fin et c'est moi qui ai fini par défaire le premier bouton de sa chemise. Comme si c'était le signal qu'il attendait, il a fait glisser doucement les bretelles de ma robe sur mes bras et a effleuré mes épaules du bout des doigts. Il agissait avec une lenteur tendre et rassurante et j'ai osé lever les yeux vers lui. Son regard était rivé sur mes épaules qu'il caressait du bout des doigts. Il a abaissé davantage les bretelles et le corsage a suivi, dévoilant mon soutien-gorge, puis la robe s'est étalée en corolle autour de mes pieds, me laissant en sous-vêtements. Sans la protection du vêtement, je me suis sentie désemparée. J'ai pris une profonde inspiration. Il y avait bien longtemps que nul ne m'avait vue nue. Qu'allait-il penser ? Et s'il me trouvait trop plate ? Mal fichue ?

— Tu es magnifique.

Son ton était sincère et son regard affamé. Il m'a contemplée un instant en silence, comme s'il attendait que je lui donne la permission d'aller plus loin. Comment avait-il compris, sans que je ne dise rien, que j'étais partagée entre l'envie folle de faire l'amour avec lui et l'anxiété que les choses ne se déroulent pas comme je l'espérais ? J'étais anxieuse comme si c'était ma première fois, ai-je soudain songé. C'était ridicule. Et inattendu.

Comme s'il sentait les contradictions qui m'agitaient, Corto m'a prise doucement par la main et m'a conduite vers le lit. Il a ôté rapidement ses santiags.

— Viens, a-t-il dit en s'allongeant tout habillé.

Je me suis étendue à ses côtés. Il a commencé à me caresser doucement le bras tout en m'embrassant de nouveau. Au fur et à mesure que son baiser se faisait plus profond, sa main se déplaçait, effleurant la base de mon cou, le sillon entre mes seins, mon ventre. Le contact de ses doigts laissait un sillage brûlant sur ma peau et je me suis cambrée pour me rapprocher de lui. Il a alors posé une main sur mon sein droit et a caressé le téton de son pouce à travers le tissu. J'ai gémi. Ses lèvres ont abandonné les miennes et se sont posées juste sous mon oreille, à la naissance de mon cou.

— Tu es belle, Flore, a-t-il murmuré en traçant un sillon de baisers jusqu'à mes seins. Si belle.

Il a dégagé mon sein de sa prison de coton et y a posé sa bouche, puis il a titillé mon téton du bout de la langue. J'ai agrippé sa nuque. Ses cheveux étaient soyeux sous mes doigts. Je me suis cambrée encore davantage. Toute anxiété m'avait quittée et seul le désir coulait dans mes veines. J'en voulais plus, beaucoup plus. Comme s'il avait senti mon changement d'humeur, Corto a passé les mains dans mon dos et dégrafé mon soutien-gorge, dont il s'est débarrassé en un tournemain. Sa bouche est allée taquiner mon téton, tandis que d'une main, il caressait l'autre. Un véritable incendie s'était allumé en moi, convergeant vers mon ventre, qui brûlait, animé par un désir dévorant. Sa bouche a quitté mes seins et a tracé un chemin sur mon ventre. Ses mains ont remplacé ses lèvres sur mes tétons, qui étaient tellement durs qu'ils en devenaient douloureux. Il a glissé la langue au creux de mon nombril puis a délimité le bord de ma culotte en coton du bout de la langue. La sensation était délicieuse mais pas autant que ce qui a suivi. Il a passé les mains sous l'élastique de ma culotte qu'il a fait glisser le long de mes jambes. J'étais entièrement nue, mais je n'ai pas eu le temps d'être gênée. Corto a posé les lèvres sur mon sexe et sa langue s'est frayé un chemin sur mes lèvres. J'ai gémi, en proie à une sensation délicieuse et totalement inconnue. C'était la première fois qu'un homme se livrait à ce genre d'attention avec moi. La langue de Corto a tracé un sillon jusqu'à mon clitoris, qu'il a agacé lentement. Je me suis cambrée, envahie par une onde de plaisir. Il a posé les mains de part et d'autre de mes hanches pour me maintenir clouée au lit et a plongé sa langue dans ma fente, avant de la faire courir en zigzag sur mes lèvres et de revenir à mon clitoris. La sensation était indescriptible. Malgré ses mains qui m'épinglaient sur le matelas, j'ai réussi à lever un peu les reins pour lui donner un accès plus profond à mon intimité. Comme si c'était le signal qu'il attendait, Corto a plongé deux doigts en moi sans cesser de lécher mon sexe. J'ai soudain perdu le compte de ce qu'il faisait : sa langue et ses doigts ne faisaient plus qu'un pour orchestrer la montée d'un plaisir que je n'avais jamais ressenti auparavant et qui m'a submergée, vague après vague, jusqu'à ce qu'il finisse par me balayer tout entière. J'ai poussé un cri étouffé. Mon sexe s'est contracté et j'ai senti une chaleur intense se répandre dans tout mon corps, de la racine de mes cheveux jusqu'à la pointe de mes orteils. Sans ôter la langue de mon clitoris, Corto s'est emparé de ma main qu'il a serrée fermement dans la sienne. J'avais l'impression de flotter loin, très loin, et que sa main était l'ancre qui me reliait à la terre. Sa bouche a refait le trajet en sens inverse sur mon ventre, déposé un nuage de baisers légers sur mon épaule et je me suis soudain sentie attirée dans ses bras puissants. Je me suis blottie tout contre lui en soupirant d'aise.

Il a enfoui le visage dans mes cheveux tout en me caressant le dos. Au bout de quelques instants — où était-ce quelques minutes, voire quelques heures ? — j'ai levé le visage vers lui.

— Bienvenue sur terre, a-t-il dit en plongeant son regard gris dans le mien.

Il souriait, et je devinais sa fossette dans la lueur tamisée qui baignait la chambre.

J'ai rougi.

— Tu es belle quand tu jouis, a-t-il murmuré en effleurant ma joue du bout des doigts. Et tu es une vraie rousse. J'aime.

Il ne me quittait pas des yeux et son regard s'était fait plus sombre. J'ai tendu la main vers sa chemise.

— Je veux te voir, ai-je exigé d'une voix étonnamment ferme.

Joignant le geste à la parole, j'ai commencé à défaire les boutons. Quelques secondes plus tard, j'écartais les pans de sa chemise noire, dévoilant un torse bronzé, musclé, glabre et… tatoué. Corto s'est redressé et a ôté complètement sa chemise. J'ai suivi du doigt le dessin compliqué et abstrait qui s'étalait sur sa poitrine. Le bout d'une aile était gravé sur son épaule droite, prolongeant le motif que j'avais aperçu sur son bras. Mue par une impulsion subite, j'ai posé les lèvres sur son cœur et suivi le dessin noir du bout de la langue. Corto a réprimé un petit cri de surprise et je l'ai senti frémir sous la caresse. Sa peau était douce et je n'ai pas résisté à l'envie d'y poser les mains. Ses muscles ont roulé sous mes paumes, durs et bien dessinés. Corto a soupiré et s'est penché vers moi.

— Attends, a-t-il murmuré.

Il s'est levé d'un bond et a achevé de se déshabiller. J'ai eu à peine le temps de le regarder et de deviner des jambes puissantes et un sexe dressé. Il s'est penché vers sa table de nuit pour attraper quelque chose dans le tiroir, m'offrant une vue imprenable sur ses fesses rondes et parfaites et sur son dos, dans lequel s'étalait un aigle immense.

— Vous appréciez la vue, mademoiselle Deschamps ? a-t-il soudain demandé, comme s'il avait deviné que je ne pouvais pas détacher mon regard de son corps.

— Oui, beaucoup, ai-je répondu sur un ton assuré alors même que je rougissais comme une collégienne prise en faute.

Il s'est tourné vers moi, un sourire aux lèvres et un petit carré d'aluminium à la main. Il ne m'a pas laissé le loisir de le reluquer davantage. Il a fondu sur moi comme un oiseau de proie et m'a embrassée avec une ardeur qui confinait à la violence.

— J'ai tellement envie de toi, a-t-il chuchoté tout contre ma bouche.

J'avais envie d'explorer son corps, de le caresser, de le découvrir, mais il ne m'en a pas laissé le temps. Abandonnant ma bouche un instant, il a enfilé le préservatif, s'est assis sur le bord du lit et m'a attirée à lui. Je me suis installée à califourchon sur ses genoux et j'ai senti son sexe coulisser dans le mien, m'emplissant tout entière. J'étais trempée. J'ai gémi, cramponnée à ses épaules, et il a empoigné mes fesses, me pénétrant plus profondément. Dans cette position, sa marge de manœuvre était réduite, et c'était à moi d'imposer le rythme. Sans que je sache bien pourquoi, je lui ai su gré d'avoir choisi de me prendre de cette manière. J'ai posé ma bouche sur la sienne et commencé à aller et venir sur son sexe raide. Il a accompagné le mouvement en me maintenant toujours fermement et j'ai senti le plaisir naître de nouveau en moi et se répandre comme une traînée de lave. Nos sexes joints étaient l'épicentre d'une onde sismique qui s'était emparée de mon corps tout entier. Ainsi installée à califourchon sur ses genoux, je sentais son corps tout entier palpiter contre le mien. Il a rompu soudain le baiser qui nous liait pour poser la bouche sur un de mes seins. Je me suis cambrée tout en allant et venant plus rapidement sur lui. Il a glissé une main entre nous et caressé mon clitoris. L'orgasme m'a prise par surprise, différent du premier, plus violent. Il n'a pas cessé pour autant de me caresser, accélérant même le rythme, puis soudain, avec une rapidité inattendue, il m'a soulevée comme si je ne pesais guère plus qu'un fétu de paille.

— Mets-toi à quatre pattes sur le lit, a-t-il ordonné.

J'ai obéi, encore sous l'effet de l'orgasme. Il s'est glissé derrière moi et m'a pénétrée de nouveau. L'angle était différent et la sensation délicieuse. Cette fois-ci, c'était lui qui menait la danse. Ses coups de reins se sont faits de plus en plus puissants et le plaisir, qui n'avait pas eu le temps de refluer tout à fait, a gonflé de nouveau en moi. Comme s'il avait senti ce que j'éprouvais, Corto s'est penché et a de nouveau caressé mon clitoris. J'ai creusé le dos et son sexe a plongé encore plus profondément en moi. C'était tellement bon que je n'ai pas pu m'empêcher de gémir. Les va-et-vient de Corto se sont faits plus rapides et plus brutaux et j'ai joui une troisième fois. Cette fois-ci, l'orgasme a été si violent que j'en ai eu le souffle coupé. Corto s'est raidi et a joui à son tour, et je me suis écroulée, pantelante. Il s'est allongé sur le côté et m'a attirée à lui, dos contre sa poitrine et nous sommes restés un moment silencieux, haletant à l'unisson.

— Je ne pensais pas que le sexe pouvait être si..., ai-je commencé lorsque je suis descendue un peu de la stratosphère dans laquelle il m'avait propulsée.

Je me suis interrompue. Je me sentais un peu gênée d'avouer ma relative inexpérience en la matière.

— Si quoi ?

Sa bouche était tout près de mon oreille et sa barbe me chatouillait agréablement la joue. Je me suis retournée pour lui faire face et il a commencé à jouer avec mes longs cheveux.

— Si... intense. Incroyable. Génial. Fabuleux.

Il a éclaté de rire. C'était la première fois que je l'entendais rire et j'ai trouvé que c'était un son merveilleux.

— J'ai passé le test ? a-t-il demandé et j'ai rougi sous l'intensité de son regard.

— Oui, me suis-je contentée de répliquer et ma réponse ressemblait à un ronronnement de matou repu.

Il m'a attirée à lui et a déposé un baiser léger sur mes lèvres.

Je me suis blottie contre lui. Je ne m'étais jamais sentie aussi bien de toute ma vie. J'ai commencé à caresser son torse musclé du bout des doigts en suivant machinalement les courbes de ses tatouages. Des chiffres romains étaient gravés juste au-dessus de son cœur.

— C'est quoi ce tatouage ?

— Un souvenir, a-t-il répondu en déposant un baiser sur le sommet de ma tête.

J'avais envie d'en savoir davantage mais j'avais peur de ne pas apprécier la réponse. Il y avait de fortes chances pour que le souvenir en question soit sentimental et je n'avais aucune envie d'entendre parler des femmes qui avaient peuplé son passé.

J'ai laissé mon regard errer autour de moi. Lorsqu'on était entrés dans la chambre, j'avais été trop occupée pour faire attention au décor. Ce n'était qu'à présent que je remarquais la commode en teck, le fauteuil en cuir, le parquet ancien, les poutres apparentes, le lit king size, les draps en satin… Toute la pièce, rénovée avec autant de goût que le rez-de-chaussée, criait l'opulence discrète. Les remarques de Fanny et de Benoît me sont soudain revenues en mémoire. Une partie de moi avait envie de profiter de l'instant présent sans réfléchir ni me prendre la tête, mais une autre, plus curieuse, brûlait d'en apprendre davantage sur cet homme mystérieux.

— Je peux te poser une question ? ai-je demandé.

— Je crois que tu viens de le faire.

Son ton était léger mais je devinais autre chose sous l'apparente désinvolture. De l'agacement ?

— Tu viens d'où ?

A l'instant où j'ai prononcé ces mots, je l'ai senti se raidir contre moi. J'ai levé les yeux vers lui : ses yeux gris étaient fixés sur moi et il ne souriait plus. Au bout d'un temps qui m'a paru interminable, il a fini par répondre :

— D'ailleurs.

— C'est pas une réponse, ça, ai-je répliqué en souriant.

— C'est la mienne.

Son ton s'était durci et j'ai tressailli. Je m'apprêtais à répondre lorsque son portable, qu'il avait posé sur la table de nuit, s'est mis à vibrer. Il a tendu le bras et fait pivoter l'écran de manière à ce qu'il puisse voir le nom qui s'y affichait sans que je distingue quoi que ce soit. Puis il a reposé le téléphone sans décrocher ni dire un mot.

— Tu as toujours été jardinier ?

La question a franchi mes lèvres avant que j'aie eu le temps de la retenir.

— Ton deuxième prénom, c'est Inquisition, c'est ça ?

J'ai esquissé un sourire, qui s'est figé net quand j'ai constaté qu'il ne plaisantait pas. Je ne lisais aucune trace d'humour dans ses prunelles grises et froides rivées aux miennes.

— Je n'aime pas les femmes curieuses.

— Je…

J'ai été de nouveau interrompue par son portable qui s'est remis à vibrer. Mais cette fois-ci, Corto a décroché tout en s'asseyant sur le bord du lit, le dos tourné. Sans s'excuser auprès de moi.

— Oui.

Ce n'était pas une interrogation, mais une affirmation, prononcée sur un ton à la fois sec et agacé.

— Non.

Un silence.

J'avais beau tendre l'oreille, je n'entendais même pas le bourdonnement de la voix de son interlocuteur. Peut-être était-ce une interlocutrice ?

— Combien ?

Impossible de deviner de quoi il parlait. Ça aurait pu être d'œillets comme de caleçons.

J'ai laissé mon regard errer sur son dos puissant.

Lorsqu'il avait ôté sa chemise, je n'avais pas remarqué que l'œil de l'oiseau qui déployait ses ailes sur sa peau lisse était d'un rouge sombre, presque brûlant. Pour l'heure, il me regardait sans aménité et j'ai détourné les yeux.

— D'accord.

Corto a raccroché et s'est tourné vers moi.

— Rhabille-toi. Je te raccompagne chez toi.

Je l'ai dévisagé, abasourdie.

— Que...

Il s'est levé et a enfilé son jean et sa chemise sans me prêter attention.

— Mais enfin, Corto, que...

— Habille-toi, a-t-il répété sur un ton cassant qui m'a fait froid dans le dos.

Que se passait-il ? Etait-il réellement en train de me mettre à la porte sans explication ? Il fallait croire que oui : il m'a tendu ma robe sans dire un mot, en me regardant droit dans les yeux. J'étais trop sidérée pour réagir autrement qu'en obéissant et puis de toute façon il n'avait pas l'air disposé à s'expliquer. J'ai quitté à mon tour le lit dont les draps froissés avaient accueilli nos ébats quelques instants plus tôt et me suis rhabillée en pilotage automatique. J'ai regardé autour de moi, à la recherche de mes chaussures. Comme s'il avait lu dans mes pensées, Corto m'a tendu mes Salomé, qu'il tenait par la bride.

Où était passé l'homme tendre et attentionné qui m'avait fait l'amour un peu plus tôt ? J'avais de nouveau devant moi le Corto au visage sévère et au regard dur qui, certes, faisait battre mon cœur plus vite, mais sentait le danger à plein nez.

Etait-ce le coup de fil qu'il venait de recevoir qui le mettait dans cet état ? Ou mes questions lui avaient-elles déplu au point de le pousser à me traiter avec cette froideur détestable ?

Je n'ai pas eu le temps de gamberger davantage. Quelques secondes plus tard, nous étions sur le perron. Il m'a tendu le casque, mais cette fois-ci, il m'a laissée l'enfiler toute seule. Puis il a enfourché sa moto et mis le contact sans prononcer un mot. Des dizaines de questions se pressaient sur mes lèvres mais il me tournait le dos et avait abaissé la visière de son casque intégral, décourageant toute tentative de conversation. Je me suis donc juchée derrière lui sans rien dire.

Le trajet de retour a été bien différent de celui, plein de promesses, que nous avions effectué quelques heures plus tôt. Ce n'était plus de l'anticipation joyeuse ni de l'excitation qui enflammait mes sens mais une angoisse sourde et diffuse qui me nouait le ventre. Qu'avais-je bien pu faire, bien pu dire, pour qu'il réagisse ainsi ?

Il m'a semblé que la moto avalait les kilomètres à toute allure. J'avais posé les mains de part et d'autre de sa taille mais, désarçonnée par son brusque changement d'humeur, je n'osais pas me cramponner à lui. Je sentais malgré tout la chaleur et la dureté de son corps sous mes paumes, comme un rappel de ce qui s'était passé un peu plus tôt dans sa chambre. Dans la chaleur de la nuit, mon esprit rejouait en boucle les événements qui venaient de se dérouler. Comment Corto avait-il pu se montrer si ardent puis si glacial ? C'était totalement incompréhensible.

Les avertissements de Benoît ont résonné de nouveau dans mes oreilles. Corto avait-il un passé qu'il cherchait à tout prix à dissimuler et avait-il réagi ainsi à cause de mes questions, qu'il avait jugées intrusives ? Ou m'avait-il tout simplement trouvée inintéressante une fois nos ébats terminés ? Ou, pire, m'avait-il trouvée nulle au lit ? J'étais bien plus inexpérimentée que lui et ce que j'avais pris pour une expérience éblouissante lui avait peut-être semblé bien fade au regard des dizaines de maîtresses qu'il avait certainement eues avant moi… Ou alors sa réaction n'avait rien à voir avec moi mais avec le mystérieux coup de fil. Mais ça ne justifiait pas son attitude détestable : s'il était obligé de se rendre quelque part, il pouvait avoir au moins la décence de s'expliquer ou, à défaut, d'inventer une excuse plausible et de me traiter avec courtoisie.

Résultat, lorsqu'il a ralenti en entrant dans le village, j'avais le cerveau en surchauffe et j'étais partagée entre l'incompréhension, la déception, la tristesse et la colère. Il s'est immobilisé devant chez moi sans couper le contact et je suis descendue tout de suite de la moto. Pas question de prolonger le supplice. Je lui ai tendu son casque, une part de moi espérant encore qu'il allait briser cet insupportable silence.

Mais non. Sans un mot, il s'en est emparé, sans même prendre la peine de relever la visière du sien pour me saluer. Puis il a fait demi-tour et, comme paralysée, j'ai regardé la moto s'éloigner en trombe. Autour de moi, la place était silencieuse et déserte. Des mesures de musique country et des éclats de voix et de rire me parvenaient de plus loin : le bal n'était même pas terminé.

Je suis entrée chez moi le cœur lourd et les larmes aux yeux.

Chapitre 22

J'ai été incapable de dormir. Après m'être tournée et retournée dans mon lit pendant ce qui m'a semblé une éternité, j'ai décidé de guerre lasse de descendre pâtisser. La cuisine avait toujours été le meilleur dérivatif à mes soucis et mes angoisses : pétrir de la pâte me calmait immanquablement. Sauf que cette fois-ci, ça n'a pas fonctionné. J'ai donné un tour à ma pâte à croissants et préparé des cookies sans me sentir mieux pour autant. J'avais beau essayer de tenir à distance les événements de cette étrange soirée, des fragments me revenaient en boucle : les mains de Corto sur mon corps, ses lèvres sur les miennes, ses bras puissants qui m'enlaçaient comme si j'étais la chose la plus précieuse au monde, puis son changement d'attitude, sa froideur, son silence. J'avais tourné et retourné le problème dans tous les sens, sans parvenir à comprendre ce qui s'était passé, ni ce que j'avais fait de travers. D'ailleurs, étais-je réellement responsable de son changement d'humeur ?

Quand j'ai constaté que la pâtisserie ne m'avait pas changé les idées, j'ai repris mes notes concernant la confiture de figues. J'étais en train de me demander si je devais ajouter du gingembre dans la recette originale lorsque quelqu'un a frappé légèrement à la porte-fenêtre que j'avais fermée pour éviter que les insectes entrent.

Tant pis pour la fournaise : je préférais encore cuire plutôt que d'être dévorée par les hordes de moustiques qui ne manquaient pas de voleter dans les maisons, inexorablement attirés vers la lumière à la nuit tombée.

Mon cœur a fait un bond. Et si c'était Corto qui revenait pour m'expliquer son comportement incompréhensible et s'excuser ? J'ai soulevé le voilage d'une main tremblante : ce n'était que Fanny.

— J'ai vu de la lumière alors je me suis dit que j'allais venir aux nouvelles, puisque tu as disparu pendant le bal, a-t-elle dit sans ambages en pénétrant dans la cuisine. Tu trouves qu'il ne fait pas assez chaud comme ça, alors tu pâtisses à 3 heures du matin ?

J'avais envie de répondre sur un ton désinvolte ou par une blague mais au lieu de ça, j'ai senti mon menton se mettre à trembler et les larmes me monter aux yeux.

— Ben alors, Flore, qu'est-ce que…

Fanny n'a pas eu le temps de finir sa phrase. J'ai éclaté en sanglots. Une seconde plus tard, je pleurais contre l'épaule de mon amie. Pour la deuxième fois de la soirée. Ça allait finir par devenir une habitude.

— Qu'est-ce qui s'est passé ? a-t-elle demandé quand mes larmes ont commencé à se tarir.

Je lui ai raconté la soirée par le menu, sans rien omettre ou presque : je ne me suis pas attardée sur l'extase que j'avais connue dans les bras de Corto pour en venir plus rapidement à la conclusion pour le moins violente de la soirée.

— Putain, mais quel connard ! s'est emportée Fanny quand j'ai eu terminé. File-moi son numéro que je lui dise ma façon de penser.

Je l'ai dévisagée, interloquée.

— Tu ferais ça ?

— Evidemment. Tu ne crois quand même pas que je peux rester sans réagir quand je vois ce mec te traiter comme ça ? Ça vaut bien un 10 sur l'échelle de Buffy un truc pareil.

— Hein ? De quoi tu parles ? ai-je demandé en cherchant des yeux un mouchoir.

Fanny m'a tendu le rouleau d'essuie-tout posé sur le plan de travail.

— Souviens-toi, quand Angel couche avec Buffy et que non seulement il perd son âme et redevient une vraie saloperie qui tue des gens pour le plaisir, mais qu'en plus il ne la rappelle pas et qu'il se met à porter des chemises en satin rouge. C'est dire.

Nous avions regardé cette série ensemble quand on était ados — enfin, moi je l'avais surtout regardée pour faire plaisir à Fanny et pour les beaux yeux de l'acteur principal. Les histoires de loups-garous et de vampires ne m'intéressaient pas des masses.

— Tu veux dire que parce qu'il a couché avec moi, Corto a perdu son âme que seul un sortilège gitan pourra lui rendre ? ai-je demandé en me mouchant bruyamment. Et que ça explique pourquoi il m'a traitée comme ça ?

— Pas littéralement, je te le concède. Quoi qu'il en soit, il s'est comporté comme un connard et il mérite que quelqu'un le lui dise.

— Mais pourquoi il a fait ça d'après toi ?

— J'en sais rien. Je pense pouvoir dire sans trop m'avancer que mes expériences en la matière ne font pas de moi une experte ès mecs. Je ne comprends rien à leurs motivations. Ni d'ailleurs à leur manière de s'habiller. Mais ce que je sais, en revanche, c'est que tu ne mérites pas d'être traitée comme ça. Point barre. Il n'y a qu'une chose à faire, a-t-elle poursuivi en ouvrant le buffet.

— Ah oui ? Laquelle ?

Je me suis laissée tomber sur une chaise. Je ne savais pas si c'était d'avoir pleuré mais je me sentais soudain épuisée.

— Se bourrer la gueule, a répondu Fanny en posant une bouteille de bergerac sur la table.

— Benoît dit que Corto a quelque chose à cacher, ai-je avoué soudain, tandis que Fanny sortait deux verres à vin et le tire-bouchon du placard.

— Hum. Je ne suis pas certaine qu'on puisse accorder un quelconque crédit à ses propos. Benoît est amoureux de toi depuis la préhistoire. Pas étonnant qu'il dise ce genre de truc s'il pense que Corto s'intéresse à toi. Et après ce qui s'est passé au bal ce soir, le village entier sait que Corto te court après.

Au souvenir de la vente aux enchères et de ce qui avait suivi, j'ai senti les larmes me monter de nouveau aux yeux. Tout le monde m'avait vue disparaître avec Corto et les rumeurs allaient courir bon train. Sauf que Corto m'avait jetée comme une vieille chaussette trouée. Les probabilités pour que j'aie à affronter les questions de certains habitants étaient fortes. J'allais devoir les esquiver. Je me sentais humiliée par avance, ce qui était un sentiment aussi nouveau que détestable.

— Je me sens affreusement nulle, ai-je gémi en enfouissant la tête entre mes mains.

— Arrête ça tout de suite, a ordonné Fanny. Ce n'est pas toi la fautive dans cette histoire. Tu as eu envie de lui, tu as couché, jusque-là tout va bien. Il s'est ensuite comporté comme le dernier des Néandertaliens, et ça, c'est son problème à lui, pas le tien.

Elle avait raison. Et en même temps, ça ne me consolait pas du tout. J'ai senti une autre vague de désespoir monter en moi.

— Oui mais pourquoi il a changé d'attitude d'un coup, sans aucun signe avant-coureur ? ai-je répondu en refoulant un sanglot. Ça n'a aucun sens !

— Flore, ma chérie, je pense qu'on pourrait passer la nuit à décortiquer le moindre de ses gestes et la moindre de ses intonations qu'on ne serait pas plus avancées. De deux choses l'une : ou c'est un connard, ou c'est un connard. Il n'a aucune excuse. Et même si c'est le coup de fil qu'il a reçu qui l'a mis dans tous ses états, ça ne l'empêchait pas d'être poli. Point barre.

— Tu as raison. Tu as raison, ai-je répondu en hochant la tête.

Peut-être que si je le répétais suffisamment de fois, j'allais finir par le croire.

Fanny m'a mis un verre de vin bien rempli dans la main.

— A nos femmes, à nos chevaux, et à ceux qui les montent ! a-t-elle dit en levant son verre.

Je l'ai dévisagée, interloquée.

— J'ai regardé un documentaire sur Chirac l'autre jour, a-t-elle expliqué sur un ton d'excuse. C'est lui qui disait ça.

Je n'ai pas pu m'empêcher de sourire.

— Dis donc, tu te fais vraiment suer pendant ces vacances.

— Je me cultive, nuance.

J'ai porté le verre à mes lèvres et descendu son contenu d'un coup.

— *That's my girl*, a commenté Fanny en me resservant. Buvons à nous et oublions Corto. Oublions-les tous, d'ailleurs.

*
* *

A la fin de la première bouteille de vin, je me sentais déjà beaucoup mieux : Corto était un abruti qui m'avait draguée puis avait couché avec moi avant de me larguer comme le faisaient tous les mecs du monde et sans que j'aie rien à me reprocher. A la moitié de la bouteille suivante, j'ai décidé que Corto était un connard mais avec des excuses : il était peut-être marié et avait été pris de remords tardifs, même si je ne voyais pas comment il aurait pu cacher à tout le village sa situation maritale. A la fin de la deuxième bouteille, j'ai senti un regain de confiance me gagner : Corto était certainement un agent secret ou un flic infiltré qui avait reçu un coup de fil lui ordonnant d'aller arrêter un trafiquant de tomates bourrées d'OGM qui voulait prendre le pouvoir sur le Lot-et-Garonne. Il était obligé de me laisser dans l'ignorance pour ne pas m'exposer, d'où son attitude et sa froideur. Au premier tiers de la troisième bouteille, j'étais prête à tout lui pardonner et à aller sonner chez lui en pleine nuit pour le lui dire, pleine de bienveillance et de mansuétude. Je ne saurais jamais ce que j'aurais été prête à faire ensuite : je ne me souviens plus de rien, ni même si on a terminé cette troisième bouteille.

Le lendemain matin — enfin quelques heures plus tard — je me suis réveillée avec une migraine épouvantable et une haleine de poney mâtinée de chacal. J'ai eu un instant de panique en voyant l'heure affichée sur le vieux réveil posé sur ma table de nuit — il était 10 heures passées — avant de me rappeler qu'on était dimanche et que rien ne m'attendait, pas même Clélia, qui était toujours chez Gina. J'ai tenté de m'asseoir le plus lentement possible sur le bord du lit qui tanguait de manière incompréhensible. Les souvenirs de la veille au soir étaient pour le moins flous. Comment étais-je parvenue jusqu'à mon lit ?

— Ça va comment ce matin ?

La voix de Fanny a résonné un peu trop fort à mes oreilles et j'ai tourné la tête en direction du son. Mauvaise idée. J'ai eu l'impression que mon cerveau tentait de se faire la malle par mes oreilles. Fanny était allongée à côté de moi, tout habillée.

— Heu. On a bu combien de bouteilles hier soir ? ai-je réussi à articuler d'une voix pâteuse en portant les mains à mes tempes, dans lesquelles un orchestre symphonique avait élu domicile sans prévenir. Un orchestre dans lequel il y avait surtout des percussions.

— Juste assez pour que tu oublies Monsieur Connard en chef.

Je n'ai rien dit sur le fait que Monsieur Sexy, voire Monsieur Ultra Hot avait changé de statut en une nuit. Ça sert à ça les meilleures amies, à prendre votre parti quoi qu'il arrive.

— Je croyais qu'on lui avait trouvé des excuses, ai-je répondu. (Une vague histoire de trafic de légumes me revenait subitement en mémoire.)

— *Tu* lui as trouvé des excuses, a répliqué Fanny en se redressant contre l'oreiller. Pas moi.

J'ai soupiré. A la lumière du jour et sans le soutien logistique de l'alcool, cette idée me paraissait, il fallait bien l'avouer, complètement saugrenue.

— Non, je n'ai pas oublié Corto — pour une raison que je ne m'expliquais pas, je ne pouvais pas me résoudre à le traiter de connard. Mais c'est vrai que c'est moins douloureux.

— C'est l'alcool qui fait ça, a répliqué Fanny. Ça floute les contours de la vie. Comme un filtre Instagram.

J'ai souri. Deuxième mauvaise idée. Les muscles de mes joues avaient à l'évidence décidé qu'ils étaient dans le même état que mon cerveau.

— Comment tu fais pour ne pas avoir la gueule de bois ? J'ai l'impression d'être un vieux canasson puant et tu as l'air fraîche comme une rose. C'est injuste.

— C'est l'entraînement. Tu ne bois pas assez. Allez, file te doucher, je vais préparer le petit déj.

Il fallait vraiment que je sois au trente-sixième dessous pour que Fanny se propose de cuisiner quoi que ce soit pour moi. Mais je n'étais pas d'humeur à protester. Je me suis traînée jusqu'à la salle de bains en priant pour ne pas croiser mon père. Le saint patron des soiffardes au cœur brisé devait être de mon côté, puisque j'ai atteint la salle de bains sans voir l'ombre de ses lunettes.

La chaudière était toujours aux abonnés absents, mais pour une fois, je n'allais pas m'en plaindre. L'eau froide a estompé ma migraine et une fois douchée et habillée, j'ai considéré la situation avec plus de recul. Corto avait été odieux, OK. Et après ? Je n'étais pas en sucre. Il suffisait que je l'oublie et on n'en parlait plus. Voilà qui m'apprendrait à avoir un *crush* sur un homme dont je ne savais rien. On ne m'y reprendrait plus.

Lorsque je suis entrée dans la cuisine, j'ai trouvé le café prêt et une délicieuse odeur de pain grillé flottait dans l'air.

— Tu sais donc te servir d'un grille-pain, ai-je commenté en m'installant à table.

Deux cachets d'Advil m'attendaient à côté du bol en

pyrex marron. Je les ai avalés avec le grand verre de jus d'orange qui l'accompagnait.

— Je ne relèverai même pas, a répondu Fanny en posant le beurre et ma confiture d'abricots à la lavande sur la table. Bon, qu'est-ce que tu comptes faire aujourd'hui ? Et ne réponds pas « travailler », je te l'interdis formellement. Tu dois décompresser, prendre du temps pour toi, faire un truc sympa, quoi.

Plus facile à dire qu'à faire. Depuis quand n'avais-je pas fait « un truc sympa » comme elle disait ? Je passais mon temps à m'agiter comme une abeille industrieuse.

— OK. Je vais lire dans le jardin, tiens.

Fanny m'a lancé un regard indéchiffrable.

— C'est toujours mieux que de passer ton dimanche dans cette cuisine, même si je pense que tu pourrais faire mieux que ça. Mais Ryan Gosling n'a pas développé son corps de rêve en deux jours. Un pas après l'autre.

Chapitre 23

— Entrez ! ai-je crié.

J'étais dans le cellier en train de préparer de l'huile essentielle de millepertuis, entre mes deux factions à la supérette, lorsque quelqu'un a frappé un petit coup à la porte-fenêtre ouverte de la cuisine.

Cela faisait quatre jours que je vivais comme en mode automatique. En apparence, j'avais repris le cours de ma vie comme si la soirée avec Corto n'avait été qu'une parenthèse à demi enchantée, mais au fond de moi je savais que ce n'était qu'une façade. J'enchaînais mes différentes tâches en essayant surtout de ne pas réfléchir — heureusement, je ne manquais pas de travail. Monique allait mieux mais avait décidé de s'octroyer une semaine de repos supplémentaire, ce qui, malgré ma fatigue, n'était pas pour me déplaire. Entre les pâtisseries, les confitures, la supérette, Mme André et Clélia, le temps était passé à toute allure.

Par la fenêtre ouverte, j'entendais Clélia et Tom jouer dans le jardin : depuis trois jours, ils bâtissaient leur cabane avec des planches récupérées dans le garage de Karim. Ils avaient fait des plans et passaient leur temps à prendre des mesures et à discuter comme des architectes en herbe. La cabane n'avançait pas des masses mais ils avaient l'air de bien s'amuser, ce qui était l'essentiel.

— Je suis dans le cellier ! ai-je ajouté.

Pas de réponse.

J'ai levé le nez de mon alambic miniature, intriguée. Et mon cœur a fait une embardée.

Corto se tenait dans l'embrasure de la porte. Il avait franchi les quelques mètres qui séparaient la porte-fenêtre du cellier sans un bruit. Il était toujours beau comme un dieu grec. Enfin, si les dieux grecs étaient tatoués et portaient des T-shirts moulants et des jeans qui tombaient un peu sur les hanches.

J'ai senti aussitôt une certaine faiblesse au niveau des genoux, qui a été coupée net par le souvenir de ce qu'il m'avait fait. Quel culot il avait, de se pointer chez *moi*, dans *mon* cellier, après m'avoir larguée sans même un au revoir quelques jours plus tôt ! J'ai redressé les épaules et le menton. *Sois professionnelle*, me suis-je ordonné. Je ne savais pas pourquoi il était là, mais il n'était pas question de me donner en spectacle de quelque manière que ce soit.

— Je peux faire quelque chose pour toi ? ai-je demandé en priant pour que ma voix ne se mette pas à couiner comme une souris prise au piège.

— Oui.

Toujours aussi laconique. Est-ce que ça lui arrivait de dire bonjour, tout simplement ? D'un autre côté, je ne l'avais pas salué non plus. Il me dévisageait sans rien dire ni sourire ; l'intensité de son regard était embarrassante et, je devais bien l'avouer même si ça me coûtait, assez excitante. J'étais censée lui en vouloir pour ce qu'il m'avait fait samedi soir — enfin, pas tout, uniquement la fin —, mais je ne pouvais pas m'empêcher de le trouver attirant. Une certaine tension planait dans le cellier, et il y avait fort à parier qu'il la sentait aussi, ce qui me gênait encore plus. Qu'est-ce qu'il faisait là d'abord ? *Surtout ne pas se laisser envoûter par ses prunelles magnétiques. Ne pas se laisser hypnotiser. Ne pas…* J'ai détourné les yeux et reporté mon attention sur mon huile. Mais malgré toutes mes résolutions, la présence de Corto me faisait perdre mes moyens et j'avais très chaud, ce qui n'était pas essentiellement dû à la canicule. J'étais censée faire quoi, déjà ? Ah oui, de l'huile essentielle de millepertuis. Sauf que je n'avais techniquement rien d'autre à faire que d'attendre que la distillation prenne fin. J'aurais pu faire semblant de m'occuper d'autre chose, mais vu que je devenais maladroite en sa présence, j'ai préféré m'abstenir. Je suis donc restée à contempler le petit alambic comme si ma vie en dépendait, en attendant que Corto daigne expliquer les raisons de sa présence dans mon cellier.

Ce qu'il n'a pas fait.

Un silence insupportable s'est éternisé.

J'ai fini par céder et lever les yeux vers lui. Il s'était rapproché de moi sans un bruit, de cette démarche féline en complète contradiction avec sa corpulence. Ses prunelles métalliques étaient rivées aux miennes et j'ai senti mon cœur battre plus vite.

— Tu veux que je refasse une pulvérisation de pyrèthre ? ai-je fini par demander pour tenter de garder le contrôle de la situation. Tu as encore des pucerons ?

— Oui. Non.

Il me regardait comme s'il allait me dévorer toute crue et je me suis sentie rougir de la tête aux pieds. Il fallait absolument que je rompe l'intensité de l'instant : l'air était tellement électrique entre nous que je craignais de m'embraser spontanément d'un instant à l'autre.

— Qu'est-ce que tu veux à la fin Corto ?

— Toi.

Je n'ai pas eu le temps de réagir. Il m'a enlacée et attirée brutalement à lui. Ses lèvres se sont posées sur les miennes, sa langue s'est frayé un chemin dans ma bouche et j'ai rapidement manqué d'oxygène. Mais pas suffisamment pour effacer toute pensée cohérente de mon esprit. J'ai posé les mains sur son torse et l'ai repoussé de toutes mes forces, même si ce n'était absolument pas ce que mon corps voulait. Ma bouche voulait à tout prix continuer à dévorer la sienne, mue par une volonté propre que je ne pouvais pas, que je ne voulais pas cautionner.

— Non, mais tu en as du culot de te pointer comme ça après ce qui s'est passé samedi soir !

J'étais essoufflée et ma voix était trop aiguë, mais je m'en fichais totalement. Pas question de me laisser traiter comme un yoyo, que l'on prend et que l'on repousse quand bon lui semble. Je méritais mieux que ça.

Il a reculé un peu sans me quitter des yeux. Il était essoufflé lui aussi et sa poitrine se soulevait et s'abaissait rapidement sous le T-shirt gris.

— Flore...

Il s'est éclairci la voix, mais n'a rien ajouté. J'ai croisé les bras pour me donner une contenance. Pas question de lui faciliter la tâche. Pour la première fois de ma vie, je voulais des excuses.

— Flore...

Il avait une façon de prononcer mon prénom qui me liquéfiait et faisait battre mon cœur plus vite. Il mettait dans mon prénom toute la sensualité dont il avait fait preuve quand il m'avait fait l'amour le samedi précédent. Mais cette fois-ci, j'étais bien décidée à ne pas céder. J'ai tenté de contrôler les battements de mon cœur et d'empêcher mes mains de trembler.

— Je... je suis désolé pour samedi soir, a-t-il fini par dire.

J'ai attendu une suite qui n'est jamais venue. Ses prunelles grises ne quittaient pas les miennes, comme s'il essayait de me faire comprendre quelque chose par le seul pouvoir de son regard magnétique. Hélas pour lui, je n'étais pas télépathe. Mieux encore : je n'avais aucune envie de l'être. Je voulais des mots.

— Désolé de quoi ? ai-je fini par répliquer sur un ton dans lequel j'ai entendu poindre toute la colère que je refoulais depuis des jours. D'avoir couché avec moi ?

Il m'a dévisagée un instant et j'ai cru lire de la surprise sur ses traits.

— Pas du tout, non.

— De quoi, alors ? De m'avoir littéralement foutue à la porte et de m'avoir déposée chez moi sans même avoir la courtoisie de me dire au revoir ?

— Oui, s'est-il contenté de répondre.

Un nouveau silence. J'ai soutenu son regard, et toute l'attirance que je ressentais pour lui, l'excitation qu'il faisait naître au creux de mon ventre se sont transformées en autre chose. Quelque chose de douloureux et de violent. Une colère froide qui s'est rapidement muée en une rage sourde qui couvait depuis samedi et qui ne demandait qu'à s'exprimer enfin.

— Et c'est tout ? Tu es désolé donc je dois te tomber dans les bras et faire comme si tu ne m'avais pas traitée comme la dernière des dernières ? Tu te pointes chez moi et tu me sautes dessus en pensant que je vais faire quoi ? Te remercier de te souvenir de mon existence ?

— Flore, je… je suis désolé de t'avoir blessée, a-t-il dit sur un ton sincère. (Il parlait lentement et à mi-voix, comme si chaque mot lui coûtait.) J'avoue que je ne me suis pas bien comporté samedi. J'ai mal réagi quand tu m'as posé certaines questions, mais c'est parce que… parce que ma vie est compliquée.

Il a dit ça sur un ton définitif, comme si ça expliquait tout.

— Tu es marié, c'est ça ?

Je voulais vraiment comprendre, et c'était la chose finalement la plus plausible, même si on ne l'avait jamais vu avec aucune femme au village. C'était en tout cas plus réaliste que de l'imaginer en James Bond tatoué, idée qui m'avait paru brillante quand elle avait surgi au fond d'une bouteille de vin, mais qui, examinée à la lumière du jour et de la sobriété, était ridicule.

Si ma question l'a surpris, il n'en a rien montré.

— Non. Je ne suis pas marié. Et il n'y a personne dans ma vie.

Le soulagement que j'ai ressenti m'a prise par surprise et j'ai préféré ne pas m'attarder dessus. J'ai croisé les bras.

— Quoi alors ? Qu'est-ce qui peut bien expliquer que tu sois le plus attentionné des hommes puis que l'instant d'après, tu te comportes comme le plus parfait des connards ?

Si on réfléchissait bien, c'était exactement ce qu'il faisait avec moi depuis le début. Il me rembarrait au marché avant de me donner trois kilos de figues ; il me demandait de mes nouvelles par texto après m'avoir ramassée dans les ronces — et embrassée —, puis il faisait comme si de rien n'était à la supérette le lendemain avant de disparaître pendant une semaine. Il soufflait le chaud et le froid et surtout, je le remarquais soudain, il ne s'expliquait jamais. Et c'était insupportable. Je détestais ça. Les mystères, les malentendus. Et la désagréable sensation que j'avais d'être au bout d'un élastique qu'il tendait et détendait selon son bon vouloir. Puisqu'il avait fait surface de manière inopinée dans mon cellier — et ce quelles qu'en soient les raisons — je voulais qu'il réponde à mes questions.

Et pour la première fois depuis toujours, je me sentais animée par une assurance que je ne me connaissais pas. Ce qui s'était passé avec Corto était peut-être la goutte d'eau qui avait enfin fait déborder un vase plus que plein : toujours est-il que j'en avais assez d'être prise pour celle à qui on demandait sans arrêt des services, qu'on ne payait pas et qu'on traitait mal après avoir couché avec elle — même si, d'accord, ça ne s'était produit qu'une fois. Je découvrais soudain, cet après-midi-là, entre mes rangées de bocaux devant l'homme le plus sexy de la Terre que je ne voulais plus être cette femme-là.

Corto m'a dévisagée en silence.

— Flore...

— Non, ne me « Flore » pas, ai-je rétorqué sèchement. Quand tu m'appelles par mon prénom, mes synapses grillent et je ne suis plus moi-même. Je veux juste la vérité.

— La vérité ? a-t-il répété et son ton a pris une dureté qui m'a fait ciller. La vérité, c'est que je ne peux pas m'empêcher de m'approcher de toi, alors que je ne le devrais pas. La vérité, c'est que tu me plais comme jamais aucune femme ne m'a plu, que je pense à toi tout le temps, que l'envie que j'ai de toi me dévore comme un brasier mais que je ne suis pas un mec pour toi, Flore. Il y a plein de choses que tu ignores sur moi, et crois-moi, il vaut mieux que ça reste comme ça.

Mon cerveau reptilien n'avait retenu que la première partie de sa déclaration. Corto pensait à moi « tout le temps » ? Il me désirait ? Si je m'étais écoutée, je me serais jetée sur lui et je lui aurais arraché son T-shirt moulant séance tenante. Mais la partie rationnelle de mon cerveau, celle qui faisait de moi la femme pragmatique et raisonnable que j'étais avait parfaitement entendu la fin de son discours et elle voyait clignoter de nouveau la pancarte rouge qui disait « attention, emmerdes en vue ».

— Qu'est-ce qu'il vaut mieux que je ne sache pas ?

La conversation avec Benoît m'est revenue soudain en mémoire et j'ai retenu mon souffle. Je ne voulais pas que Benoît ait raison. Je n'avais aucune envie d'apprendre que Corto trempait dans des affaires louches. J'ai contemplé cet homme que je trouvais si séduisant et si excitant : ses tatouages et ses piercings étaient-ils autre chose que de simples ornements inspirés par une mode passagère ? Avaient-ils un sens ? Oh mon Dieu, Corto faisait-il partie d'un gang ? J'ai chassé cette pensée ridicule : on était en France, pas à Mexico. D'un autre côté, malgré ses traits réguliers et sa beauté, je lui avais toujours trouvé un air dangereux. Il pouvait très bien se livrer à des activités illégales bien plus dangereuses que sa petite distillerie d'alcool clandestin. Les possibilités étaient innombrables. Et s'il était… dealer, par exemple ? Ou, pire, *serial killer* ? J'ai senti une sueur froide me couler dans le dos. Qu'avais-je fait ? J'avais couché avec un homme dont je ne savais strictement rien, qui avait un comportement pour le moins mystérieux et qui venait de me mettre en garde contre lui-même sans vouloir rien me révéler.

— Je...

Il n'a pas eu le temps de terminer sa phrase. Des cris et des aboiements en provenance du jardin ont ricoché par la fenêtre ouverte.

— Nooooon ! Clélia, ne fais pas ça ! Descends ! a hurlé Tom.

Mes pieds se sont mis en mouvement avant que mon cerveau n'ait le temps de comprendre ce qui était en train de se produire. Il ne m'a fallu que quelques secondes pour traverser la cuisine et déboucher dans la lueur aveuglante qui baignait le jardin. J'ai couru vers le pommier, dans lequel je savais que les enfants jouaient depuis le début de l'après-midi.

Tom était campé devant le tronc du vieil arbre, et, les mains en porte-voix autour de la bouche, s'égosillait à l'attention de Clélia, qui était assise, oh mon Dieu, sur la plus haute branche du pommier, qui culminait à plus de cinq mètres de hauteur. Long John Silver faisait le tour de l'arbre en jappant, le museau en l'air.

— Clélia ! ai-je hurlé à mon tour. Qu'est-ce que tu fais là ? Descends tout de suite !

— Je crains rien, maman, t'inquiète, a-t-elle crié en retour avec toute l'assurance d'une enfant inconsciente.

Installée à califourchon, elle contemplait le monde de haut et je devinais, malgré la distance, sa fierté à être parvenue si haut et à dominer le paysage comme ça.

— Pourquoi elle est montée tout en haut ? ai-je demandé à Tom sans quitter ma fille des yeux. Je le lui avais interdit !

— Je sais pas, a-t-il répondu sur un ton angoissé et je m'en suis voulu de lui avoir parlé aussi sèchement alors qu'il n'était pas le fautif dans l'histoire. Je lui ai dit qu'on n'avait pas le droit, mais elle a dit que c'était pas dangereux.

Je reconnaissais bien là mon intrépide de fille mais rien que de la voir si haut, j'ai senti mon cœur battre de manière erratique et mes mains devenir moites. Les contours de ma vision ont commencé à se troubler et des taches noires sont apparues devant mes yeux. J'étais à deux doigts de me trouver mal. Ce n'était pas le moment. J'ai pris une profonde inspiration et le monde autour de moi s'est stabilisé.

— Clélia, ai-je crié sur le ton le plus ferme possible tout en essayant de contrôler la panique que j'entendais dans ma voix, redescends tout de suite, s'il te plaît.

— Si tu savais comme c'est beau, de là-haut, maman ! a-t-elle répondu sans tenir compte de mon ordre. On voit tout le village. Je crois que je vois même les ruches de Francis, là-bas, a-t-elle ajouté en tendant le doigt et en pivotant un peu sur la branche.

J'ai vu toute la scène se dérouler au ralenti. Comme dans mes pires cauchemars, son petit corps, déséquilibré par le mouvement, a basculé sur le côté.

Quelqu'un a hurlé et je n'ai pas compris tout de suite que c'était moi. J'ai vu ma fille tomber dans le vide et je suis restée paralysée pendant une demi-seconde, les pieds rivés au sol, incapable de réagir. Lorsque j'ai enfin réussi à me mettre en mouvement et à me précipiter vers l'endroit présumé de sa chute, c'était déjà trop tard.

Clélia a crié mais elle n'a pas heurté le sol ; elle est tombée directement dans les bras de Corto, qui s'était précipité vers l'arbre et s'était placé exactement à l'endroit où elle aurait dû s'écraser. Encore une fois, j'ai vu la scène au ralenti : Clélia qui atterrissait dans ses bras puissants, et lui qui reculait un peu sous le choc.

— Oh mon Dieu, oh mon Dieu, oh mon Dieu.

Incapable de dire autre chose, je me suis précipitée vers Clélia que j'ai littéralement arrachée des bras de Corto pour la serrer contre moi.

— Oh ma chérie, tu n'as rien ? Est-ce que tout va bien ?

— Je me suis fait mal au bras, a-t-elle répondu en me montrant son poignet, qui avait gonflé et sur lequel s'étalait déjà une large ecchymose.

— On dirait une foulure, a dit Corto, et je me suis soudain souvenue de son existence.

— Oh ! merci, merci, merci, ai-je dit en me tournant vers lui. Tu as sauvé la vie de ma fille, et je…

J'ai été incapable de terminer ma phrase. Je me suis mise à pleurer sous l'effet de la terreur que j'éprouvais à retardement.

— Ne pleure pas, maman, a dit Clélia, les larmes aux yeux. Je suis désolée d'avoir désobéi. J'aurais pas dû monter aussi haut.

— Non, tu n'aurais pas dû, ai-je répondu en reniflant. J'ai eu une peur bleue, tu sais. Mais je suis tellement contente que tu n'aies rien.

Je l'ai serrée très fort contre moi en déposant un baiser sur ses cheveux. Elle tenait son bras gauche contre sa poitrine. J'étais certaine qu'elle souffrait mais ne se plaignait pas parce qu'elle se sentait en tort.

— Ça fait très mal ?

Elle a hoché la tête.

— On va aller chez le Dr Benassis, pour qu'il t'examine, d'accord ?

Je me suis tournée vers Corto, qui n'avait pas bougé d'un pouce et nous observait, l'air aussi indéchiffrable que jamais.

— Comment tu t'appelles ? a demandé Clélia avant que j'aie eu le temps de dire quoi que ce soit.

— Corto. Et toi ?

— Clélia. Merci de m'avoir rattrapée, a-t-elle dit sur un ton très sérieux. Je comprends pourquoi maman ne voulait pas qu'on construise la cabane trop haut.

— Ah ? Parce que c'était ce que tu voulais faire ? J'ai plutôt eu l'impression que tu essayais de voler comme un oiseau, a répondu Corto en souriant.

Clélia a pouffé.

— Je ne pourrai jamais te remercier assez pour ce que tu viens de faire, suis-je intervenue en m'essuyant les yeux.

— Je suis content d'avoir été au bon endroit au bon moment. Est-ce que tu veux que je vous dépose chez le médecin ?

J'ai secoué la tête en reniflant.

— Merci, ça va aller.

Il a hoché la tête.

— J'étais passé pour te demander une deuxième pulvérisation..., a-t-il commencé.

A cet instant, la conversation dans le cellier m'est subitement revenue en mémoire. C'était un peu surréaliste après ce qui venait de se produire.

— Mais ce n'est pas le moment, a-t-il poursuivi. Je repasserai. Fais attention à toi, Clélia, a-t-il ajouté à l'attention de ma fille. Il n'y aura pas toujours quelqu'un pour te rattraper.

Sur ces mots, il a tourné les talons et emprunté l'allée gravillonnée qui menait au portail. J'ai suivi des yeux sa haute silhouette musclée. Cet homme m'avait affirmé qu'il n'était pas fréquentable pour se comporter en héros un quart d'heure plus tard. Ce mec était un vrai mystère ambulant.

Et je devais bien avouer à mon corps défendant que je mourais d'envie de le percer.

Chapitre 24

Le Dr Benassis nous a fait passer devant tous les autres patients. Il a examiné Clélia sous toutes les coutures, lui a fait une radio et a confirmé la foulure du poignet, qu'il a bandé. J'ai appelé Raymond pour lui dire qu'il devrait se passer de moi et j'ai passé la fin de l'après-midi blottie avec Clélia sur le canapé du salon sous le plaid en patchwork de maman. Ma fille n'a pas tardé à s'endormir sous l'effet de la piqûre d'antidouleur injectée par le médecin. Je l'ai contemplée, le cœur gros d'amour, en essayant de faire taire la petite voix dans ma tête qui s'obstinait à dire : « Et si ? » « Et si Corto ne l'avait pas rattrapée ? » « Et s'il lui était arrivé quelque chose de terrible ? » « Et si elle avait fini en fauteuil roulant, voire pire ? » Je savais bien que ce genre de pensées était absurde puisqu'elle était saine et sauve et s'en était tirée quasiment sans dommage, mais impossible de faire taire cette voix. J'aimais Clélia d'un amour si profond et si puissant qu'à l'idée qu'elle puisse disparaître, je me sentais envahie par une espèce d'étourdissement qui confinait au malaise. J'ai inspiré profondément, le nez dans ses cheveux. Elle sentait bon, un mélange de shampoing, de soleil et d'enfance. Si j'avais pu faire de cette odeur une huile essentielle pour soigner les maux d'adultes comme la dépression et la nostalgie, j'étais certaine que j'aurais fait un tabac.

Mon père est soudain entré dans le salon. Je ne l'avais pas entendu venir. J'ai baissé les yeux sur ses pieds : il avait troqué son éternelle paire d'espadrilles qu'il n'enfilait jamais complètement, ce qui lui donnait une démarche traînante, contre une paire de vieux mocassins bateaux que je ne me souvenais pas l'avoir jamais vu porter.

— Comment va-t-elle ? a-t-il demandé.

Il était sorti de son atelier suite au raffut provoqué par nos cris et la chute de Clélia et avait tenu à nous conduire jusqu'au cabinet du Dr Benassis. Depuis qu'on était rentrées, il avait disparu de nouveau dans son antre.

— Elle s'est endormie. Je vais la porter dans son lit, ai-je répondu en me déplaçant légèrement pour me lever sans la réveiller.

— Je vais le faire.

Il s'est approché sans attendre de réponse de ma part et a soulevé Clélia comme si elle ne pesait rien. Je n'ai pas protesté : j'aurais eu davantage de difficultés que lui à gravir l'escalier avec elle. Long John Silver, qui était roulé en boule à l'extrémité du canapé, s'est levé pour les suivre.

— Tu devrais te reposer, a dit papa en se dirigeant vers la porte. Tu as l'air crevée. Tu en as fait beaucoup ces derniers temps.

J'ai ouvert la bouche, puis l'ai refermée, incapable de répondre quoi que ce soit. Depuis quand est-ce que mon père se préoccupait de mon état de santé ? J'avais parfois l'impression qu'il oubliait jusqu'à mon existence. Je l'ai regardé quitter la pièce, son précieux fardeau dans les bras. L'attitude de papa avait changé ces derniers jours. Il faisait des choses que je ne l'avais pas vu faire depuis des années. Participer aux conversations, chantonner, ne plus traîner des pieds, être plus concentré... Etait-il enfin en train de sortir de la léthargie dans laquelle il était plongé depuis quinze ans ? Ça me paraissait à la fois incroyable et impossible. J'ai essayé de chercher dans ma mémoire quand avait commencé cette lente métamorphose. Il m'a semblé que c'était au moment de notre discussion sur les étoiles dans le jardin. Peut-être que d'avoir enfin parlé de maman, de la personne qu'elle était, avait déverrouillé quelque chose dans son cœur et dans son attitude ?

Je ne l'ai cependant pas écouté. L'accident de Clélia m'avait plongée dans une espèce d'angoisse à retardement et de fébrilité difficile à contenir. J'ai fait ce que j'avais à faire en cuisine puis j'ai gagné mon bureau, incapable d'envisager d'aller me coucher. J'étais en train d'essayer de me concentrer sur la paperasse, Staline sur les genoux, lorsque j'ai entendu un bruit de moto sur la place. Quelques secondes plus tard, on a frappé à la porte d'entrée. Pas besoin d'être grand clerc pour deviner que c'était Corto. Il occupait une grande partie de mes pensées depuis que Clélia était tombée de l'arbre. J'avais passé une partie de la soirée à me passer en boucle la conversation que nous avions eue dans le cellier avant l'accident de Clélia et j'étais bien obligée d'admettre que Fanny et Benoît avaient raison : il cachait bel et bien quelque chose. Mais quoi ? Et au final, ne jouait-il pas les mecs mystérieux et infréquentables juste pour éviter de s'engager dans une histoire avec moi ? Je m'étais même demandé si je ne lui avais pas envoyé les mauvais signaux : il croyait peut-être que j'étais amoureuse de lui et que je n'avais qu'une envie : l'épouser et lui faire des triplés. Alors, certes, pour être tout à fait honnête avec moi-même, j'étais bien obligée d'avouer que j'avais un *crush* sur cet homme, mais aucune envie de le voir entrer totalement dans ma vie. Il fallait peut-être que je sois plus claire avec lui ?

En même temps, j'avais envie de le voir et de m'expliquer avec lui tout en craignant ce qu'il avait à me dire. *Contradiction, j'écris ton nom*, ai-je songé en me levant. Staline a sauté sur le sol pour aller se lover sur mon vieux canapé et j'ai gagné le hall d'entrée.

— Bonsoir.

Sa silhouette se découpait contre le soleil couchant et je devinais son visage plus que je ne le voyais. Il emplissait tout l'encadrement de la porte et j'ai senti mon cœur battre plus vite. Cette tachycardie à répétition était vraiment une sale manie que j'avais semble-t-il acquise ces derniers temps.

— Ton besoin de pyrèthre est vraiment urgent, dis donc.

— Je ne suis pas là pour ça. Je suis venu prendre des nouvelles de ta fille.

— Elle va bien. Tu avais raison, c'était une foulure. Mais tu n'étais pas obligé de te déplacer. Un coup de fil aurait suffi.

Il m'a regardée sans répondre et je m'en suis voulu d'avoir répondu si sèchement : il avait sauvé la vie de Clélia et je me montrais agressive avec lui.

— Je suis désolée, ai-je poursuivi en soupirant. Je ne voulais pas être désagréable.

— Si. Mais tu as parfaitement raison de l'être.

— Tu veux entrer ?

— Uniquement si tu en as envie.

J'en mourais d'envie, évidemment. Tout en voulant le tenir à distance. Face à lui, je ne savais plus ce que je voulais. Comme si ma raison et mon désir se livraient une guerre sans merci. Et malgré toutes mes bonnes résolutions, j'avais peur, si je le laissais entrer, de savoir lequel des deux allait gagner.

— Entre, ai-je dit en me dirigeant vers mon bureau.

J'aurais sans doute plutôt dû le faire entrer dans la cuisine, où j'aurais pu lui offrir un café. Mais mes pas m'avaient dirigée vers la pièce dans laquelle je me tenais quand il était arrivé sans que je réfléchisse, et c'était trop tard pour faire machine arrière.

Je l'ai précédé dans la pièce et il m'a suivie sans fermer la porte derrière lui. Il a jeté un regard autour de lui.

— Elle est jolie, cette pièce.

Je n'avais aucune envie de bavarder comme si de rien n'était, alors que j'avais des choses importantes à lui dire.

— Corto…

Il a posé les yeux sur moi.

— Oui ?

— Merci encore. Pour cet après-midi. Pour avoir…

J'ai senti les larmes me monter aux yeux.

— Pour…

Je n'ai pas eu le temps de terminer ma phrase. Corto s'est approché et m'a enlacée avec une douceur dont je ne l'aurais pas cru capable. Et, blottie contre son torse dur et musclé, le nez dans son T-shirt gris, je me suis mise à pleurer comme une Madeleine. Moi qui ne pleurais jamais, ça faisait trois fois en une semaine. J'étais en train d'établir un record.

— Vas-y, pleure, a murmuré Corto, si bas que j'ai eu du mal à distinguer ses mots. Pleure, petit oiseau de feu.

Et là, dans ses bras puissants, j'ai sangloté sur ce qui avait failli se produire, j'ai revécu le choc de la chute de Clélia et la terreur qui s'était emparée de moi. Et les larmes ont emporté avec elles la peur folle et absolue que j'avais éprouvée et l'ont balayée. Et plus mes sanglots s'espaçaient, plus j'avais conscience de la présence de Corto, de la chaleur de son corps, de son parfum, de la douceur de sa peau et de son souffle léger. Il a dû sentir mon changement d'humeur parce qu'il a légèrement reculé et a repoussé gentiment une mèche de cheveux qui s'était invitée sur mon front.

J'ai levé les yeux vers lui. Malgré tout ce que je lui avais reproché cet après-midi, j'avais désespérément envie qu'il m'embrasse. Non, pas envie. Besoin. J'avais besoin que sa bouche, ses mains, son corps tout entier, achèvent d'éloigner la frayeur qui ne m'avait pas quittée de l'après-midi.

— Flore..., a-t-il commencé.

— Ne dis rien, s'il te plaît.

Il m'a regardée et un fin sourire a étiré ses lèvres. Il souriait tellement rarement que j'ai senti mon cœur se dilater un peu.

— Tout à l'heure, tu voulais absolument que je m'explique, et voilà que tu m'interdis de parler.

— Corto... Aime-moi. S'il te plaît, ai-je supplié.

— Flore, je ne peux pas... C'est ce que j'ai essayé de t'expliquer cet après-midi. Je n'aurais pas dû coucher avec toi. Ne va pas croire que ce n'était pas bien, s'est-il empressé d'ajouter en voyant la tête que je faisais, mais c'est juste que... que je ne peux pas te donner ce que tu veux.

— Et comment sais-tu ce que je veux, d'abord ? Tu penses à ma place ?

— Non. Mais je suis certain que tu veux un mec bien, Flore, et crois-moi, je n'en suis pas un.

— Comment ça, tu n'es pas un mec bien ? Tu as sauvé la vie de ma fille cet après-midi !

— Ça ne change rien, ça ne rattrape rien. Je ne peux pas t'expliquer, mais je ne...

Je ne lui ai pas laissé le temps d'ajouter quoi que ce soit. Tout d'un coup, ses mystères et ses secrets passaient au deuxième plan. Il était là et j'avais une envie dévorante de lui. Une envie animale et primaire. Cet homme avait réveillé quelque chose chez moi, quelque chose que je ne contrôlais pas et que je ne voulais surtout pas contrôler.

Alors j'ai fait quelque chose dont je ne me serais jamais crue capable. Je me suis jetée sur lui. J'ai attiré son visage à moi et j'ai posé mes lèvres sur les siennes. Il a répondu immédiatement à mon baiser et nos langues se sont mélangées comme si nos vies en dépendaient. Il a fait courir ses mains sous mon T-shirt et caressé mes tétons sous le coton de mon soutien-gorge. Je me suis cambrée contre lui en gémissant et j'ai tâtonné à la recherche de la boucle de sa ceinture.

C'est alors qu'il a reculé un peu et rompu le baiser en prenant mes mains dans les siennes. Puis il a posé son front contre le mien et a plongé ses prunelles grises dans les miennes.

— Flore... je n'ai pas envie que tu couches avec moi parce que tu te sens redevable, a-t-il dit d'une traite, un peu essoufflé.

— Hein ? Quoi ? C'est vraiment ce que tu penses ?

— Je ne suis pas vraiment en état de penser, a-t-il avoué. Mais cet après-midi, tu étais très en colère après moi et là tu me sautes dessus. J'ai très envie de toi, mais si on couche de nouveau ensemble, ça ne changera rien. Je ne te donnerai pas plus de réponses pour autant. Je ne suis ni un mec fiable ni un mec bien.

J'ai fermé les yeux. Qu'est-ce que je voulais vraiment ? J'ai dressé une liste mentalement.

Qu'il m'embrasse.

Qu'il me caresse.

Qu'il fasse courir sa langue sur chaque parcelle de mon corps.

Qu'il me prenne.

Qu'il me fasse jouir.

Qu'il me fasse oublier jusqu'à mon nom.

Qu'il me dise enfin s'il était James Bond ou Hannibal Lecter.

A 6 contre 1, la raison perdait.

— Je te veux, toi, ai-je répondu.

— Tu ne peux pas m'avoir, moi. On peut coucher ensemble, mais c'est tout. Je ne peux rien te donner d'autre.

Corto avait l'air très sérieux. Mais cette affirmation, pour brutale qu'elle soit, était honnête. Et au fond, je n'en demandais pas davantage. Je voulais juste qu'il ne joue pas avec moi. Qu'il ne fasse pas de promesses qu'il ne tiendrait pas. Et c'était à mon tour d'être claire avec moi-même et avec lui.

— Je prendrai ce que tu me donneras, Corto. Je veux juste que tu ne me mentes pas et que tu ne me largues plus jamais sur un bout de trottoir sans me dire au revoir. C'est tout. Je ne te demande pas de devenir mon petit ami. Je veux juste une nuit de plus. Ici. Maintenant.

Corto m'a dévisagée.

— Tu es sûre ?

— Certaine.

Ce qu'il a lu au fond de mes prunelles a dû lui prouver que j'étais sincère. Il a fondu sur moi comme un homme affamé. Et c'est moi qui ai fermé la porte du bureau.

Chapitre 25

Le lendemain matin, je me suis éveillée avant que le réveil ait eu le temps de faire entendre sa sonnerie stridente. J'avais peu dormi mais d'un sommeil étrangement réparateur, certainement à cause du plaisir que j'avais pris dans les bras de Corto. J'ai gagné la salle de bains sur la pointe des pieds. Toujours pas d'eau chaude, mais je m'en fichais comme d'une guigne. Je me suis savonnée en pensant que quelques heures plus tôt, les mains et la bouche de Corto s'étaient posées exactement aux mêmes endroits que le savon. J'ai soupiré au souvenir des caresses qu'il m'avait prodiguées. Tout ça avait été délicieux. Et lorsqu'il était parti au beau milieu de la nuit — après m'avoir dit au revoir —, j'avais éprouvé un pincement au cœur que j'avais rapidement fait taire avant de regagner mon lit.

Il avait été honnête avec moi et c'était au fond tout ce que je lui demandais. Je ne saurais peut-être jamais quel secret il dissimulait et c'était peut-être mieux comme ça.

J'ai enfilé un short, un débardeur et une paire de tongs puis je suis descendue dans la cuisine faire cuire mes croissants et mes chocolatines en chantonnant, la radio en sourdine. J'ai regardé le soleil se lever sur le jardin en songeant que j'avais une chance folle : je vivais dans un endroit merveilleux, ma fille avait échappé au pire, et j'avais vécu une nuit d'amour fabuleuse. Corto m'avait donné ce qu'il pouvait, ce qui au fond, n'était déjà pas mal. Après six années de désert sentimental, j'avais découvert que mon cœur avait encore le pouvoir de battre plus vite et que mon désir n'était pas mort, juste en sourdine. Moi qui avais craint de ne plus jamais rien éprouver du tout, je pouvais bien me contenter de ça. Pour le moment.

Je me suis dit en traversant la place pour me rendre chez Raymond, mes plateaux pleins de viennoiseries dans les bras, que la vie était belle.

Trois minutes plus tard, je ne le pensais plus.

J'étais en train de boire mon habituel expresso lorsque Cécile, l'infirmière à domicile qui s'occupait de Mme André, est entrée dans le bar. J'ai compris tout de suite en voyant sa tête que quelque chose n'allait pas.

— Ah, Flore, c'est toi que je cherchais.

Je suis descendue de mon tabouret, en proie à l'inquiétude.

— Qu'est-ce que… ?

Je n'ai pas eu besoin de terminer ma phrase. J'ai deviné, en la regardant.

— Non. C'est pas vrai. Ne me dis pas que…

— Si. Je l'ai trouvée ce matin. J'ai appelé Pascal. Il est déjà là. Je suis venue te prévenir.

J'ai quitté le bar sans un mot de plus et j'ai traversé la place dans un état second.

Mme André était morte. Ça me paraissait irréel. Même si elle était très âgée. Même si je savais, au vu de tous les soins qui lui étaient prodigués tous les jours, qu'elle était très diminuée. Même s'il était évident que ça allait arriver tôt ou tard. Mais pas si tôt. Pas un matin d'été où le soleil brillait et parait de rose tous les toits du village. Pas après que Corto m'avait fait jouir si fort que j'avais oublié comment je m'appelais. Ce n'était pas un jour pour mourir, mais un jour pour naître, un jour pour aimer, un jour pour rire et rêver.

Lorsque j'ai poussé la porte de la petite maison de Mme André, j'avais les yeux humides. Je les ai essuyés d'un revers de main en pénétrant dans la chambre où je lui avais rendu visite tous les jours pendant des années. J'aurais pu la décrire les yeux fermés : le vieux fauteuil crapaud, le lit bateau deux places qui avait fait place à un lit médicalisé deux ans plus tôt, la télévision posée sur la commode, la bibliothèque pleine de romances, le tapis élimé... Le Dr Benassis s'est tourné vers moi en m'entendant entrer. Il a posé ses yeux bienveillants sur moi et un sourire triste a éclairé son visage en lame de couteau.

— Ah, Flore. Je suis désolé pour toi.

J'ai compris alors que j'étais celle à qui le village entier présenterait ses condoléances. J'étais la plus proche de Mme André, celle qui lui tenait lieu de famille. J'étais l'arrière-petite-fille qu'elle n'avait jamais eue.

J'ai inspiré un bon coup et posé les yeux sur le lit.

Mme André avait l'air de dormir, dans sa chemise de nuit à perroquets, sa préférée. Elle avait décidé il y avait de cela bien longtemps que puisqu'elle naviguait du lit au fauteuil, elle n'avait plus besoin de faire l'effort de s'habiller. Sa seule coquetterie était ses chemises de nuit, que je lui commandais sur Internet. Elle avait un faible pour les imprimés avec des animaux.

Je me suis approchée du lit et Pascal s'est écarté un peu. J'ai levé les yeux vers lui sans oser formuler la question qui me brûlait les lèvres.

— Elle est morte dans son sommeil, a-t-il dit. Elle n'a pas souffert.

J'ai décidé de le croire. J'ai pris la main froide et parcheminée de Mme André dans la mienne. Elle avait les yeux fermés. Si c'était le Dr Benassis qui s'en était chargé avant que j'arrive, je lui en étais reconnaissante. Je n'aurais pas pu affronter ses prunelles qui hier encore étaient pleines de vie.

— Je te laisse un peu avec elle, a annoncé le médecin. Je vais remplir les papiers dans le salon.

Je me suis contentée de hocher la tête. Comment était-il possible qu'une personne disparaisse du jour au lendemain ? Comment avait-elle pu plaisanter avec moi hier et ne plus exister ce matin ? Je lui avais apporté du far aux pruneaux la veille et nous avions discuté comme nous le faisions tous les jours. Elle avait plaisanté sur son béguin pour Sam Heughan, l'acteur écossais, m'avait demandé ma recette de confiture de figues et des nouvelles de Clélia. Elle ne m'avait pas paru différente des jours précédents. Ni plus fatiguée ni plus diminuée. Rien ne laissait présager que c'était la dernière fois que je la voyais.

Comme ma mère.

Le jour de la mort de maman, mon père était passé me prendre au collège à midi pour que je puisse la voir, à l'hôpital où elle était entrée la veille. Je lui avais raconté ma matinée, je l'avais embrassée et papa m'avait ramenée au collège. Quand il était revenu me chercher à 17 heures ce soir-là, il pleurait dans la voiture. L'hôpital venait juste de lui téléphoner.

Pourquoi est-ce que les gens mouraient sans prévenir ? Pourquoi est-ce que la mort n'envoyait pas de signaux avant-coureurs permettant à ceux qui restaient de se préparer et d'accompagner les mourants ? Mme André comme maman étaient mortes seules, sans famille, sans amis. Elles n'avaient dit adieu à personne. Et, pire, je n'avais pas pu leur dire que je les aimais. Que là où elles allaient, elles emmenaient un bout de mon cœur avec elles.

Je me suis laissée tomber sur la chaise sur laquelle j'avais passé tant de temps qu'elle portait certainement l'ombre de mon corps en creux, comme un fantôme. Et j'ai pleuré. Sur Mme André, qui avait eu une longue existence bien remplie et sur ma mère, morte si jeune. Sur la vie, qui donne et qui reprend, sans état d'âme ni raison. Je ressentais un profond sentiment d'injustice.

Ce n'est que lorsque le Dr Benassis m'a tendu un paquet de mouchoirs que je me suis rendu compte qu'il était entré de nouveau dans la chambre.

— Je vais m'occuper de toutes les formalités, a-t-il dit et je lui ai su gré de ne pas tenter de me consoler. La cause du décès ne pose pas de problème particulier et il fait très chaud. Je vais faire en sorte que l'enterrement ait lieu le plus rapidement possible. Je te tiens au courant, d'accord ? Cécile va prendre le relais. Tu peux évidemment rester autant de temps que tu veux.

Il a posé la main sur mon épaule et l'a serrée brièvement. J'ai reniflé.

— Merci, Pascal.

Il a hoché la tête et quitté la pièce, sa mallette à la main.

L'enterrement a eu lieu trois jours plus tard. Il y avait peu de monde. Mme André vivait comme une recluse depuis si longtemps que seuls ses voisins connaissaient son existence. Tous les gens de sa génération étaient morts ou partis en maison de retraite à Agen. J'étais assise au premier rang de la petite église, entre Fanny et Gina. Raymond avait fermé le bar pendant une heure pour venir assister au service. Sa femme était là aussi, de même que quelques habitants que je connaissais de vue ou de nom. Le père Grasset a fait un discours attendu sur les joies et les peines de la vie terrestre et le bonheur de la vie éternelle. J'avais été élevée par un communiste et une libre-penseuse et je ne croyais ni au paradis ni à l'enfer. Je me suis demandé ce que Mme André aurait pensé de cette cérémonie. Elle aurait certainement préféré que ce soit un jeune homme séduisant qui prononce son éloge funèbre. Cette pensée m'a fait sourire.

Après la cérémonie, le cercueil a été porté par quatre employés des pompes funèbres jusqu'au cimetière derrière l'église. La plupart des gens ne sont pas restés pour la mise en terre. Je me suis rapidement retrouvée toute seule avec Fanny devant le trou béant dans lequel les croque-morts ont fait descendre le cercueil. C'était moi qui avais choisi la tenue dans laquelle Mme André était inhumée et je savais qu'elle était allongée dans sa chemise de nuit couverte de girafes. J'avais glissé dans la bière avec l'accord du croque-mort, le DVD d'*Outlander* qu'elle avait tant aimé, comme une plaisanterie à notre seul usage.

Fanny et moi avons regardé les premières pelletées de terre retomber sur le bois. Il faisait une chaleur étouffante dans le petit cimetière écrasé de soleil et j'avais oublié de mettre un chapeau.

— Ne restons pas là, a dit Fanny. Tu vas attraper une insolation.

Je me suis laissé entraîner vers une allée plus ombragée,

qui menait vers la grille. On n'avait pas fait trois mètres que je me suis immobilisée.

— Attends, ai-je dit.

Fanny s'est arrêtée à son tour.

— Quoi ?

— Je veux voir la tombe de ma mère.

Elle m'a dévisagée, incertaine. Elle savait que je n'avais pas mis les pieds dans ce cimetière depuis quinze ans et que je n'avais même jamais vu la tombe de maman.

— OK. Est-ce que tu sais où elle est ?

— Non. Mais il y a forcément un registre.

Je me suis dirigée vers l'entrée, où se tenait une petite cahute en pierre. Fanny m'a suivie sans dire un mot. J'ai poussé la porte et pénétré dans le petit bâtiment, où j'ai été assaillie par la pénombre et la fraîcheur. Un petit homme replet se tenait derrière un comptoir branlant.

— Mesdemoiselles.

J'ai regardé Fanny, qui a hoché la tête, comme pour me donner du courage.

— Je cherche la tombe d'Héloïse Deschamps, ai-je dit d'une voix qui tremblait un peu.

Je n'avais pas prononcé le prénom de ma mère depuis quinze ans.

— Bien sûr, a répondu l'employé en s'emparant d'un énorme registre relié en cuir. Voyons, voyons, a-t-il marmonné en tournant les pages. Vous avez la date du décès ?

— 2001, ai-je répondu d'une voix qui tremblait un peu.

— 2001, 2001… (Il a fait courir le doigt sur une longue colonne de noms. Comment pouvait-il y avoir autant de tombes dans un si petit cimetière ?) Ah, allée 8, emplacement 4.

La réponse de l'homme, pour respectueux qu'ait été

son ton, m'a fait frissonner : j'ai eu le sentiment soudain que ma mère n'était qu'un numéro parmi tant d'autres. Les mots se sont étranglés dans ma gorge et j'ai été incapable de le remercier. Fanny s'en est chargée pour moi et m'a entraînée dehors, où le soleil aveuglant m'a sauté au visage.

— Tu es sûre que tu veux la voir ?

— Oui. Certaine.

— Est-ce que tu veux que je vienne ?

J'ai réfléchi un instant. Fanny avait toujours été là, d'aussi loin que je me souvienne. Elle avait tout partagé, mes peines, mes joies, la mort de maman, ma grossesse, ma rupture, mes échecs, mes peines, mes espoirs, Corto. Tout. Absolument tout. Elle était mon roc dans la tempête. Celle vers qui je me tournais toujours. Ma meilleure amie. Ma presque sœur.

— Oui. S'il te plaît.

— Pas de problème.

Le cimetière n'était pas très grand, et on a trouvé rapidement l'allée 8. J'ai inspiré profondément en approchant de ce qui avait l'air d'être le quatrième emplacement.

Fanny m'a pris la main et l'a serrée très fort.

— On y est, a-t-elle murmuré.

C'était la première fois que je voyais la tombe de maman. Le jour de l'enterrement, papa avait voulu m'épargner la mise en terre et nous étions rentrés juste après la cérémonie. Je découvrais que mon père avait choisi une tombe basse épurée, toute simple, en pierre grise.

Et elle était fleurie.

Des roses de toutes sortes poussaient tout autour et grimpaient joliment sur la pierre tombale. Des 'First Kiss', des 'Love Potion', des 'Cuisses de Nymphe émue' et d'autres encore que je ne reconnaissais pas. Sa tombe était une symphonie de rose et de rouge.

Papa avait planté des rosiers sur la tombe de maman. Ses rosiers préférés.

Et vu leur état, il les entretenait avec régularité.

Les larmes qui me sont montées aux yeux ne m'ont pas empêchée de lire l'épitaphe gravée sur la pierre tombale.

Héloïse Deschamps

1966 — 2001

Jusqu'aux étoiles, et retour

J'ai vacillé, soudain submergée par un sentiment d'une force incroyable. Si papa ne me parlait jamais de ma mère, ce n'était pas parce qu'il avait voulu effacer jusqu'à son existence. S'il avait conservé ses vêtements sans me le dire, ce n'était pas pour me faire souffrir. Mon père vivait en réalité dans le souvenir vivace de ma mère et je comprenais soudain qu'il s'enfermait dans son atelier pour penser à elle, replié sur son chagrin. J'étais trop jeune quand ma mère était morte pour comprendre et accompagner la douleur de mon père. Et personne n'avait su prendre en charge la mienne non plus. Nos chagrins s'étaient déployés comme ils avaient pu et nous les avions gérés chacun à notre manière, moi dans la maternité et le déploiement d'activités, papa dans la solitude et le silence de ses expériences scientifiques.

Mais papa était en train de s'ouvrir de nouveau au monde. Moi aussi, je pouvais peut-être changer. Il était temps que tout ça cesse. Il était temps de rendre à maman la place qui lui était due. Elle méritait plus que d'être un fantôme évanescent, un spectre silencieux qui pesait sur nos épaules. Elle pouvait être la lumière vive qui accompagnait et guidait nos vies.

J'ai contemplé les roses qui s'épanouissaient sous le soleil estival, les arbres qui étendaient leurs branches au-dessus des tombeaux, les herbes folles qui poussaient entre les stèles. Et j'ai su, avec une netteté qui m'a coupé le souffle, que maman aurait adoré cet endroit.

— Je t'aime, ai-je dit à voix haute.

Et il m'a semblé que les roses bruissaient en retour.

Chapitre 26

Monique a repris sa place à la supérette le samedi qui a suivi. Elle n'était apparemment pas fâchée de revenir, même si elle m'a confié que ces quelques semaines de repos lui avaient fait le plus grand bien. J'ai songé en l'écoutant que durant ce temps-là, il s'était passé bien des choses dans ma vie, entre le décès de Mme André et mon aventure avec Corto. J'étais sans nouvelles de lui depuis le jour où il avait sauvé Clélia, et je n'en attendais pas. Je lui avais préparé une nouvelle pulvérisation de pyrèthre comme il me l'avait demandé, mais le texto par lequel je lui avais annoncé qu'elle était prête était demeuré sans réponse. J'avais décidé de ne pas m'en formaliser et d'essayer de ne pas songer à lui. Enfin, le moins possible. Cet homme était entré dans ma vie par hasard et j'avais décidé de prendre cette histoire avec le plus de détachement possible, même si c'était bien difficile. Je pouvais bien me leurrer, je ne trompais pas un instant Fanny, qui surveillait mon humeur comme le lait sur le feu. Pour tenter de l'oublier, je faisais feu de tout bois : je n'avais jamais préparé autant de confitures de ma vie. Les bocaux s'entassaient sur toutes les surfaces disponibles. Quant à la confiture de figues du concours, j'avais fini par mettre au point la recette ultime que j'espérais parfaite. Les figues macéraient dans le frigo. Je n'avais plus qu'à la faire cuire et le pot pourrait aller rejoindre celui de la recette imposée qui attendait, sagement étiqueté.

Lorsque j'ai déposé la deuxième fournée de viennoiseries chez Raymond ce matin-là, ce dernier m'a tendu une enveloppe.

— Tiens, c'est ton dû pour ton travail ces dernières semaines.

— Merci, Raymond.

— Merci à toi. T'as été efficace comme tout. Ne le dis pas à ma femme, mais je préfère bosser avec toi ! T'es toujours de bonne humeur ! a-t-il affirmé en souriant sous sa moustache.

— Je te rends le compliment. C'était un plaisir de travailler avec toi.

Ce n'est qu'une fois revenue chez moi que j'ai pensé à regarder le contenu de l'enveloppe. Mille cinq cents euros. C'était beaucoup trop. Même si on considérait que j'avais fait des heures sup pendant le Love & Country Festival. C'était certainement une erreur de sa part : il avait dû mal calculer. J'ai hésité à retraverser la place pour aller protester, mais la perspective de m'expliquer avec Raymond devant les clients m'a arrêtée. Il valait peut-être mieux que je lui téléphone.

J'ai composé le numéro du bar et il a décroché à la première sonnerie.

— Raymond ? C'est Flore. Je viens de regarder dans l'enveloppe et je pense que tu as fait une erreur. Tu m'as trop payée.

— Pas du tout, a-t-il rétorqué de sa voix sonore et rocailleuse qui résonnait dans le combiné. C'est ton dû. Point. Tout travail mérite salaire. Tu devrais y penser au lieu de permettre aux gens de te laisser des ardoises. A lundi.

Il a raccroché sans me laisser le temps de répliquer. Comment savait-il que les clients ne me payaient pas toujours ? En même temps, dans un petit village, tout se savait. Et ce qui ne se savait pas se devinait ou s'inventait.

Et il avait raison. Il était temps que j'arrête de me laisser marcher sur les pieds. J'ai gagné mon bureau et attrapé le registre dans lequel je tenais mes comptes. Je suis allée directement à la dernière page, celle sur laquelle j'avais dressé la liste de mes débiteurs. J'ai inspiré un bon coup et j'ai regagné la cuisine. Je me suis assise à la table et j'ai décroché le téléphone. Après le troisième coup de fil, mes mains ne tremblaient plus et ma voix était ferme.

Une fois mon dû réclamé à tous les noms sur la liste, j'ai sorti les dernières figues que j'avais mises à macérer et je les ai versées dans la marmite. Ce serait mon dernier pot, et il devrait être parfait. J'étais assez sûre que ma recette était bonne, mais on n'était jamais à l'abri d'un ratage. C'est alors que j'ai entendu une voiture remonter l'allée gravillonnée. Un moteur qu'on coupait, une portière qui claquait, un bruit de pas... et Corto est apparu dans l'encadrement de la porte-fenêtre.

Je ne m'attendais pas à le voir et sa présence m'a comme d'habitude coupé le souffle. Il portait son habituel T-shirt moulant et un jean plus foncé que d'habitude.

— Bonjour, Flore.

Y aurait-il un moment où la simple façon qu'il avait de prononcer mon prénom ne me liquéfierait pas ? Je craignais bien que non.

— Je suis venu chercher la pulvérisation. Et... je me

suis dit aussi que je pouvais peut-être aider ta fille et son copain à construire leur cabane.

Je l'ai dévisagé, stupéfaite. J'avais bien entendu ?

— Euh… pardon, quoi ?

— Apparemment, les mômes ont un peu de mal avec cette cabane, a-t-il poursuivi en s'appuyant nonchalamment contre l'encadrement de la porte-fenêtre. D'après le peu que j'ai vu l'autre jour, ils n'ont pas le bon bois. Et puis, ça reste des gamins de huit ans, ils ne vont jamais arriver à assembler tout comme il faut.

— Euh, oui, mais…

Je n'ai pas eu le temps d'en dire davantage. On a frappé à la porte de la maison.

— Excuse-moi, je vais ouvrir.

Il a fait un geste pour me dire qu'il n'y avait pas de problème et qu'il attendait. J'ai gagné le hall et ouvert la porte. Benoît se tenait derrière. Avec tout ce qui s'était passé ces derniers temps, je l'avais complètement oublié. J'avais sciemment refoulé ses avertissements dans un coin reculé de mon cerveau, puis avec le décès de Mme André, je n'avais plus du tout pensé à lui. Je me rendais soudain compte que ça faisait quelque temps qu'on ne s'était pas vus et que je ne m'en étais pas émue plus que ça. Où était-il passé ces derniers jours ?

— Salut, Flo, a-t-il dit en me faisant la bise.

— Salut. Entre.

Je l'ai précédé dans la cuisine.

— Tu veux un café ?

Il n'a pas répondu tout de suite et j'ai pivoté vers lui : il ne me regardait pas. Son attention était tout entière tournée vers Corto, qui n'avait pas bougé de son poste près de la porte-fenêtre. Et Benoît le dévisageait avec une expression qui ressemblait fort à de la haine.

— Je veux bien un café, oui. Et toi, Pratt, t'en veux pas un ? a-t-il dit en regardant Corto. A moins que tu ne préfères que je t'appelle Malvert ?

Je l'ai considéré, interdite. De quoi parlait-il ? Corto est devenu blanc comme un linge.

— J'ai comme dans l'idée que tu lui as pas dit, hein, mon salaud ? a poursuivi Benoît.

— Dit quoi ? ai-je demandé d'une voix que j'espérais naturelle. Benoît, de quoi est-ce que tu parles ?

— Ton ami le beau Corto n'est pas celui qu'il prétend être, a répondu Benoît avec un sourire méchant. J'en étais sûr. Il m'a fallu plus de temps que prévu pour le découvrir parce qu'il a changé de nom. Pas étonnant que j'aie pas trouvé son casier la première fois. Allez, vas-y, crache le morceau, a-t-il poursuivi en se tournant vers Corto. Dis-le-lui à Flore, qui tu es vraiment. Parce que t'es là, tu fais le beau devant elle, tu te pavanes, tu dépenses du fric pour acheter une danse et tu l'as sautée, pas vrai ? Tu l'as baisée, hein, cette allumeuse qui me repousse depuis des années ?

— Benoît ! me suis-je exclamée, sidérée de l'entendre parler de moi de cette manière.

« Une allumeuse » ? Moi qui le considérais comme un ami ?

— Ne parle pas de Flore comme ça, a grondé Corto sur un ton si bas qu'il ressemblait presque à un feulement.

Il avait quitté son poste près de la porte-fenêtre et s'était avancé dans la cuisine. Les deux hommes n'étaient plus séparés que de quelques pas.

— Mais ce qu'il t'a certainement pas dit, ce connard arrogant, c'est qu'il a fait de la taule, a poursuivi Benoît. Hein ? Il te l'a avoué, ça, avant que t'écartes les cuisses ?

Je n'ai pas eu le temps de réagir. Corto a fait un pas en avant et saisi Benoît par le col de son polo.

— Je te conseille d'arrêter de parler de Flore comme ça, a dit Corto, et son regard était si dur qu'il en aurait fait reculer plus d'un.

— Sinon, quoi ? Tu vas m'en coller une ? Mais vas-y, fais-toi plaisir ! Un repris de justice qui tabasse un gendarme, voilà qui fera bien dans ton casier.

Je n'avais jamais vu Benoît comme ça. Son visage poupin était déformé par la jalousie et la colère et dans ses yeux bleus je lisais de la haine. Pure.

Corto l'a dévisagé un instant en silence, puis l'a relâché. Je voyais bien qu'il faisait un effort surhumain pour se contrôler.

— C'est bien ce que je pensais, a lâché Benoît en rajustant son col. T'as même pas de couilles !

Corto a pris une profonde inspiration et serré et desserré les poings.

— Te fatigue pas, je me battrai pas avec toi. Même si tu mérites que je te foute une raclée pour avoir manqué de respect à Flore.

— Manqué de respect ? Parce que tu la respectes, toi ? Tu lui as dit ce que tu avais fait avant de débarquer comme une fleur ici ?

Corto n'a pas répondu. Je le connaissais assez pour savoir qu'il bouillait de fureur contenue.

— J'en étais sûr, espèce de lopette ! a poursuivi Benoît et j'ai cru voir un éclair de triomphe dans ses yeux. Ce qu'il t'a pas dit, tu vois...

— Ça suffit ! l'ai-je coupé. Ce qui se passe entre Corto et moi ne te regarde pas. Et l'allumeuse t'a assez vu et te demande de prendre le chemin de la porte.

Mon ton était d'une fermeté qui me surprenait moi-même. Benoît est devenu écarlate.

— Après tout ce que j'ai fait pour toi ? Et pour ta fille ? Tu prends le parti d'un ex-taulard contre moi ?

— Je prends juste *mon* parti, ai-je répliqué. Tu m'as insultée, tu prends la porte. Que dis-je, tu prends la porte ? Tu dégages.

J'avais l'impression de voir Benoît sous un jour nouveau et détestable et j'étais animée par une colère froide qui montait du plus profond de moi.

— Ah, c'est comme ça ? Putain, t'es vraiment qu'une sa...

Benoît n'a jamais eu le temps de finir sa phrase — même si j'avais une idée très précise du terme qu'il s'apprêtait à me lancer : Corto lui a mis un coup de tête parfaitement appliqué en pleine figure. Benoît a hurlé et s'est plié en deux sous l'effet de la douleur, les deux mains sur le nez, dont le sang jaillissait à gros bouillons.

— Nooooon ! Corto, non ! Qu'est-ce que tu as fait ?

— Il n'a eu que ce qu'il méritait, a-t-il répliqué d'une voix pleine de rage. Ce mec t'a insultée. Je ne permettrai à personne de faire ça.

— Tu lui as cassé le nez ! me suis-je exclamée en saisissant un torchon que j'ai tendu à Benoît.

— Et je le referais si c'était à refaire. Personne ne te traite comme ça. Point. J'aurais dû lui fracasser la mâchoire par la même occasion, ça l'empêcherait de dire des saloperies pendant un bon moment.

Benoît avait saisi le torchon, qu'il pressait sur son visage. Il a lancé un regard meurtrier à Corto.

— T'es mort, mec. Je te jure, t'es mort. Je vais porter

plainte pour coups et blessures et tu vas retourner d'où tu viens. En cellule.

— Vas-y, a rétorqué Corto. Ta technique de drague est super au point. Insulter la femme qui t'intéresse puis jeter en taule son mec, moi je dis bravo.

Son mec ? Avais-je bien entendu ce que j'avais entendu ? Corto pensait vraiment qu'il était mon petit ami ? Après m'avoir dit qu'il ne me donnerait rien, ne me promettrait rien et ne s'engagerait jamais ? La situation devenait surréaliste.

— Benoît, je ne veux plus te voir, ai-je affirmé sur un ton sans appel. Tu prends ton torchon, ton nez, tes insultes et tu disparais de ma vie. Sache cependant que si tu portes plainte contre Corto, je témoignerai que tu m'as insultée, ce qui fera mauvais genre devant tes collègues. Je ne suis pas certaine que tout le monde appréciera de savoir que tu me prends pour une salope. Quant à toi, ai-je poursuivi en me tournant vers Corto, tu as manifestement oublié de me dire entre deux baisers que tu sortais de prison. Ça te va bien de jouer les « je suis pas un mec bien, je suis pas un mec fiable », mais de ne surtout rien m'expliquer. C'est plus facile comme ça, hein ? Comme ça, je te suis quand même tombée dans les bras en me disant que bon, ça ne devait pas être si grave que ça. Vous me débectez tous les deux ! ai-je conclu en les regardant tour à tour. Dehors. Tout de suite.

Benoît a été le premier à obtempérer. Il a quitté la cuisine par la porte qui menait sur le hall et quelques secondes plus tard, j'ai entendu la porte d'entrée claquer. Corto m'a jeté un regard indéchiffrable.

— Flore, je...

— Non ! Il est trop tard pour les excuses et les explications. J'ai un scoop pour toi : tu ne peux pas avoir le beurre, l'argent du beurre et le cul de la pâtissière. Tu as joué les mecs mystérieux et tu as perdu. Je ne veux même pas savoir ce que tu as fait. Le simple fait que tu me l'aies caché me suffit. Tu avais raison, tu n'es pas un mec fiable.

Je l'ai dévisagé, les bras croisés. Il fallait qu'il s'en aille rapidement, parce que j'étais à deux doigts de me mettre à pleurer. Et je ne voulais pas le faire devant lui.

— Je suis désolé, a-t-il dit sur un ton sincère. Je t'ai caché tout un pan de ma vie pour te protéger. Mais je n'ai pas su me protéger de toi. Je ne pouvais pas savoir que je tomb…

— Tais-toi, ai-je ordonné en levant une main. S'il te plaît, tais-toi.

La vie n'était pas une comédie romantique américaine. Il n'y avait pas de baguette magique ni de brushings parfaits. Parfois, ce qu'on avait fait ne pouvait pas être défait. Et la dernière chose que je voulais entendre, c'était bien une déclaration.

Corto m'a lancé un dernier regard avant de tourner les talons. Une fois parvenu à la porte-fenêtre, il a pivoté vers moi.

— Au revoir, Flore.

Je n'ai pas répondu. J'ai allumé le gaz sous ma marmite de confiture dans un état second. J'ai commencé à remuer doucement le mélange de figues, de gingembre, de rose et de rhubarbe. Mes yeux se sont embués et une larme, puis deux, ont glissé le long de mon nez et atterri dans le mélange sombre.

C'est la dernière fois que je pleure, me suis-je juré. La dernière.

Liste #8

Remèdes pour soigner un cœur brisé

✓ *du temps*

✓ *du temps*

✓ *le parfum des roses*

✓ *le rire de ma fille*

✓ *du temps*

✓ *du temps*

✓ *encore du temps*

Chapitre 27

Les jours suivants sont passés à la fois à toute allure et très lentement. Contre toute attente, Gina est partie en vacances avec Karim et les enfants. Son mari lui a fait la surprise de réserver un séjour tout compris dans un club. Elle m'a appelée surexcitée pour me l'annoncer et j'ai été ravie pour elle. Privée de son compagnon de jeu préféré, Clélia a passé beaucoup de temps avec moi dans la cuisine, à dessiner, faire des cookies et bouquiner, lovée sur la banquette en velours élimé placée sous la fenêtre, Long John Silver dans le giron. Mon père est sorti davantage de son antre que d'habitude et il a dîné avec nous plusieurs soirs d'affilée. Fanny passait tous les jours, mais sans trop s'attarder : j'ai eu l'impression qu'elle me cachait quelque chose, mais elle a soutenu que je me faisais des films et je n'ai pas insisté. Le chauffagiste est venu faire un devis pour la chaudière et m'a promis de la remplacer avant la fin du mois. Tous les gens qui me devaient de l'argent sont passés me rembourser. Enfin, tous, sauf Mme Maurice. Je suppose qu'on ne pouvait pas gagner du premier coup.

Bref, tout serait allé pour le mieux dans le meilleur des mondes si mon cerveau ne prenait pas un malin plaisir à rejouer en boucle la scène entre Benoît et Corto. Le premier était aux abonnés absents. Le deuxième m'avait appelée plusieurs fois. Je n'avais pas décroché et il n'avait pas laissé de message.

Le jeudi après-midi, alors que j'étais en train de mettre des haricots en conserve pendant que Clélia jouait dans le jardin avec Long John Silver, le téléphone mural a retenti. J'ai décroché et coincé le combiné sous ma joue.

— C'est Gauthier.

Ni bonjour ni crotte, comme d'habitude.

— Bonjour à toi aussi.

— J'appelle pour dire que je ne peux pas prendre Clélia ce week-end.

Il avait été convenu la semaine précédente que la petite irait passer deux jours chez son père.

— Ah bon ? Et pourquoi ça ?

— Ça ne te regarde pas, a rétorqué sèchement Gauthier.

J'ai pris une profonde inspiration. J'y avais longuement réfléchi et je pouvais le faire. J'étais même allée jusqu'à répéter certaines phrases dans ma tête à l'avance, comme pour une pièce de théâtre.

— Moi, peut-être pas, ai-je répliqué sur un ton égal. Mais le juge, si.

— Pa-pardon ?

— Tu vois, je crois qu'il y a quelque chose que tu as oublié pendant toutes ces années où tu t'es occupé de ta fille en pointillé, c'est que nous sommes passés devant un juge qui a statué. Voyons voir… Qu'a-t-il dit déjà ? Que j'avais la garde mais que tu devais prendre ta fille un week-end sur deux et la moitié des vacances scolaires. Je n'ai peut-être pas fait d'études, mais je sais compter. On est très loin de ça. Si je ne m'abuse, cet été, alors qu'elle a deux mois de vacances comme chaque année, tu l'as prise très exactement un week-end, le troisième de juillet.

— Mais...

— Je crains fort, mon cher Gauthier, que le juge ne prenne pas en compte tes « mais ». Ni tes excuses bidon d'ailleurs. Alors, voilà ce qui va se passer. Tu vas appliquer la loi à la lettre. Tu vas prendre ta fille un week-end sur deux et la moitié des vacances scolaires. Si tu ne le fais pas, on repassera devant le juge. A qui on expliquera par la même occasion que vu que tes revenus ont augmenté, il faudrait réévaluer la pension alimentaire que tu me verses.

J'ai cru entendre Gauthier s'étouffer à l'autre bout du fil. Je dois bien avouer que je n'étais pas peu fière de mon petit effet.

— Donc, je t'attends comme convenu demain soir ? ai-je conclu.

— Euh, oui, c'est ça, à demain soir.

— Bien. Bonne soirée.

J'ai raccroché sans lui laisser le temps de répondre. Et parce que ce n'était pas une mince victoire pour moi, j'ai entamé une petite danse de la joie dans la cuisine devant mes bocaux de haricots en chantant *I Will Survive* tout en me servant de ma spatule comme d'un micro.

C'est dans cette posture que Fanny m'a trouvée.

— Décidément, tu vis une grande histoire d'amour avec ta spatule, a-t-elle commenté en franchissant la porte-fenêtre.

— Tiens, te voilà, toi. T'étais un peu aux abonnés absents ces derniers jours.

— T'exagères pas un peu, non ? Je suis passée tous les jours.

— « Passée » étant le maître mot. Tu n'as même pas dîné ni pris un café. Qu'est-ce qui t'arrive ?

— Rien, a répondu Fanny en se détournant un peu trop vite. Il te reste du café ?

— Est-ce qu'on demande à un aveugle s'il veut voir ? Evidemment qu'il reste du café.

Elle a sorti un bol en pyrex du placard.

— Allez, accouche. C'est qui ? ai-je demandé en égouttant les haricots.

— De quoi tu parles ?

— Ne joue pas les vierges effarouchées. Tu as rencontré quelqu'un, j'en suis certaine.

— Ben... oui, a avoué Fanny, le nez dans son bol.

— Et pourquoi tu ne m'as rien dit ?

— D'abord, parce que tu avais d'autres chats à fouetter, avec tout ce qui s'est passé ces derniers temps, et ensuite parce que ça m'a prise par surprise et que ce n'est même pas encore une histoire, juste une possibilité d'embryon d'histoire.

Je l'ai considérée, perplexe.

— Tu veux dire que c'est quelqu'un avec qui tu n'as pas encore couché ?

— Tout juste.

— Oh mon Dieu. Par tous les hommes en kilt d'Ecosse ! Tu es amoureuse ?

— Nooooon, qu'est-ce que tu vas imaginer là ? a rétorqué Fanny avec un geste désinvolte de la main. Pas du tout. C'est juste que je prends mon temps, c'est tout.

J'avais été tellement absorbée par mes soucis et ma petite vie ces derniers temps que j'en avais oublié ce qui s'était passé le soir du bal. J'ai additionné deux et deux.

— Fanny ?

— Oui ?

Elle évitait soigneusement mon regard.

— C'est le mec qui a acheté la danse ? Le père d'élève ?

— Moui, a-t-elle marmonné, le nez dans son bol.

— Tu sors avec un père d'élève ?

— Ben quoi ? C'est pas interdit par la Convention de Genève quand même, non ?

— Non. Mais ça peut être des emmerdes potentielles.

— Parce que c'est vrai qu'un repris de justice, c'est pas des emmerdes, a-t-elle rétorqué en me lançant un regard malicieux.

— Touché. Mais on n'est pas ensemble. On a juste couché deux fois, voilà tout.

— Voilà tout, a répété Fanny. Et tu ne penses pas à lui nuit et jour. Tu n'as pas une furieuse envie de lui téléphoner, de lui parler, de l'embrasser, de...

— Fanny, on a déjà eu cette conversation. Ce mec a fait de la taule.

— Et alors ? a-t-elle répondu en haussant les épaules. D'une, tu ne sais pas pourquoi. Il y a quand même des degrés dans les crimes et les délits. Vu son âge, il n'a pas pu faire de la prison pour meurtre, il ne serait pas déjà dehors. De deux, il a purgé sa peine, puisqu'il est sorti. Il a racheté sa faute aux yeux de la société, il a donc droit à une deuxième chance, comme tout le monde. De trois, tu étais amoureuse de lui avant de savoir ça, alors explique-moi ce que ça change.

— Je n'étais pas amoureuse de lui.

— Tu concours pour le titre de Miss Univers de la Mauvaise Foi, c'est ça ?

— Tu fais tout ça pour détourner la conversation de ton mec.

— Ce n'est pas mon mec. Du moins, pas encore. Disons que la situation est... compliquée.

— Laisse-moi deviner. Il est marié.

— En instance de divorce.

Je me suis laissée tomber sur une chaise à côté d'elle.

— Tu peux m'expliquer pourquoi nos vies sont si compliquées ?

— Parce que c'est ça la vie, justement. Y a pas de prince charmant ni de baguette magique. Juste des vrais gens qui font souvent des conneries et parfois des choses merveilleuses. On se cherche, on tâtonne, on se trompe, on tombe, on se relève et on recommence. Et de temps en temps, au milieu de toute cette absurdité qu'est l'existence, on a comme une évidence.

J'ai soupiré.

— Et si on ne la voit pas ?

— Ma chérie, comme disait ma grand-mère : si tu n'ouvres pas la porte à l'évidence, elle entrera par la fenêtre.

J'ai éclaté de rire.

— Elle disait vraiment ça, ta grand-mère ?

— Presque.

— Il s'appelle comment ton homme en instance de divorce ? ai-je demandé.

— Gabriel.

— Et c'est une évidence ?

— Je ne sais pas encore. Ce sera une surprise.

Mais j'ai bien vu à la façon dont ses yeux brillaient qu'elle avait déjà entrebâillé la porte.

Chapitre 28

Samedi en début d'après-midi, j'ai emballé mes pots de confiture, pris les clés du break et prévenu papa que je partais pour Beaupré. Gauthier était venu chercher Clélia la veille au soir et je pouvais partir l'esprit tranquille. Il m'avait à peine adressé la parole, mais ça m'était bien égal tant qu'il accomplissait ses devoirs de père. Clélia était ravie d'aller passer le week-end chez son père et c'était tout ce qui comptait.

J'ai tourné la clé dans le contact. La voiture a émis son habituel toussotement cacochyme mais contrairement à d'habitude, ce dernier n'a pas été suivi par le halètement qui annonçait que le moteur démarrait. Ce dernier a crachoté deux fois puis s'est arrêté. J'ai tourné de nouveau la clé dans le contact, mais cette fois-ci, seul le silence a résonné dans l'habitacle. J'ai essayé encore, même si le bon sens me disait que la voiture venait certainement de rendre l'âme. Ce n'était pas vraiment une surprise, vu que je n'avais pas les moyens de l'entretenir et qu'elle avait plus de vingt ans, mais ça tombait vraiment mal. Je n'avais qu'une heure de route à faire mais il fallait la faire d'une manière ou d'une autre et je devais déposer mes pots avant 17 heures sous peine de disqualification. Je suis descendue du break et j'ai farfouillé au fond de mon sac, à la recherche de mon portable. Fanny accepterait certainement de me prêter sa voiture.

C'est alors qu'un véhicule a surgi dans mon champ de vision et s'est garé juste devant mon portail.

J'ai levé les yeux.

C'était l'estafette de Corto.

Une semaine s'était écoulée depuis qu'il avait cassé le nez de Benoît et j'avais eu le temps de considérer tout ça avec recul et détachement. Enfin, ça, c'était la théorie. Parce que, en pratique, quand je l'ai vu descendre de sa camionnette et se diriger vers moi, j'ai senti mon rythme cardiaque s'accélérer bien malgré moi. J'ai décidé de faire comme si je ne l'avais pas vu — ce qui était méga plausible, vu qu'il arrivait droit sur moi — et j'ai replongé le nez sur mon vieux Nokia, à la recherche du numéro de Fanny.

— Tu as besoin d'aide ?

Apparemment, la cause de ma présence dans mon allée, un téléphone à la main, était claire comme de l'eau de roche. Peut-être parce que, et je ne m'en rendais compte que maintenant, une légère volute de fumée s'échappait du capot de la voiture de papa.

— Non, ai-je rétorqué. Tout est sous contrôle.

— Je peux te déposer quelque part, a proposé Corto.

C'était une affirmation, pas une question.

— Non, merci, Fanny va s'en charger.

Sauf que je venais de composer son numéro et de tomber directement sur messagerie. Merde.

J'ai refait le numéro. De nouveau la messagerie.

— Viens, a dit Corto.

J'ai rapidement envisagé mes options.

Lui demander de m'amener à Beaupré pour participer

au concours de confitures où j'avais potentiellement une chance de gagner quelque chose.

Trouver un autre véhicule. Fanny était aux abonnées absentes — *id est* dans les bras de son évidence en instance de divorce et Gina en train de se faire masser dans un club sicilien. Je possédais bien un vélo mais faire soixante-dix kilomètres en pédalant me paraissait voué à l'échec.

Tout laisser tomber et rentrer dans ma cuisine en pestant contre le sort.

Autant dire que je n'avais pas vraiment le choix.

— D'accord, ai-je capitulé.

J'ai récupéré mes pots de confiture dans la voiture et me suis dirigée vers sa camionnette, où je me suis installée sans dire un mot.

— On va où ? a demandé Corto en mettant le contact.

— A Beaupré. Au concours de confitures.

— Ce sont donc mes figues qui sont dans ces deux pots ?

— Oui, ai-je soupiré. Entre autres choses.

— OK, Corto. Je t'écoute.

Ça faisait quarante-six minutes qu'on roulait en silence et si je devais subir une quarante-septième minute de plus, j'allais devenir folle avant d'arriver à Beaupré. J'avais eu largement le temps pendant qu'il conduisait de tourner et retourner des questions dans ma tête. Qu'est-ce qu'il avait fait pour finir en taule ? Est-ce qu'il trempait toujours dans des histoires louches ? J'ai repensé soudain au coup de fil qu'il avait reçu la nuit du bal : et si c'était un complice qui lui demandait de faire un coup quelconque ? J'étais partagée entre l'envie de savoir et la peur de découvrir qu'il était effectivement infréquentable. Mais la curiosité l'a emporté.

Corto m'a lancé un regard surpris avant de reporter son attention sur la route.

— Qu'est-ce que tu veux savoir ?

— Tout.

— Tu es sûre ?

J'ai réfléchi un peu avant de répondre. Le raisonnement de Fanny était juste : il y avait une échelle de délits et de crimes et Corto était trop jeune pour avoir fait de la prison pour meurtre. Ça ne pouvait pas être ça. Et puis de toute façon, je voulais savoir. Je devais savoir.

— Oui.

Il a pris une profonde inspiration.

— OK. J'ai fait de la taule pour vol avec effraction. J'avais tout juste dix-huit ans et j'avais déjà fait des conneries. J'ai pris cinq ans ferme.

— C'était un cambriolage, c'est ça ?

— C'est ça. Dans une maison de vacances en bord de mer. J'avais de mauvaises fréquentations et je voulais surtout faire chier mon père. On s'est introduit dans la baraque pendant la nuit et on a volé tout ce qu'on a pu. Puis on est allés se bourrer la gueule sur la plage où les flics nous ont cueillis au petit matin, ivres morts.

— C'est pas très malin.

— J'ai pas été un ado très malin. Si tu veux tout savoir, ma mère s'est barrée quand j'avais cinq ans et j'ai été élevé par une armada de nounous surdiplômées qui n'en avaient rien à foutre de moi. Certainement parce que mon père non plus. S'il avait pu me déshériter quand j'ai fini en taule, il l'aurait fait sans hésiter. Comme c'était pas possible, il a décidé d'ignorer mon existence. Enfin, encore plus que d'habitude.

— Je peux te poser des questions sans que tu te fâches ?

— Tout ce que tu veux.

Cette fois il avait répondu sans hésiter, alors je me suis lancée.

— Pourquoi tu m'as mise dehors le soir du bal ?

— Je ne pouvais pas répondre à tes questions. J'avais trop peur que tu prennes peur justement. Et je ne voulais pas te mentir non plus.

— J'ai cru que c'était à cause du coup de fil.

Il a eu l'air sincèrement surpris.

— Quel coup de fil ?

— Tu te souviens pas ? Tu as répondu « oui », « non », « combien » ?

Il m'a lancé un regard perplexe avant d'éclater de rire.

— C'était une cliente, Flore. Une vieille nana frappée qui m'appelle n'importe quand pour me commander des trucs invraisemblables. Là, si je me souviens bien, elle voulait des cerisiers du Japon. Une dizaine.

J'ai ri à mon tour, soulagée.

— Tu as l'air riche, ai-je constaté.

— Je le suis. Mon père est mort l'année dernière. J'ai hérité de sa fortune, essentiellement acquise de manière peu recommandable, d'ailleurs, ce qui est assez ironique. Mon père était champion pour voir la paille dans l'œil des autres tout en ignorant royalement la poutre dans le sien.

— Tu viens d'où ?

— Paris.

— Corto, c'est pas ton vrai prénom ?

— Si. J'ai juste changé de nom de famille.

Bizarrement, sa réponse m'a fait plaisir. Il y avait au moins une chose réelle dans tout ça. J'ai laissé le silence s'installer entre nous. Ce n'était plus le même qu'au départ. Celui-là était confortable.

— Je suis vraiment désolé de t'avoir caché tout ça, a repris Corto. Mais j'ai découvert en sortant de prison que moins j'en disais, mieux ça valait. C'est pour ça que j'ai changé de région.

— C'est en partie ma faute, Corto. J'aurais pu essayer de ne pas coucher avec toi la deuxième fois.

— Essayer de ne pas coucher ? a-t-il répété et il y avait un sourire dans sa voix.

— Quand je suis à côté de toi, ai-je avoué, une partie de mon cerveau ne veut plus rien entendre. J'ai juste envie de me laisser aller, de lâcher prise et de t'aimer. Après, je vais être honnête avec toi. Que tu aies fait de la prison ne me réjouit pas. Mais c'est ta vie. Ça fait de toi qui tu es. Et on fait tous des conneries. La mienne a certainement été de ne pas passer le bac et de refuser de voir ce qui me crevait les yeux, à savoir que Gauthier ne m'aimait pas et que nous étions trop jeunes pour avoir un enfant. Mais je ne reviendrais en arrière pour rien au monde. J'adore ma fille, et l'avoir élevée seule si jeune me constitue. Et fait de moi celle que je suis.

Je me suis soudain rendu compte que Corto me jetait des regards en coin de plus en plus fréquents et appuyés.

— Quoi ? ai-je fini par demander.

— J'ai envie de toi.

J'ai senti un fourmillement naître au creux de mon ventre et se propager plus bas.

— Là, tout de suite, maintenant ?

— Là, tout de suite, maintenant.

Il a tourné brusquement à droite, dans un petit chemin de terre ombragé et arrêté son estafette au bout de quelques mètres. Trois secondes plus tard, j'étais dans ses bras. Dix secondes plus tard, je gémissais contre sa bouche.

— Corto ?

— Mmm ?

— On doit être à Beaupré pour 17 heures dernier carat.

— On y sera, a-t-il promis.

Et il a tenu sa promesse.

Epilogue

Ma confiture classique a remporté le troisième prix. Ma confiture originale, celle qui contenait les roses de maman et mes larmes et que j'avais baptisée *Confiture des cœurs brisés* a remporté le premier prix à l'unanimité.

Fanny est venue avec papa pour m'applaudir, et aussi avec Gabriel, dont j'ai brièvement fait la connaissance. Corto et moi avions passé la nuit à Beaupré, dans une chambre d'hôtes au charme suranné où on a peu dormi et beaucoup discuté. J'ai décidé de faire confiance au hasard, aux rencontres et à la vie et de me donner le droit d'être amoureuse de Corto. Après tout, tout le monde a droit à une deuxième chance. Et moi aussi.

Corto a vendu sa maison à de riches Parisiens. Il est venu s'installer dans la fermette qu'on a retapée à notre rythme. Il n'y fait plus jamais froid et la chaudière fonctionne été comme hiver. Mais j'ai refusé de refaire la cuisine, qui a gardé ses tomettes fendillées et ses vieux fours.

J'ai publié un bouquin de recettes de confitures qui a très bien marché. Dans la foulée, mon éditeur m'a demandé d'écrire un bouquin de pâtisseries. D'après Fanny, si je créais un blog de cuisine, j'aurais encore plus de succès, mais Internet ne m'intéresse toujours pas. J'ai d'ailleurs toujours mon vieux Nokia, qui est apparemment indestructible. Corto m'appelle son dinosaure et ça me fait rire.

J'ai réalisé mon vieux rêve en ouvrant une boulangerie-pâtisserie dans la deuxième dépendance. C'est Corto qui a fait les travaux. C'est ma deuxième maison, j'y passe un temps fou, et j'avoue qu'il m'arrive parfois d'accepter d'être payée le lendemain. Ou le surlendemain.

Papa a réaménagé son atelier pour en faire quelque chose de plus lumineux. Il passe beaucoup plus de temps avec Clélia, à qui il explique des tas de choses qui la passionnent sur les molécules, les planètes et les champs magnétiques, et il organise un atelier de physique chimie pour les enfants du village tous les samedis. Il a arrêté de dépenser à tort et à travers et il met de l'argent de côté pour aller observer les étoiles en Patagonie.

Corto, Clélia et moi, on voyage de temps en temps. Je suis enfin allée plus loin que Bordeaux. Mais quand je vois le soleil se lever sur les champs de maïs et que je sors, pieds nus, prendre mon café dans le jardin, l'odeur piquante du petit jour et la fragrance des roses me rappellent combien j'aime cet endroit, où réside, j'en suis certaine, l'âme de ma mère.

Liste #9

Les 10 raisons pour lesquelles j'aime Corto

✓ ***son rire chaleureux***

✓ ***sa façon de me réveiller le matin en enfouissant son visage dans mon cou pour me respirer***

✓ ***tout ce qu'il construit avec Clélia, et pas seulement des cabanes***

✓ *quand il pose sa main sur ma cuisse pendant les longs trajets en voiture et que nos doigts s'entrelacent*

✓ *il chante faux*

✓ *il plonge un doigt dans la pâte à choux pour la goûter quand il croit que j'ai le dos tourné*

✓ *il peut parler des heures de botanique et connaît le nom latin et les vertus de toutes les plantes*

✓ *quand il boit un peu, il prend l'accent du Sud-Ouest, par mimétisme*

✓ *il a construit une serre dans le jardin et quand il fait nuit, il allume les guirlandes qu'il a fixées sur les parois de verre et j'ai l'impression que c'est Noël toute l'année*

✓ *il aime le bruit du vent*

Remerciements

Un proverbe africain dit qu'il faut tout un village pour élever un enfant.

Il a fallu tout un village pour que je vienne à bout de ce roman.

C'est la première fois que tant de personnes contribuent, chacune à leur manière, à l'écriture d'une de mes histoires, et je mesure la chance folle que j'ai d'avoir autant d'amis talentueux et généreux, de leur temps comme de leurs idées, dans mon entourage.

A tout seigneur, tout honneur, un immense merci à mon éditrice, Karine Lanini : sans toi et ta liste de mots improbables qui contenait une marmite, ce roman n'aurait jamais vu le jour. Merci d'avoir su comprendre ce qui manquait à ce roman et de le lui avoir insufflé. Merci pour ta patience et ta pertinence et vive le cru de 86 !

Merci à Laurence Valentin, qui a trouvé le prénom de Corto, aventurier des temps modernes. Aucun prénom n'aurait mieux convenu à ce *bad boy* tatoué et repenti.

Merci à Jean-François Gleyze pour les toasts pourris que portent Flore et Fanny et qui ne sont que le reflet des nôtres et pour tout un tas de choses qui ne sont pas (plus) dans ce roman. Et surtout, merci de m'avoir invitée à aller me perdre à Balard un soir de novembre 2015 pour voir le spectacle musical *Résiste* : il s'est passé ce soir-là au Palais des sports quelque chose qui a donné son impulsion à cette histoire.

Merci à Jean Banaix pour les noms du chien et des chats qui peuplent la fermette de Flore — Long John

Silver, Staline et Lénine te doivent tout ; les idées de premier rencard pourri (palme d'or au napalm), les noms du concours de confitures et de la marque de confitures de Flore. Il ne manque que le décapeur thermique, qui sera peut-être dans un autre roman !

Merci à Carine Simao Pires qui m'a donné l'idée de l'alcool de contrebande et pour m'avoir envoyé, un jour de février, un mail bouleversant qui m'a fait avancer et que j'ai encadré. Luminescence et chatoyance *forever.*

Merci à Bertrand Guillot pour les brainstormings et les encouragements en cours de rédaction, et pour avoir pris régulièrement des nouvelles des « confitures ».

Merci à Lilian Le Mouzer, qui a fourni le rebondissement qui me faisait défaut en la personne de Benoît, le gendarme jaloux.

Merci à Anne Malherbe d'avoir soufflé à Fanny le classement des amants par année de naissance.

Merci à Emmanuelle Boreau qui a répondu à toutes mes questions sur les confitures avec beaucoup de patience. Toutes les erreurs concernant la cuisson et la mise en bocaux sont de mon fait. Merci à Francis Miot et Stéphan Perrotte, meilleurs confituriers de France, dont les recettes m'ont inspirée, et à la Chambre aux Confitures (Paris 3e), dont j'ai tout goûté !

Merci à ma sœur, Claire, pour l'explication complète et détaillée de la pâte à croissants et pour la recette de la pâte à choux. Sans toi, Flore ferait les croissants à la pâte feuilletée, et ce serait moins bon.

Merci à Mika, que j'ai écouté en boucle pendant la rédaction de ce roman et qui m'a certainement inspiré une certaine légèreté qui imprègne ce roman pourtant parfois assez grave.

Et enfin, merci à vous, lecteurs, qui avez rendu cette histoire possible en me lisant depuis trois ans avec un enthousiasme intact et grandissant. Je vous aime. Tous. Oui, même toi, là-bas. Et toi, aussi.

Composé et édité par HarperCollins France.

Achevé d'imprimer en septembre 2016.

CPI
BRODARD & TAUPIN

La Flèche

Dépôt légal : octobre 2016.

Pour limiter l'empreinte environnementale de ses livres, HarperCollins France s'engage à n'utiliser que du papier fabriqué à partir de bois provenant de forêts gérées durablement et de manière responsable.

Imprimé en France